ALQUIMIA

Trilogia

O VAMPIRO DE MÉRCIA

sangue

alquimia

morte

K J WIGNALL

ALQUIMIA

SEGREDOS • MENTIRAS • DESTINO

Tradução
Marsely de Marco Martins Dantas

BERTRAND BRASIL
Rio de Janeiro | 2015

Copyright © K.J. Wignall, 2012
Os direitos morais do autor estão assegurados.

Título original: *Alchemy*

Desenho e ilustração de capa: Sharon King-Chai / Eye Fly High
Elementos adicionais de ilustração: Shutterstock

Editoração: FA Studio

Texto revisado segundo o novo
Acordo Ortográfico da Língua Portuguesa

2015
Impresso no Brasil
Printed in Brazil

                    Cip-Brasil. Catalogação na publicação.
                    Sindicato Nacional dos Editores de Livros, RJ.

W652a	Wignall, K J
	Alquimia: segredos, mentiras, destino / K J Wignall; tradução Marsely de Marco Martins Dantas. — 1. ed. — Rio de Janeiro: Bertrand Brasil, 2015.
	266 p.; 23 cm. (O vampiro de Mércia; 2)
	Tradução de: Alchemy Sequência de: Sangue Continua com: Morte ISBN 978-85-286-2023-8
	1. Ficção belga. I. Dantas, Marsely de Marco Martins. II. Título. III. Série.
15-22267	CDD: 843 CDU: 821.133.1-3

Todos os direitos reservados pela:
EDITORA BERTRAND BRASIL LTDA.
Rua Argentina, 171 — 2º andar — São Cristóvão
20921-380 — Rio de Janeiro — RJ
Tel.: (0xx21) 2585-2070 — Fax: (0xx21) 2585-2087

Não é permitida a reprodução total ou parcial desta obra, por quaisquer meios, sem a prévia autorização por escrito da Editora.

Atendimento e venda direta ao leitor:
mdireto@record.com.br ou (0xx21) 2585-2002

Para B

1

*U*m demônio acabou com a minha infância. O ano era 1742 e eu tinha apenas oito anos de idade. Não fui mordido, não pense isso de mim, mas acabei sendo infectado, e as trevas da criatura entraram furtivamente em meu coração. Ainda estão presas nele, e a única maneira de me libertar é livrando o mundo do demônio e do mal que ele traz consigo.

Eu nasci em 1734, o filho mais novo do quarto Lorde Bowcastle. Meu pai era um homem bom e generoso, propenso a ver seus dois filhos e duas filhas com admiração e benevolência. Minha mãe, nos primeiros oito anos da minha vida, era vivaz, bela e bem-humorada. Ela manteve a beleza, mas o espírito de Lady Bowcastle, antes conhecida como srta. Arabella Harriman, filha única de Sir Thomas e Lady Harriman, quebrou-se de forma irreparável naquela noite em 1742.

Ela acompanhava minha irmã mais velha, que havia acabado de debutar na sociedade, a algum evento na cidade. Lembro-me bem do começo da noite, especialmente por ter sido o meu último momento de pura felicidade. Recordo-me de ter elogiado a beleza de minha irmã. E de minha mãe dançando comigo no corredor de casa enquanto elas esperavam pela chegada da carruagem.

Eu já estava na cama quando elas voltaram e, no dia seguinte, tudo o que eu soube foi que minha mãe não passava bem. E nos dias e semanas que se seguiram, apesar de ser o mais novo, tornei-me o confidente dela. A história que contavam pela casa era que Lady

Bowcastle vira um fantasma ao descer da carruagem, uma alma penada ou algo parecido. Somente eu fui informado sobre a verdade.

O que minha mãe vira naquela noite fora um demônio, um demônio que a assombrara quando jovem. Talvez ela tivesse há muito tempo escondido aqueles encontros da juventude nos recessos mais profundos da sua mente, mas vê-lo de novo, sem nenhuma alteração física, após quase trinta anos, foi o suficiente para trazer tudo à tona e desestabilizar o seu bem-estar.

Se o demônio não estivesse lá naquela noite ou se ela tivesse olhado para o outro lado, tudo teria sido diferente. Mas ele estivera lá, ela olhara para ele e o vira. Isso destruiu sua saúde e mudou o curso da minha vida mesmo antes que eu me desse conta.

Daquela noite em diante, ela determinou que eu seria o defensor da sua alma, que eu descobriria o que eram tais demônios, especialmente aquele demônio, e que eu os destruiria quando os encontrasse. Ela determinou que, apesar da minha pouca idade, eu me tornaria um campeão da causa do bem.

E assim, em suma, eu me tornei o homem que sou: guerreiro, alquimista, feiticeiro. Meu nome é Phillip Wyndham e eu vivo há mais de um quarto de milênio devido à visão e à convicção de minha mãe, e porque o demônio ainda está vivo, apesar da minha promessa de destruí-lo. O demônio também tem um nome, é claro, e chama-se William de Mércia.

3

O terreno estava congelado, com uma espessa camada de gelo causada por uma geada pintando os galhos de branco contra o céu noturno. Não nevava desde a semana após o Natal, mas agora, quase no final de janeiro, havia a previsão de mais neve para os próximos dias.

O tempo pouco importava para Will, mas ele tinha muita consciência de como estava visível; uma figura sombria e solitária atravessando os gramados congelados, indo em direção ao local que passou a ser conhecido como a "velha" casa, a Escola da Abadia de Marland. A construção se elevava diante dele, um amontoado de torres jacobinas com telhados abobadados e mastros, cheia de janelas iluminadas que até para ele pareciam convidativas.

Will estava morando no porão da casa nova nas últimas semanas, uma obra gótica projetada para se assemelhar à abadia, cujas ruínas se estendiam pelos gramados a leste. Construída no século XIX, a casa nova marcara o começo do fim dos descendentes de seu irmão Edward, com os títulos se evaporando devido à ausência de filhos, e as propriedades, por causa de uma série de projetos ruins e maus investimentos.

Agora, o lugar pertencia ao Patrimônio Histórico e funcionava como uma atração turística. Ficava fechado durante o inverno, o que tornava a estadia de Will mais fácil, embora ele não conseguisse evitar o sentimento de tristeza por aquele lugar não pertencer mais à sua família, os Condes de Mércia, a família Dangrave —

Heston-Dangrave, como passaram a ser chamados após a perda dos títulos. Era para isso que tinham vivido, para deixar dois belos edifícios no meio de um terreno de duzentos acres?

Ele parou de andar, já tendo chegado o mais perto da escola que ousaria tão cedo na noite. De qualquer forma, conseguia ver tudo aquilo de que precisava. De onde estava, tinha uma visão clara das janelas da sala comunitária da Residência Dangrave — a casa de Eloise — e ficou observando os alunos voltarem do jantar.

Eloise dissera a ele que Marland era uma escola progressista, que oferecia mais liberdade aos alunos do que o normal, o que podia ser observado, de certa forma, nos uniformes dos estudantes.

De longe, todos pareciam estar vestidos da mesma forma: camisa com listras azul-claras e brancas, sem gravata, com o colarinho, por alguma razão, virado para cima, suéter verde, os rapazes de calça cinza-clara. Algumas das garotas também usavam calça, enquanto outras, incluindo Eloise, usavam saia xadrez por cima de meia-calça cinza. Will não sabia ao certo qual o motivo da referência escocesa.

Contudo, ao se observar com mais atenção, os suéteres verdes variavam de tamanho e de formato; todos pareciam tricotados à mão, mas alguns eram cardigãs em vez de pulôveres. Pelo visto, aquele era o único elemento do uniforme através do qual os alunos podiam expressar suas personalidades, mesmo que só usando o verde. De alguma forma, aquilo combinava com a forma descontraída com a qual eles entraram na sala comunitária — não havia dúvida de que aquela era uma vida privilegiada e confortável. Jogaram-se nas poltronas e sofás ou ficaram de pé, conversando em pequenos grupos contagiados por risadas.

Will tinha inveja deles, do aconchego de seu mundo, do companheirismo, da sensação de fazer parte de algo. Ele os invejava mais, obviamente, pela natureza fugaz da vida que levavam naquele momento. Bem ou mal, aqueles dias intensos e inebriantes da escola terminariam num piscar de olhos e desapareceriam tão rapidamente quanto o gelo em que pisava sob o mais fraco raio de sol.

Aquelas pessoas que observava, algumas com aparência mais jovem, outras parecendo ser um pouco mais velhas do que Will, seguiriam com suas vidas. Ele não conseguira deixar sua juventude para trás; por isso olhava com desejo para tal qualidade na vida dos outros, amaldiçoando-se, desejando que sua realidade fosse diferente.

E então se animou ao ver a única pessoa que realmente dera sentido aos seus últimos oito séculos de tormento. Elóise entrou na sala, conversando com outra garota. Vê-la o deixava satisfeito e fazia bem à sua alma. Ela também o deixaria sozinho, mas ele não queria pensar nisso agora; desejava apenas observá-la e esperar por ela.

A garota atravessou a sala e sentou-se no braço de uma cadeira, sugerindo com sua linguagem corporal que não ficaria ali por muito tempo. Então, alguém se posicionou entre Eloise e a janela, deixando-a fora do campo de visão de Will, e ele identificou o outro aluno, Marcus Jenkins, o garoto que havia entrado na escola no começo do semestre. Will percebeu que o suéter dele parecia adequadamente feito em casa, mas lhe caía bem demais, marcando-o como um aluno novo.

Marcus ouvia atentamente os outros garotos, mas, como se percebesse o olhar de Will, virou-se e olhou diretamente para o vampiro, que se sentiu desconfortável, mesmo sabendo que o rapaz deveria apenas estar olhando para o próprio reflexo na janela. Havia algo estranho nele, porém; mais estranho do que sua súbita aparição em Marland.

Obviamente, Will o reconhecera. A princípio, não conseguira se lembrar de onde haviam se encontrado antes, mas então viu a pequena cicatriz no rosto de Marcus, e a memória voltou — ele era um dos garotos que assediaram Eloise naquela noite perto do rio.

Por um momento, Will se perguntou se teria conhecido Eloise mesmo que não a tivesse resgatado daqueles garotos. Mas seus pensamentos fixaram-se em Marcus novamente, cujo nome não sabia na época. Sua aparência estava muito diferente agora, e ele fora o único integrante da gangue de Taz a não correr por medo de Will.

Eles não haviam se encontrado em Marland, mas Will tinha a sensação de que Marcus Jenkins sabia que ele estava lá, e isso significava que outras pessoas também sabiam. Embora Asmund não tivesse feito qualquer menção ao fato, e mesmo o caderno de Jex não fazendo referência a isto, Marland parecia ser a chave para encontrar Lorcan Labraid e a verdade sobre o destino de Will.

Marcus virou de costas para a janela na mesma hora em que Will percebeu que Eloise deixara a sala comunitária. Ela iria trocar de roupa antes de vir encontrá-lo, mas ele estava torcendo para que a garota se apressasse. Já sentia a familiar e doentia sensação de vazio o dominando, e tinha certeza de que a presença dela o acalmaria.

Não se tratava da ansiedade de um jovem apaixonado, mas sim da necessidade de sangue ressurgindo, cedo demais depois de ter se alimentado de Jex. É claro que Jex não tinha sido uma vítima comum; portanto, não era surpreendente o fato de a saúde e a juventude de um pobre mendigo sustentarem Will por tão pouco tempo. Uma vida roubada havia apenas dois meses, e, no entanto, já começava a sentir as primeiras fisgadas de uma fome espiritual que só iria aumentar no decorrer dos próximos dias e semanas, até que não conseguisse pensar em outra coisa.

Era como se as mudanças acontecendo ao redor dele estivessem consumindo sua energia mais rapidamente. Ele sabia quanta vida havia no sangue de uma pessoa e quanto tempo duraria em seu corpo, mesmo sem entender "por que" ou "como", mas, conforme estava acontecendo com tudo mais, o ritmo que estabelecera no decorrer dos séculos agora havia mudado.

Será que isso se dava por causa da energia gasta ao lutar com Asmund — é possível que uma batalha até a morte com a criatura que o infectara tenha exigido um preço alto — ou por combater os demônios invocados por Wyndham? Ou seria algo ainda mais fundamental — tudo estava indo numa velocidade maior agora porque Will também começava a ter um ritmo mais acelerado, apressando-se em direção ao seu destino?

Ele ouviu uma porta se abrir em algum lugar por perto e instintivamente deu um passo para trás, embora os gramados cobertos de branco não oferecessem nenhum esconderijo imediato. Alguns dos professores ocasionalmente saíam durante a noite para falar ao telefone, e Will não queria que um deles alertasse a escola sobre um possível invasor.

Porém, ele não precisava ter se preocupado; talvez estivesse menos visível do que pensava, pois ouviu a voz incerta de Eloise chamá-lo baixinho:

— Will?

— Estou aqui.

Ela mudou seu caminho e foi até ele. Ao aproximar-se, sorriu, mas então pareceu preocupada e colocou a mão sobre o braço dele, indagando:

— Você está bem?

Ele observou a respiração dela formar uma nuvem de fumaça no ar frio, sentindo o calor da sua mão em seu braço, seu perfume. Aquilo deveria ter aumentado a fome dele, mas, como esperava, a presença de Eloise o relaxara.

Ele sorriu e respondeu:

— Estou bem.

Enquanto falava, olhou para cima, para uma das janelas escuras lá no alto, sentindo que alguém os observava. Fitou mais uma vez a janela iluminada da sala comunitária e viu que Marcus jogava xadrez e estudava o tabuleiro — então pelo menos não poderia ser ele. Mas Will definitivamente sentia que estavam sendo observados.

— Tem certeza? Você parece...

— Pálido? — Ela riu, e ele continuou: — Sério. Estou bem, mas vamos caminhar, não gosto de vir aqui tão cedo.

Ela concordou com a cabeça e eles saíram andando pelos gramados, duas figuras vestidas de preto.

— Você não fica doente — disse Eloise enquanto caminhavam. — Mas parecia doente agora há pouco.

— Eu poderia argumentar que adoeci há muito tempo. Mas você não deve se preocupar, é algo que vem e vai, algo com que já estou acostumado.

— Mas... — Eloise não parou de andar, já que, pelo que ele imaginava, estava frio demais para ficar parado, contudo a conclusão a que chegara exigia uma reação física, e a jovem segurou o braço dele ao dizer: — Não pode ser! Você precisa de sangue? Mas você disse que o sangue de Jex iria durar por muito tempo!

Will colocou a mão sobre a dela procurando reconfortá-la, mas a resposta de Eloise foi retirar a sua. Talvez fosse uma reação direta à frieza do toque dele, talvez fosse repulsa porque aquilo a fazia lembrar do que ele realmente era. Will não podia culpá-la por rejeitá-lo.

— Pensei que fosse durar e não entendo por que não durou. — Ele andou em silêncio por alguns segundos. Os passos deles emitiam um som baixo de grama congelada sendo esmagada. — Mas, por um lado, é bom que isso aconteça. Assim, você poderá ver e entender o que eu lhe disse muitas vezes, que sou um monstro. Não será mais apenas um mendigo que morreu antes de eu conhecê-la. Terei que matar mais alguém. Por enquanto, consigo me controlar; porém, em algumas semanas, a necessidade vai se tornar tão forte que nem você estará segura; você viu a forma como Asmund agiu.

A princípio, ele pensou que Eloise não fosse responder, mas então ela perguntou:

— Quando vai fazer isso?

— Assim que eu encontrar alguém adequado. Talvez eu tenha que passar algumas noites na cidade em algum momento nas próximas duas semanas.

— Não existe outro jeito? — Ela parecia esperançosa, mesmo já sabendo a resposta. Então disse: — Prometa que você... — Mas esta linha de pensamento também não foi concluída.

— Eloise, não há desculpa para o que faço. Escolho pessoas de quem ninguém sentirá falta, que vivem à margem da sociedade, mas, há dois meses, essa pessoa poderia ter sido você. Nenhuma vida vale tão pouco a ponto de justificar que eu a tire.

— Mas você não é um monstro; e me desculpe, não tive a intenção de afastar a minha mão, foi o choque da sua frieza, só isso.

— Estou muito frio?

Ela fez que sim com a cabeça, esboçando um sorriso discreto, quase pesaroso.

— Não quero que você mate mais ninguém. Sei que precisa, mas não quero que o faça. Então talvez isso seja um sinal de que temos que agir mais rápido. Quanto mais descobrirmos, mais entenderemos por que isso aconteceu com você e teremos mais chances de... quebrar o ciclo, eu acho.

Will sorriu de volta para ela, tocado por seu otimismo inocente, como se ela acreditasse que, de alguma forma, ele pudesse ser curado. Por um instante, aquele pensamento plantou uma semente de esperança na sua alma, mas ele sabia que não havia cura para a sua doença, exceto, talvez, a que Wyndham desejava.

Passaram perto de um pequeno grupo de árvores, plantado para separar uma casa da outra, e foram na direção das sombras desertas da nova casa.

Ao vê-la, Will disse:

— Estou feliz por termos conversado sobre isso, mas acabei não contando o que vim dizer a você. Fiz uma descoberta.

Desta vez, Eloise realmente parou de andar e disse:

— Eu também! Mas conte a sua primeiro. O que você descobriu?

— Um túnel. Ou túneis, e tenho certeza de que eles levam à velha abadia.

— Eles partem de onde?

Ele apontou ao dizer:

— Da casa.

Os dois voltaram a caminhar, mas Eloise continuou a conversa:

— Não entendo, você examinou os porões inúmeras vezes.

— É verdade, e eu sabia que iria encontrar algo. Tenho algumas lembranças de quando vinha aqui durante a minha infância; me lembro de conversas sobre túneis subterrâneos, mais antigos do que a própria abadia. E também sei que, se o mestre de Asmund ou até mesmo o próprio Lorcan Labraid estiverem em Marland, eles estarão no subsolo. Por isso que não parei de procurar.

— Não compreendo; no subsolo, mas não nos porões?

— Talvez os porões fossem óbvios demais. Uma passagem leva para baixo da própria casa, e parte da biblioteca, o que é bem apropriado. Sempre parecemos retornar aos livros.

Eloise sabia que Will passava seus dias nos porões. Então perguntou:

— Você descobriu isso na noite passada ou... Foi hoje à noite?

— Foi hoje, sim. Mas ainda não os explorei. Encontrei os túneis e vim imediatamente contar a você.

Ela pareceu satisfeita com a resposta, sabendo que iriam explorar os túneis pela primeira vez juntos. Por outro lado, isso o deixou apreensivo. Ele não podia mais negar que Eloise fazia parte daquilo, mas percebeu que deveria ter explorado os túneis sozinho primeiro. Agora, já não fazia ideia do tipo de situação ao qual Eloise ficaria exposta.

3

Assim que entrou na casa, Will pegou Eloise pela mão e a guiou pelos cômodos escuros que levariam à biblioteca — era improvável que houvesse alguém por perto que pudesse enxergar o local iluminado, mas era mais seguro deixar as luzes apagadas. Eloise não conseguia ver coisa alguma, mas caminhava com segurança, confiando completamente nele.

Quando chegaram à biblioteca, ele abriu o painel de madeira na parede que escondia a primeira passagem secreta e, assim que entraram, colocou os óculos escuros e acendeu as luzes. Eloise piscou algumas vezes devido à claridade, mas seus olhos se ajustaram rapidamente, e ela observou que, ao redor do pequeno quarto estreito em que estavam, as paredes não tinham qualquer tipo de decoração, e uma escada helicoidal levava para o andar de cima.

Will viu que ela parecia confusa, por isso explicou:

— Os curadores sabem desta passagem secreta. Durante minhas horas de confinamento no porão, li todos os livros vendidos na loja. — Enquanto falava, pensou como era inacreditável o fato de a enorme casa da sua família ter sido rebaixada a um local com uma loja de presentes para turistas ávidos por lembrancinhas. — Eles dizem que Thomas Heston-Dangrave construiu uma passagem secreta para ligar a biblioteca ao quarto principal, o que era moda naquela época. Não há mais informações.

Eloise olhou para as paredes e disse:

— Não há mais nada aqui.

Will concordou:

— É o que parece, mas eu estava de pé com as mãos apoiadas nesta parede, me perguntando o que procurava, quando isto aconteceu.

Ele esticou as mãos e encostou as palmas na parede; quase que imediatamente sentiu o mecanismo escondido nas profundezas das pedras ganhar vida. Com uma velocidade surpreendente, a parede girou para o lado, deixando exposta uma escada que desaparecia na escuridão abaixo.

Ele mesmo ainda não havia passado daquele ponto, mas algo lhe dizia que aquelas escadas levavam para algum lugar vasto. Deu um passo para trás a fim de que Eloise visse a descoberta, mas ela continuava olhando para o espaço onde a parede estivera.

— Como você fez isso?

— Não sei. Imagino que tenha usado o mesmo poder que utilizo sobre fechaduras e coisas assim; afinal de contas, a parede deve conter um mecanismo de abertura em algum lugar, embora eu não saiba onde.

— Pelo menos há um interruptor de luz — comentou Eloise, apontando para a parede no alto da escada.

Ela apertou o interruptor, e as luzes se acenderam em intervalos regulares, iluminando a descida à sua frente.

Will não notara o interruptor antes e ficou um pouco desapontado. Aquilo significava que alguém nos tempos modernos havia explorado pelo menos parcialmente o que quer que estivesse abaixo. De alguma forma, parecia menos provável que Lorcan Labraid fosse encontrado lá. Will duvidava que o mal do mundo permitiria que trabalhadores instalassem cabos elétricos.

Ele olhou para o interruptor e disse:

— Acho que foi instalado nos anos 1920. — Sua decepção diminuiu de repente, sendo substituída por outro pensamento.

— Thomas Heston-Dangrave sabia que os túneis existiam, pois os incorporou ao projeto da casa que construiu. Se meu palpite estiver certo sobre a idade do interruptor, o trineto dele, George, também sabia dos túneis, pois ele mesmo deve ter instalado as luzes. Talvez suas filhas soubessem da existência deles também, mas aquelas duas solteironas provavelmente levaram o segredo para o túmulo.

— Faz sentido. Senão o Patrimônio Histórico usaria os túneis para alguma coisa. E, se a família manteve sigilo, deve ter tido razão para isso.

Talvez tenham mantido os túneis escondidos, pensou Will, porque eles revelavam segredos de uma história compartilhada entre a sua família e aquele lugar. Se fosse o caso, ele tinha certeza de que tal fato ocorrera antes de os familiares obterem aquelas terras durante a Dissolução dos Mosteiros.

Ele queria conseguir se lembrar de mais do que apenas fragmentos de memórias de Marland. Mesmo nas semanas que antecederam sua doença, já sabia da importância do local para seu pai e, talvez, se Will tivesse vivido mais, lhe houvessem explicado sobre tal vínculo. É possível que essa informação tenha sido passada a seu irmão Edward, depois de adulto; porém, era para Will que ela realmente tinha importância.

Will olhou para Eloise e perguntou:

— Vamos?

Ele começou a descer na frente e ela o seguiu bem de perto. Mas, conforme iam se aproximando do pé da escada e aumentava a sensação de que mais espaço e ar os cercavam, ele se arrependeu de ter ido até lá sem uma arma. Pelo que sabia, poderia haver outro ser como Asmund ali ou demônios de espécies que ainda não tinha encontrado.

Como ele esperava, no final da descida a passagem fazia uma curva para a esquerda e ia em linha reta por uma boa distância.

Quando chegaram à primeira bifurcação, com a escolha de seguir para a esquerda ou para a direita, Will calculou que deviam estar debaixo das ruínas da própria abadia.

No entanto, eles logo perceberam que algo estava diferente. O primeiro túnel em que caminharam parecia uma construção mais nova, projetada especificamente por Thomas Heston-Dangrave para ligar a casa ao complexo subterrâneo, pois agora eles se encontravam no limiar de algo antigo e muito mais perturbador.

As paredes ali estavam cobertas de escritas rúnicas e outros símbolos, além de uma estranha coleção de monstros e demônios, tudo entalhado na pedra e pintado em cores vivas que mal se apagaram no decorrer dos séculos.

Eloise exclamou:

— Ah, meu Deus, isso é incrível. — Ela deu um passo à frente, analisando as imagens e inscrições, desviando o olhar apenas para verificar o que Will já tinha percebido: todas as paredes, em qualquer direção, estavam decoradas da mesma forma. — Isso deve ter levado anos. — Ela continuou observando atentamente as pinturas à sua frente.

Will não conseguia compartilhar do entusiasmo dela. As luzes continuavam em ambas as direções, já que os túneis tinham sido explorados por trabalhadores nos últimos cem anos, presumidamente em segurança. Mas não havia como fingir que aquele lugar não era estranho e sinistro. Mesmo que nada tivesse acontecido aos trabalhadores, Will não tinha dúvidas de que eles deviam ficar ansiosos para ir embora ao final de cada dia.

Havia algo selvagem e primitivo ali. As próprias pedras pareciam respirar e murmurar como que possuídas por alguma forma de vida, e, apesar de não haver nada vivo por perto, Will tinha a forte sensação de que não estavam completamente sozinhos.

Ele viu Eloise estremecer, e ela se virou, dando-lhe um sorriso de alívio, como se tivesse temido por um momento que ele a houvesse deixado sozinha.

Ele retribuiu o sorriso e perguntou:

— Você sente algo estranho na atmosfera aqui embaixo?

Ela ainda tinha dificuldade em tirar os olhos da sinistra riqueza das paredes, mas disse:

— Como se eu sentisse um frio na espinha, ou os pelos da minha nuca estivessem arrepiados, ou como se tivesse a constante sensação de que há alguém atrás de mim? Porque estou sentindo isso tudo.

— Sério?

— Sério. Quer dizer, isso tudo é incrível, mas há algo realmente assustador neste lugar.

Ele concordou com a cabeça, olhando para o túnel em ambas as direções, e então se virou para ela novamente e afirmou:

— Você sabe que eu não deixaria nada acontecer com você.

Ela pareceu surpresa e respondeu:

— Na verdade, eu jamais estaria aqui sem você.

— Ótimo. Então vamos explorar.

Ele apontou para a direita e eles seguiram pelo túnel por algum tempo, antes de virarem à esquerda em uma pequena passagem que levava a um túnel paralelo. Logo ficou claro que, apesar de existirem caminhos que sempre voltavam para o mesmo ponto, além de becos sem saída, aquela era uma grande rede circular que os guiava lentamente ao centro.

E quanto mais perto eles chegavam desse centro, mais intensa ficava a sensação de uma presença malévola. Até mesmo o ar era opressivo, as próprias paredes pareciam possuídas, como se um constante murmúrio de encantos antigos emergisse delas, num tom um pouco abaixo do audível.

Eles andaram por passagens e mais passagens, virando esquinas, indo cada vez mais para dentro, e, sempre que faziam uma curva,

Will esperava encontrar algum tipo de criatura ou aparição. Contudo, havia apenas um túnel vazio com iluminação fraca, a qual diminuía até virar escuridão. Mas isso não fazia com que ele não temesse dar de cara com algo nem impedia sua preocupação crescente de que não deveria ter levado Eloise ali antes de explorar os túneis sozinho.

Apesar de estar inquieta, Eloise parecia menos preocupada que Will e, em vez de olhar para a frente, estava hipnotizada pelas paredes. Eram tão vívidas que em alguns pontos era como se os artistas tivessem acabado de terminar o trabalho. Ela confiava completamente em Will, tanto que nem parecia considerar que ele também pudesse não saber como lidar com a situação.

Finalmente, eles acabaram entrando numa passagem que fazia uma curva e levava para uma pequena câmara pentagonal. A câmara tinha outras quatro saídas, mas, por algum motivo, uma delas levava à escuridão. Os olhos de Will foram automaticamente atraídos para o túnel escuro, mas Eloise o alertou.

— Não há decorações aqui. — Era verdade; as paredes daquela câmara estavam lisas. — Ah, exceto por esta.

Will a seguiu até o centro da câmara. Presas ao chão estavam quatro espadas com os cabos voltados para fora e as pontas viradas para o meio, cercando um grande medalhão. Todas as cinco peças pareciam cunhadas em bronze. Eles observaram o medalhão, que tinha o tamanho de um prato e cujo desenho estampado na superfície era tão claramente visível que parecia ter sido entalhado naquela manhã.

— Ah, meu Deus — disse Eloise. Ela se ajoelhou para olhar mais de perto. — O que você acha que significa?

— Não sei — respondeu Will, olhando ao redor da câmara. Ele viu que as paredes não estavam completamente lisas. Em quatro lugares, seguindo as linhas formadas pelas espadas até as paredes, havia breves inscrições, na mesma escrita rúnica encontrada em toda parte. — Há quatro inscrições, talvez sejam nomes, talvez estejam relacionadas às espadas, que podem representar pessoas.

Eloise olhou para ele e perguntou, levemente exasperada:

— Mas e isto aqui, Will?

Ele olhou novamente para o desenho circular em bronze, com as quatro pontas das espadas quase parecendo segurá-lo no lugar. Era a cabeça de um javali, o brasão da sua família; em uma versão maior, mas idêntica, do medalhão quebrado que os dois usavam.

— Não sei. Mas isso confirma que, de alguma forma, estamos procurando no lugar certo.

Assim que falou, sentiu uma leve brisa no rosto e virou-se para olhar para o túnel escuro. Ele tinha certeza de que o vento viera de lá. Eloise também a sentiu e levantou-se.

— Uma brisa... Isso significa que o túnel leva a algum lugar aberto, não é?

— Não necessariamente.

Will deu alguns passos para a frente até a entrada da passagem e, assim que ficou longe das luzes da câmara, conseguiu enxergar um pouco do caminho. Não havia nada de diferente, a mesma abundância de decorações. Na verdade, ele reparou, também havia bocais para lâmpadas instalados por toda a passagem.

— Aqui também há luz. Acho que as lâmpadas devem ter queimado, nada mais do que isso. — No entanto, naquele momento, pela primeira vez desde que haviam entrado nos túneis, Will sentiu os pelos da nuca se arrepiarem, e um calafrio percorreu seu corpo. Havia algo ali, fora até do seu campo de visão noturna, e era algo que não queria encarar naquele momento, não sem armas, não com Eloise.

Ele deu um passo para trás e tentou parecer despreocupado ao mesmo tempo em que continuava de olho no túnel escuro. Eloise não pareceu suspeitar de nada e ficou observando os desenhos em bronze no chão.

— Já vi isso antes. Queria conseguir lembrar onde foi, mas sei que já vi.

— Você não está se referindo apenas ao medalhão?

— Não, falo da disposição das imagens, do círculo no meio, das quatro espadas que o rodeiam, formando uma espécie de cruz.

— Claro, agora que você mencionou, noto que é uma cruz; talvez por isso seja familiar. — Mais uma vez, Will sentiu seus olhos atraídos para a escuridão do túnel. Não parecia haver uma ameaça imediata, nada que ele pudesse ouvir ou sentir o cheiro, e mesmo assim havia algo ali que o perturbava.

— Não, não é a cruz. — Ela olhou para cima e sorriu. — Não se preocupe, vou lembrar o que é.

Will assentiu, mas disse:

— Acho que devemos parar por hoje.

— Mas ainda está cedo. — Eloise olhou para o relógio. — Ah, não. Não acredito que estamos aqui embaixo há uma hora. E ainda temos que fazer o caminho de volta.

— Não vamos levar uma hora para voltar, mas é melhor irmos. E você ainda não me contou sobre a sua descoberta — observou, gesticulando para que ela seguisse na frente, não querendo deixá-la por último na câmara com aquela escuridão e o que quer que se escondesse ali. Ele olhou para trás algumas vezes enquanto caminhavam, ainda esperando ver alguém, ou alguma coisa, sair das sombras.

Eloise andava normalmente, não sentindo nem um pouco do desconforto dele ao dizer:

— É claro. Tinha esquecido completamente. — Ela esperou até que estivessem lado a lado e continuou: — Descobri quem paga a mensalidade de Marcus Jenkins. — Ela reagiu ao olhar de surpresa de Will, esclarecendo: — Não se preocupe, não andei bancando a detetive. Só ouvi a conversa dele com o garoto com quem estava jogando xadrez, depois fiz uma pesquisa on-line. As despesas dele estão sendo pagas por um tal de Fundo Breakstorm e adivinha quem é um dos gestores? Alguém chamado Phillip Wyndham! Tudo bem, é possível que não seja o nosso Wyndham, mas...

A notícia atingiu Will como uma bomba; não porque confirmasse que Marcus Jenkins estava ali como um espião de Wyndham, disso ele não tinha dúvidas, mas porque expunha outra traição da qual ele suspeitara desde o começo.

— Ah, eu tenho a sensação de que é o mesmo Wyndham. Que horas são?

— Quase nove.

— Bom! Ainda dá tempo. Preciso voltar para a cidade hoje.

— Então eu vou com você. Podemos ligar para Rachel e Chris e pedir que...

— Não. É arriscado, mas vamos chamar um táxi e pedir que nos busque. Há um telefone aqui, e eu tenho dinheiro.

— Mas o táxi vai levar o mesmo tempo que Rachel para chegar, e... — Então Eloise parou de falar e perguntou: — Como você tem dinheiro?

Will ficava atordoado com as coisas aleatórias que a garota achava excepcionais em sua vida, ao mesmo tempo em que ela aceitava prontamente todo o verdadeiro estranhamento que o rodeava.

— O dinheiro acaba chegando até mim às vezes, e o que pertence à catedral pertence a mim. Devolvo tudo o que tenho para a igreja sempre que retorno para a terra.

— Certo. Mas por que você quer pegar um táxi?

— Quero surpreendê-los. Deve haver uma explicação racional para essa história, mas quero surpreendê-los mesmo assim. Vi catálogos e folhetos do Fundo Breakstorm na casa de Rachel e Chris, endereçadas a ele. Foi numa das ocasiões em que avistei os espíritos das bruxas e um dos folhetos voou para o chão. Eu devia ter percebido que era algo importante.

— Ah, meu Deus. Isso não é bom. Lembro que não gostou deles quando os conheceu no Terra Plena. Eu devia ter ouvido você! — Eloise parecia triste, temendo o mesmo que Will: que Chris e Rachel tivessem-nos traído. Também estava claramente chateada por tê-los defendido contra as suspeitas do vampiro. — Mas, pense bem, eles são ricos, e é um fundo educacional, então eles são certamente o tipo de pessoas convidadas a fazer doações.

— É verdade. E eles também tinham uma boa razão para agir de forma estranha perto de mim.

Ela pareceu confusa por um momento, mas a ficha logo caiu e ela perguntou:

— Está falando de quando filmaram você no passado?

Ele pensou em Arabella na meia-idade, desmaiando ao vê-lo, e, comparado àquela memória, o comportamento de Chris e Rachel fora muito mais razoável.

Mas ele sorriu, respondendo:

— Sim, foi isso que eu quis dizer. Também tenho que admitir que não teria chegado até Asmund sem eles.

— E eles nos ajudaram tanto nestes últimos meses. Quer dizer, teria sido difícil trazer você aqui sem os dois.

— Isso também é verdade — disse Will, mesmo ciente de que o fato de ele estar ali poderia ser conveniente para Wyndham, cuja intenção talvez fosse não somente destruir Will, mas também Lorcan Labraid, desmontando todas as peças encaixadas no decorrer de mais de um milênio.

Eles caminharam em silêncio por algum tempo e finalmente Eloise questionou:

— O que você vai fazer se ele tiver nos traído?

Era uma escolha de palavras interessante, pensou ele. Por mais que ela não quisesse acreditar na possibilidade, já estava inconscientemente decidindo quem deveria ser o culpado, sugerindo que o traidor seria Chris, e não ele e Rachel juntos. Por outro lado, Eloise não considerava que somente Will fora traído, mas eles dois e o seu destino, e talvez ela estivesse certa.

— O que eu posso fazer? No meu tempo, a resposta seria óbvia, mas agora? Talvez, como você sugeriu, devamos ter esperança de que haja uma explicação lógica.

E Will queria mesmo que houvesse uma, pois, se não fosse o caso, ele não via como poderia permitir que o casal vivesse, uma vez que seria uma ameaça ainda maior para ele. Ser espião era uma coisa, mas, se Chris e Rachel o traíram, ele não teria escolha a não ser matá-los, e, ao fazer isso, temia que também matasse tudo que existia entre ele e Eloise.

4

Eloise duvidou que o táxi viria — ela achou que a cooperativa, ao receber um telefonema de um adolescente pedindo um carro para um local que ficava a vinte minutos da cidade, pensaria que era um trote. Talvez tenha sido o tom de voz de Will, com resquícios de sua antiga vida, mas as dúvidas de Eloise não se concretizaram: o pedido foi aceito e o táxi veio. Quando perguntaram seu sobrenome, Will não hesitou em dizer "Wyndham", embora ele não soubesse o motivo.

Quando o carro saiu de Marland, o motorista perguntou:

— Que diabos vocês estavam fazendo aqui a esta hora da noite? O local fica fechado no inverno.

Eloise mostrou-se assustada, mas Will simplesmente disse:

— Preferimos não conversar, se o senhor não se importa.

— Está bem — respondeu o motorista, aumentando o volume do rádio.

Eloise parecia ter ficado surpresa e, ao mesmo tempo, achado divertido ver Will falar com o homem daquela forma. Mas, é claro, o que ela via era um adolescente falando com um adulto. Sob o ponto de vista de Will, ele era um nobre falando com um subordinado, alguém pago para realizar um simples serviço.

Viajaram em silêncio. Will pensava na situação que teriam que encarar, e, após dez minutos, Eloise contou estar pensando sobre a mesma coisa.

Espontaneamente, disse:

— Tem que haver uma explicação.

Ele assentiu e nada mais foi dito. Então, ao entrarem na parte residencial da cidade, adormeceu e começou a sonhar. Estava andando, como fizera inúmeras vezes, entre as ruínas num dia ensolarado. Alguém chamou seu nome, mas de um jeito diferente: "William Dangrave?" Usaram um sobrenome que só lhe seria atribuído mais de um século após sua morte, e, ao se virar, viu Eloise, linda, radiante.

— Sou William Dangrave — disse ele, acordando do sonho subitamente, nervoso por achar ter dito as palavras em voz alta.

Mas o motorista estava olhando com atenção para a estrada à frente, que parecia congelada em alguns pontos, e Eloise estava sentada em silêncio ao seu lado. Em algum momento nos últimos minutos, ela passara a segurar sua mão. O calor dela percorria todo o corpo de Will, quase parecendo preenchê-lo, e ele entrelaçou seus dedos aos dela.

Eloise sorriu para ele, como se aquele simples ato tivesse servido para deixá-la segura, e ele sorriu de volta, embora soubesse que, naquele momento, não poderia assegurá-la de nada.

Pediram que o táxi os deixasse numa rua lateral, próxima ao centro da cidade. Will pagou a corrida e disse ao motorista para ficar com o troco, mas, assim que Eloise saiu do carro, ele pediu a ela:

— Só um segundo. — Então abriu a porta do passageiro e entrou no táxi novamente.

O taxista lançou-lhe um olhar hostil.

— O que pensa que está fazendo. Nós... — Seus olhos encontraram os de Will, e as palavras desapareceram em algum lugar da sua garganta. O rádio, que estava tocando uma música agitada e contagiante, tornou-se uma barreira sonora de ruídos de estática e frequência.

— Você se lembra desta noite? Você pegou um casal de idosos, sr. e sra. Wyndham. Eles foram passear em Marland. O carro do filho deles quebrou e por isso eles chamaram um táxi para levá-los de volta à cidade. Você era o motorista desse táxi. Consegue se lembrar? — O motorista, confuso, assentiu, parecendo perdido em um sonho, e o vampiro concluiu: — Esqueça-nos. — Ele saiu do carro novamente e fechou a porta.

Will e Eloise começaram a caminhar na direção do Terra Plena. A garota olhou para o relógio e disse:

— Vinte para as onze, uma boa hora para encontrá-los. — Então, adicionou: — Você vai conseguir me levar de volta para a escola, não é?

— Claro.

— E entrou novamente no táxi porque...?

Ela olhou para trás e Will fez o mesmo; o motorista estava sentado onde eles o haviam deixado, parecendo confuso, mexendo nos botões do rádio.

— Eu o hipnotizei, confundi seus pensamentos. Ele vai ter uma vaga lembrança de nós, mas misturada a outras coisas, memórias falsas. Quanto menos gente souber a nosso respeito, melhor.

Eloise balançou a cabeça e disse:

— Há momentos em que percebo que mal conheço você. Quer dizer, eu conheço você, mas me esqueço de todas essas coisas esquisitas.

— Essa é uma das razões pelas quais gosto da sua companhia. — Ela lançou um olhar questionador para Will. — Porque você *me* faz esquecer das coisas estranhas. Às vezes, quando estamos juntos, esqueço... — Ele tentou resumir o quanto a presença dela o transformava, porém não conseguiu. — Simplesmente esqueço.

— Eu também.

Ela sorriu e eles entraram na rua estreita em que o Terra Plena ficava, menos cheia do que o usual, sem dúvida por causa do frio. Eles estavam quase chegando no café quando Eloise perguntou:

— Se houver algum problema com Chris e Rachel, você não poderia hipnotizá-los para esquecerem? E Marcus Jenkins também.

— Isso seria mais fácil, mas acho que não. Primeiro porque imagino que Wyndham seja poderoso o suficiente para se opor a meus esforços limitados, talvez possa até mesmo usá-los contra mim. Em vez disso, vamos torcer para haver explicações simples.

Ele parou na porta do café, e Eloise entrou primeiro. Antes de passar para o lado de dentro, ouviu Rachel dizer:

— Que surpresa boa! O que vocês estão fazendo aqui?

Sem perder tempo, Eloise respondeu:

— Precisávamos vir à cidade, mas não quisemos pedir que vocês fossem nos buscar durante o horário de trabalho.

Rachel sorriu e beijou Eloise no rosto. Ela olhou para Will, chegando perto demais dele ao dizer:

— Obrigada. Hoje está mesmo uma loucura. Vocês podem ir na frente e nós os encontraremos assim que ficarmos livres.

Chris surgiu da cozinha carregando uma bandeja com sopa e pão. Ele pareceu visivelmente chocado ao vê-los ali parados e levou um momento para se recompor. Serviu a comida a um cliente sentado numa mesa de canto, e quando voltou a encará-los já estava sorrindo.

Ele se aproximou com o braço estendido, apertando a mão de Will, e então beijando Eloise no rosto como Rachel fizera. Will percebeu que a mão dele estava seca e quente, sem a suposta umidade reveladora de culpa.

— Vocês não avisaram que viriam.

— Eles não quiseram atrapalhar nosso trabalho no café — disse Rachel. — Não foi gentil da parte deles?

A reação dela foi verdadeira, mas pareceu irritar Chris de alguma forma, como se ela tivesse estragado os seus planos. Porém, se esse foi o caso, ele pareceu se recuperar rapidamente, dizendo:

— Bem, para ser honesto, hoje à noite teria sido difícil, mas é claro que levaremos vocês de volta.

Alguém o chamou, e ele então pediu licença e voltou a trabalhar. Will e Eloise deixaram Rachel e foram até a casa, sentando-se nos sofás verdes em que o vampiro havia confrontado o casal sobre seu interesse nele da primeira vez. O retorno de suas suspeitas era repulsivamente familiar e se tornava pior quando pensava que Rachel e Chris foram informados a respeito de quase todos os seus planos e movimentos nos últimos dois meses.

Eles ficaram sentados em silêncio por algum tempo, ouvindo os sons distantes do café sendo fechado. Até que Eloise olhou para as prateleiras e perguntou:

— Você acha que algum dia veremos os espíritos novamente?

— Você quer dizer as bruxas? — Ela concordou com a cabeça, e ele respondeu: — Talvez não. Talvez elas já tenham nos dito tudo o que queriam. Pelo menos sabemos que não temos nada a temer em relação a elas se um dia voltarem.

— Eu estava pensando que desde Puckhurst nada realmente... aconteceu. Sei que acabamos de descobrir os túneis, mas imaginei que as coisas fossem continuar acontecendo, que havíamos começado algo.

De forma inconsciente ou não, ela mexia no pingente em seu pescoço enquanto falava. Eloise estava certa, é claro. Se este era o momento de encontrar o seu destino, onde ele estava? E por que os mensageiros não apareciam mais para guiá-lo? Lorcan Labraid o chamava, essa era a essência de tudo que ele descobrira em novembro, e, mesmo assim, agora só se deparava com o silêncio, perambulando por conta própria, não entendendo nada do que havia aprendido até o momento.

Ele pensou na passagem escura nos túneis e, mesmo ali, na segurança da cidade, sentiu um frio na espinha. As bruxas seriam uma visão bem-vinda agora. Ainda que somente para que pudesse perguntar a elas sobre os túneis, ao menos sobre aquele túnel específico.

Eloise queria que algo acontecesse, um desejo que ele entendia, mas, ainda assim, ele disse:

— Você conhece o ditado: *Cuidado com o que deseja.*

Assim que Will acabou de falar, Chris e Rachel chegaram do café, e ela perguntou:

— Eloise, você quer comer ou beber alguma coisa?

— Por ora, nada, obrigada.

Chris quis saber:

— Como foi voltar para a escola?

Eloise olhou para ele com uma expressão divertida, arqueando as sobrancelhas, como que questionando se ele realmente precisava de uma resposta para aquela pergunta. Will sempre se esquecia de que a garota tinha 16 anos, mais de 750 anos a menos que ele, e, naquele momento, ela era a imagem perfeita de uma estudante.

— Por favor, sentem-se — disse Will.

Eloise reconheceu o tom de sua voz e subitamente pareceu adulta de novo, nervosa em pensar aonde aquilo poderia levar. Will continuou:

— Vou direto ao assunto, pois tenho certeza de que há uma explicação, e, se houver, talvez possamos usá-la em nosso benefício.

— Parece intrigante — observou Chris enquanto ele e Rachel sentavam-se no sofá de frente para os outros dois.

— Um aluno entrou na escola no começo deste semestre, e por várias razões, nenhuma relevante agora, estamos convencidos de que está lá para espionar Eloise e, talvez, a mim.

Rachel comentou:

— Mas ninguém sabe que você está lá.

Pelo menos ela era inocente. Will podia ver isso em seus olhos, ouvir em sua voz.

— Era o que pensávamos. Eloise descobriu que quem está pagando a mensalidade do rapaz é uma instituição de caridade chamada Fundo Breakstorm. Está envolvido com essa instituição, não está, Chris? Vi alguns catálogos aqui em novembro, endereçados a você.

Chris assentiu, olhando para Rachel ao dizer:

— Nós dois ajudamos várias instituições. Breakstorm é uma instituição de caridade educacional. Doei dinheiro para lá, só isso.

— Rachel parecia prestes a lembrá-lo de algo, mas ele se antecipou, como que oferecendo a informação voluntariamente. — Ah, e eu fui a um jantar oferecido aos doadores.

— No qual você deve ter conhecido os gestores, incluindo um tal de Phillip Wyndham.

Chris riu de si mesmo, amargurado, parecendo desapontado consigo por ter deixado a situação chegar àquele ponto, e continuou:

— Sim, conheci Phillip Wyndham. Na verdade, eu o encontrei algumas vezes quando ele apresentou um panorama do trabalho que fazem, e discutimos a minha doação.

Rachel pareceu surpresa e disse para Will:

— Phillip Wyndham? O Wyndham que está tentando destruir você?

— Não — afirmou Chris. — Não, não pode ser o mesmo homem. Foi por isso que eu não disse nada, pois sabia que vocês iam suspeitar de algo e porque sei que não é a mesma pessoa. Ele é um executivo, um cara de cinquenta e poucos anos que trabalha com negócios...

— Que negócios?

— Não sei, mas confie em mim, o cara não tem nada de feiticeiro, não mesmo.

Eloise pigarreou e se dirigiu a Chris:

— Depois que voltamos de Puckhurst, quando estávamos sentados à mesa da cozinha, foi você quem tocou no assunto. Você perguntou quem era Wyndham e como ele se encaixava na história.

Chris assentiu:

— Porque tinha investigado Wyndham, só para ter certeza, e...

— E? — Rachel parecia precisar tanto de uma resposta quanto Will e Eloise.

— E eu não encontrei rastro algum dele, exceto pelo próprio Fundo Breakstorm. Isso não significa que ele seja suspeito; muitas pessoas ricas e poderosas são difíceis de serem rastreadas. Acho que fiz algumas perguntas naquela noite porque queria ficar tranquilo.

Ninguém disse nada. Will não sabia o que pensar. Chris parecia estar genuinamente em conflito, achando difícil acreditar que o homem que ele conheceu pudesse ser o feiticeiro que tentava destruir Will. Também parecia desesperado, mas isso não indicava se ele era culpado ou inocente.

Finalmente, Chris olhou para Will, como se pedisse uma resposta.

Will solicitou:

— Conte-me sobre esse homem que você conheceu. Phillip Wyndham. Como ele é? Sobre o que ele fala? Tudo o que você conseguir lembrar.

— Como eu disse, ele deve ter uns cinquenta e poucos anos, pode ser mais velho ou mais novo, mas tem cabelos grisalhos. Está em boa forma, anda sempre muito bem-vestido, com ares de um empresário poderoso, embora nunca tenha me contado sobre seu passado. Na maior parte do tempo, falou sobre educação, fez algumas perguntas sobre o nosso negócio, quis saber por que decidimos abrir o café. Ele sabia que eu tinha interesse em ocultismo, então perguntou sobre isso. Mas ele não parecia realmente interessado, estava apenas sendo gentil, só isso.

— Ele não perguntou sobre Will de jeito nenhum, nem mesmo... sei lá, fazendo perguntas capciosas? — questionou Eloise.

— Não, é exatamente isso o que quero dizer. É por esse motivo que não consigo acreditar que seja a mesma pessoa.

Rachel olhava com reprovação enquanto ouvia.

— Mas você deveria ter contado isso para nós, ou pelo menos para mim. Não percebe o que está parecendo?

Chris concordou com a cabeça e colocou a mão sobre a de Rachel, mas ela retirou a sua, lembrando Will do gesto de Eloise no gramado congelado no começo da noite. Será que Rachel estava passando por um momento parecido, perguntando-se quem era aquele homem com quem ela dividia sua vida?

— Não contei para ninguém porque pensei que vocês iriam me deixar de fora de tudo, e eu tinha certeza de que não havia ligação. Quase certeza. Mas devia ter contado, me desculpem. Posso tentar descobrir mais sobre ele, mas, se vocês o conhecerem, terão tanta certeza quanto eu de que ele não tem nada a ver com isso.

Will sorriu, tentando crer que Chris era apenas inacreditavelmente ingênuo, e disse:

— Ele é o principal gestor de uma instituição que inexplicavelmente colocou um garoto na escola de Eloise assim que voltamos para lá; um garoto que sem dúvida é espião, e o sobrenome dele é Wyndham. Você não percebe que esse homem, mesmo que ele não seja o feiticeiro, o qual, deixe-me lembrá-lo, tirou meu irmão da tumba para me atacar, é no mínimo parente ou cúmplice de tal pessoa?

— Claro, se interpretar os fatos dessa forma.

— Há outra forma de interpretá-los?

— Não. Não acredito que fui tão estúpido — disse Chris, cobrindo o rosto com as mãos por um tempo. Quando as retirou, parecia determinado. — Vocês não vão conseguir confiar em mim depois disso, é claro, então não posso mais estar diretamente envolvido. Não me contem nada sobre os seus planos nem sobre o que descobrirem. É a única forma de terem certeza da minha inocência.

Will olhou diretamente nos olhos dele, mas não tentou hipnotizá-lo, pois queria uma resposta completamente honesta, e perguntou:

— Você me traiu?

— Não. Juro pela minha vida.

— Vou me lembrar disso. Mas, se você deu a sua palavra, vou aceitá-la, e não tocaremos mais no assunto. Saberá de nossos planos como antes. A única coisa que peço a você é que tenha cuidado se for contatado por Wyndham novamente.

— É claro, e asseguro uma coisa a você: faz meses que não tenho notícias dele, desde que nos conhecemos.

— Bom.

Houve mais um silêncio estranho, mas logo Rachel sorriu, tentando colocar um fim na discussão ao perguntar:

— Então, como vão as coisas?

— Ainda não há nada acontecendo — contou Eloise. — Na verdade, isso é muito irritante, especialmente depois que voltei para Marland.

— Porém, temos esperança de existir algo na capela e na cripta da escola— disse Will, e Chris lançou-lhe um pequeno sorriso de agradecimento. — É cedo demais para dizer se descobriremos alguma coisa específica, mas faz sentido que a capela da casa antiga seja significativa.

Rachel olhou para o relógio e indagou:

— Mas vocês não vão lá agora, certo? Está tarde. Eloise, como você está conseguindo acordar cedo?

Eloise riu e respondeu:

— Está tranquilo, e não, por hoje já acabamos, mas suponho que seja melhor irmos embora.

— Sim, se vocês não se importarem.

Tanto Rachel quanto Chris os acompanharam na viagem de volta, e a conversa girou em torno do tempo, dos estudos de Eloise e de qualquer outra coisa que afastasse da memória dos quatro as suspeitas e acusações feitas tão recentemente.

Eles os deixaram no portão da escola para evitar suspeitas, e Will e Eloise começaram a andar pela longa estrada, escondidos pelas árvores de ambos os lados.

Assim que o carro se foi, Eloise confessou:

— Não confio nele.

— Mudança interessante — comentou Will, sorrindo.

Ela riu também, dizendo:

— É claro que não sou a única, senão você não teria inventado aquela história sobre a capela da escola. Pensou rápido.

— Obrigado. Mas, em resposta ao que você disse, não tenho certeza se confio nele ou não. Talvez saberemos melhor se lhe dermos informações erradas.

Um pequeno galho quebrou na mata diante deles. Não era um acontecimento incomum, mas estavam sendo cautelosos, e os dois pararam de andar para ouvir com atenção. Depois de um tempo, Eloise sussurrou:

— Você vê alguém?

Will não enxergava ninguém, e, na verdade, a geada tornava difícil que uma pessoa se escondesse até mesmo de olhos comuns, que dirá dos dele.

— Não, não acho que haja alguém aqui. — Mas nem ele nem Eloise saíram do lugar.

Agora que foram alertados pelo barulho do galho, ambos tinham consciência de que algo não ia bem. Will ainda conseguia ouvir o carro de Chris e Rachel se afastando ao longe, escutava o ruído do vapor do aquecedor da escola, a respiração de Eloise, mas também identificava outra coisa, um som fraco e perturbador.

Logo depois, a garota perguntou:

— Que barulho é este? Estou ouvindo algo. — Ela olhou para cima, e o vapor de sua respiração pairou sobre sua cabeça.

ALQUIMIA

Will olhou na mesma direção e conseguiu distinguir o som com mais clareza agora, como uma desagradável batida de coração, pulsando, ficando mais alta, e, então, ele viu algo. Não dava para identificar o que era ou qual o tamanho daquilo, pois não sabia dizer a que distância estava, mas alguma coisa, uma sombra mais escura contra o céu noturno, estava voando na direção deles.

5

Eloise inclinou a cabeça para o lado e disse:
— Parece o som de...
— Asas — continuou Will.

Não eram as batidas de um coração, mas de asas, e, ao concluir que a forma escura era um pássaro, era possível julgar a proximidade dele enquanto descia, mirando diretamente na cabeça de Eloise.

Era o escuro contra a escuridão, projetando-se rapidamente, e de súbito fez-se silêncio, pois até as asas haviam parado de bater. Will impulsionou-se para a frente, movendo-se com rapidez. Eloise soltou um grito atordoado, mas tudo já havia sido resolvido. Will agarrara o pássaro no ar quando se aproximou deles. Sentiu-o quebrar na sua mão com o impacto. Olhou para ele ali, entre seus dedos, parecendo um guarda-chuva quebrado.

— Um corvo? — Eloise parecia mais surpresa do que amedrontada.

Will concordou com a cabeça; porém, antes que pudesse falar, ouviu de novo o mesmo som de batidas. Soltou o pássaro morto e olhou ao redor, tentando ver onde o outro estava. A ave vinha descendo a toda velocidade por detrás deles.

— Corra — disse ele para Eloise.

Ela hesitou, e ele, com um movimento rápido, pegou o pássaro no ar atrás da garota. Mas o som de asas não parou. Eloise deixou escapar um grito e, quando ele se virou, viu que ela fora arranhada na cabeça e estava espantando outro corvo; o pássaro voara até ficar fora de alcance e se preparava para outro ataque.

ALQUIMIA

Will partiu para o ataque, derrubando o corvo no meio das árvores ao lado da estrada. Ainda assim, ele conseguia ouvir mais batidas acima deles, e, progressivamente, o grasnar de vinte, cinquenta, talvez até mesmo cem corvos. Os pássaros o ignoravam, e ficou óbvio que somente Eloise era o alvo.

Ele olhou para ela. O ataque deixou um pequeno arranhão na testa dela, e uma linha de sangue brilhante irradiava de sua pele pálida. Ele sentiu o vazio crescer dentro de si, a necessidade de obter o que era oferecido por aquele sangue.

Mas um vulto desceu do carrossel nauseante que se formara acima e ao redor deles. Ele atingiu o pássaro, e o corpo sem vida e quebrado imediatamente caiu no chão. Às pressas, Will tirou o casaco e o jogou sobre a cabeça de Eloise, tanto para esconder o sangue de si próprio quanto para protegê-la.

— Deixe isso na cabeça e me siga.

Ele pegou a mão dela e a guiou com rapidez, lutando contra os corvos que já atacavam implacavelmente; alguns davam rasantes, mas permaneciam fora de alcance, e outros miravam diretamente em Eloise. Continuavam ignorando Will, mesmo quando ele os atacava.

Eloise deixou escapar outro grito, e ele parou, vendo que tinha deixado passar um corvo. O pássaro bicava a cabeça dela por cima do casaco, acertando seu crânio, determinado. Will o derrubou, mas, no momento em que o atingiu, mais três se aproximaram, investindo contra seu casaco, dando bicadas furiosas.

Ele parou de tentar movê-la e concentrou-se em sua defesa, derrubando os pássaros no ar, agarrando-os quando conseguia. Mas havia muitos deles, e os que o vampiro não matava atacavam de novo, incansáveis. Will não conseguia proteger todos os lados de uma vez e temia que até mesmo ele pudesse ser derrotado.

Finalmente, percebeu que havia apenas uma opção: levar Eloise para um lugar fechado. Ele começou a puxá-la de novo, derrubando os corvos sempre que possível, reagindo aos gritos dela quando os pássaros alcançavam a garota e a arranhavam ou a bicavam por cima do grosso casaco.

Então, chegaram a um ponto em que a mata acabava e fazia a curva pelo terreno aberto até a escola, e, tão súbito quanto começou, o ataque parou. Um último corvo, maior do que todos os outros, voou na frente deles, depois subiu desenhando um arco pelo céu noturno, distanciando-se.

Will e Eloise pararam de andar na mesma hora. Ele ainda conseguia ouvir o som das asas batendo lá no alto, mas os grasnidos haviam acabado. E, gradualmente, o som dos corvos ficou cada vez mais distante. Eloise tirou o casaco e o devolveu para Will.

O casaco, aparentemente, a salvara de outros ferimentos, mas ela fez uma careta ao esfregar a cabeça. A ferida na testa também havia parado de sangrar por causa do ar frio, porém o sangue ainda deixava Will quase atordoado de desejo.

Eloise percebeu imediatamente o que o estava incomodando e disse:

— Desculpe.

Ela deu um passo para trás, pegou um lenço de papel no bolso e cobriu a ferida.

— A culpa não é sua, mas está certa, é melhor cobri-lo. — Ele colocou o casaco de volta.

A garota olhou ao redor e perguntou:

— O quê... quer dizer, o *que* foi aquilo?

Will olhou para a estrada, cheia de pássaros mortos, e respondeu:

— Vamos entrar primeiro, é melhor não falarmos sobre isso aqui.

Eles caminharam rapidamente pelo resto da estrada, agora facilmente visível contra o gramado congelado, embora não houvesse qualquer luz acesa na escola. Ficaram em silêncio a maior parte do tempo, exceto quando Eloise comentou:

— A essa hora da noite, e eles só atacaram a mim. — Então, ela voltou a ficar calada.

A jovem apontou para uma porta lateral, e Will destravou a maçaneta. Assim que entraram, ela disse:

— Podemos ir ao meu dormitório; é muita sorte eu estar num quarto individual neste semestre.

— Será que alguém poderia nos ouvir lá?

Ela balançou a cabeça negativamente.

— O quarto fica bem num canto, sozinho. Mas temos que fazer silêncio até chegarmos lá.

A escola estava muito escura, mas a prova do quanto Eloise conhecia o lugar era que ela caminhava na frente dele com tanta confiança que parecia que as luzes estavam acesas. Quando chegaram em seu quarto, ela fechou a porta atrás deles, cerrou as cortinas, cobriu o abajur ao lado da cama com um cachecol e o acendeu. Então procurou por algo num armário e falou:

— Volto em um minuto.

Will sentiu cheiro de sangue quando ela saiu, quase como se o sangue chamasse por ele, como o canto de uma sereia que o incentivava a ir aonde não podia. Ele ouviu Eloise caminhar pelo corredor, e também escutava e sentia a respiração calma das outras crianças saudáveis que dormiam.

Will tentou tirar esses pensamentos da cabeça e se concentrou no quarto na frente dele. Ficou parado exatamente onde ela o deixou, aguardando seus olhos se adaptarem à luz fraca do abajur, e observou os pôsteres: o primeiro mostrava um jovem sem camisa com cabelos negros, outro um grupo de jovens usando roupas escuras e maquiagem no rosto, e o último era de uma produção alemã de *A Flauta Mágica*, de Mozart.

Havia uma cama, uma escrivaninha, vários objetos pessoais, prateleiras cheias de livros. Ele queria andar pelo quarto, olhar os livros e ver o que ela estava lendo, mas, de alguma forma, sentia que não tinha permissão para tal. Aquele espaço era tão íntimo que, por mais que conhecesse Eloise, por mais profunda que fosse a ligação entre eles, sentia-se um intruso ali.

Ele a ouviu retornar e, quando ela entrou no quarto, um forte odor de antisséptico escondia o do sangue, e um esparadrapo cobria a ferida.

— Não foi tão feio quanto parecia, só um arranhão. — Ela sorriu enquanto fechava a porta e disse: — Venha e fique à vontade.

Will deu um passo à frente, esquecendo-se de olhar para os livros ao puxar a cadeira da escrivaninha para se sentar. Seus olhos foram da cama aos pôsteres novamente.

— Não olhe para os meus pôsteres. É constrangedor demais.

Eloise tirou as botas e sentou-se de pernas cruzadas na cama. Ela havia se sentado dessa forma na cama dele, o que ao menos trazia um toque de familiaridade. O fato de ele estar ali invadia a privacidade dela tanto quanto no dia em que Eloise viu onde ele morava.

— As pessoas nesses pôsteres são conhecidas?

Ela apontou para trás sem olhar.

— Ele é ator. Eles são de uma banda. Eu costumava achar o da direita bonitinho.

— E não acha mais?

— Não, porque encontrei outro cara bonitinho agora, tão inacessível quanto os dos pôsteres. — Ela riu e ele também, um pouco. — Na verdade, só os coloquei de volta neste semestre para as outras garotas não suspeitarem de nada.

Will acenou em concordância, sentindo-se mais relaxado ao comentar:

— Gosto daqui. Tem o seu cheiro, a sua presença. Sinto-me em paz.

Eloise sorriu, mas sua mente já estava em outro lugar.

— O que aconteceu lá fora?

— Wyndham. É a única possibilidade. O que mais pode ter sido? Um fenômeno natural bizarro? Foi Wyndham quem causou aquilo, tenho certeza, e, de alguma forma, ele deve ter descoberto que você é importante para o meu destino, e é mais fácil atacar você, uma garota viva e normal, do que me enfrentar.

— Então ele é um tolo. — Will pareceu confuso, e Eloise continuou: — Se ele está atrás de mim, deveria ter atacado durante o dia, quando você não está por perto para me proteger. Agora estarei sempre alerta para qualquer sinal.

— É um bom argumento, mas, pela ferida na sua cabeça, não acho que devemos subestimá-lo. E estou certo de que você percebeu que Chris estava com a gente o tempo todo, desde o momento do confronto até chegarmos no portão da escola.

Eloise pensou nos acontecimentos da noite.

— Não havia pensado nisso, mas você está certo. Então Chris...

— Não, isso não nos diz nada sobre ele. Mostra apenas que Wyndham tem outra fonte observando os nossos movimentos. E tenha em mente que estamos falando de um homem que trouxe o fantasma do meu irmão do mundo dos mortos para me destruir. Seus poderes mágicos devem ser grandes a ponto de ele não precisar se restringir apenas à ajuda de humanos. Então acredito que devamos ficar mais atentos. — Ele olhou para o relógio ao lado da cama dela e disse: — Vou deixá-la dormir. Podemos falar sobre Wyndham amanhã à noite.

— Tudo bem. Ah, não. Amanhã à noite não dá. É o ensaio do recital. — Ela apontou para a caixa de um instrumento no canto do quarto. — Toco violino; muito mal.

Ele se levantou e propôs:

— Depois de amanhã, então, mas tome cuidado enquanto isso.

Eloise concordou com a cabeça, e ele esticou a mão para afagar seu rosto. Ela ergueu a própria mão antes que ele pudesse tirar a dele e pressionou seus dedos um instante mais contra o calor da própria pele. Will sorriu quando ela finalmente o soltou e disse:

— Não tão inacessível.

Ele a deixou e saiu às pressas da escola, que agora estava sob a mais completa escuridão. Dera apenas alguns passos quando uma luz apareceu em um dos quartos lá em cima. Will parou, e, por um segundo, uma cortina foi aberta e um rosto apareceu, olhando para a noite antes de se recolher novamente. Por mais que Will tivesse a intenção de ir embora, permaneceu ali, vigiando a janela. Seu interesse acabara de aumentar, pois, além de ser muito tarde, fora o rosto de Marcus Jenkins que rapidamente aparecera.

6

As cortinas não foram completamente fechadas quando Marcus se afastou da janela, deixando espaço suficiente para que alguém enxergasse o interior do quarto pelo lado de fora — caso esse alguém estivesse no terceiro andar.

Will chegou mais perto, agachou-se e pulou no parapeito da janela do quarto ao lado do de Marcus. Mesmo sem fazer quase ruído algum, ele não queria alertar o garoto de sua presença pulando diretamente na janela dele. Porém, ele se movera agilmente pela parede e se agachara no parapeito do lado de fora do quarto iluminado.

Levou um tempo para que a sua visão se adaptasse, fechando os olhos e abrindo-os lentamente. Marcus estava sentado à escrivaninha de pijama, com uma luminária disposta de forma a não clarear o rosto do garoto que dormia na outra cama.

Ele escrevia num caderno com grande concentração, tanta que desta vez nem pareceu perceber a presença do vampiro do lado de fora. A princípio, Will se perguntou se Marcus não estava num tipo de transe, mas o garoto que dormia se mexeu, e Marcus virou-se para se certificar de que ele não estava acordado antes de voltar a escrever.

Pareceu ter preenchido a página em que estava, depois a virou e escreveu um pouco mais antes de parar. Ele analisou algo por um momento, deixou a caneta de lado e fechou o caderno; Will notou que a capa era de couro. Cuidadosamente, Marcus colocou o caderno na gaveta da escrivaninha, levantou-se e desligou a luminária.

O quarto não ficou totalmente escuro, mas assumiu um tom azulado. Só então Will percebeu que o garoto que dormia deixara um abajur ligado ao lado da cama. Marcus atravessou o quarto e deitou-se na cama, virando imediatamente para a parede.

Will esperou alguns minutos, agachado no peitoril estreito, o vento balançando levemente seus cabelos e o casaco. Aquilo não era um diário, disso tinha certeza, mas o que poderia haver de tão importante no caderno para fazer Marcus esperar até estar sozinho para preencher aquelas páginas?

O quarto parecia imerso em uma atmosfera de sono agora, o garoto esparramado de costas, Marcus completamente imóvel, da mesma forma que estava desde que virou para a parede. A janela estava fechada e faria barulho ao ser aberta, mas Will estava determinado a descobrir o que fora escrito naquele caderno. Ele saltou do parapeito, com seu casaco esvoaçando atrás, e pousou com um barulho suave no cascalho congelado lá embaixo.

Então, voltou para a escola, subiu a escadaria e entrou sorrateiramente nos corredores, tentando não pensar no mundo de sono em que estava transitando. Contou as portas da ala do terceiro andar que ocupava a parede externa. Ele calculara que seria a quinta porta; como esperado, havia uma luz azulada saindo por debaixo dela.

Parou por um momento, ouvindo o silêncio profundo, depois abriu a porta delicadamente e entrou no quarto. Nenhum dos garotos se mexeu, mas mesmo assim ele esperou, escutando o ritmo de suas respirações, tentando desesperadamente não se focar na vida que fluía neles nem no cheiro de sangue que parecia infestar o cômodo.

Estavam dormindo. Will caminhou com cuidado até a escrivaninha e abriu a gaveta, pegando o caderno. Ou Marcus confiava completamente em seu colega de quarto, ou sua única preocupação era que o garoto não o visse escrevendo.

Will passou as primeiras folhas do caderno, que estavam em branco. Virou as páginas mais rapidamente, depois as folheou, cada vez mais confuso com a quantidade de branco à sua frente. Não havia nada escrito. O caderno era definitivamente aquele; contudo, estava vazio.

Ele passou os dedos sobre as páginas, procurando marcas que pudessem ter sido deixadas por uma caneta, mas não havia nada. Will não compreendia. Colocou novamente o caderno sobre a escrivaninha, ainda aberto, e ficou olhando para duas inexplicáveis páginas em branco.

Will vira Marcus escrevendo. Até mesmo observara o garoto chegar ao final de uma folha e virá-la, mas não havia nada lá. Devia ser algo projetado por Wyndham. E agora era óbvio por que Marcus não queria que seu amigo o visse trabalhando.

Ele ouviu um barulho e olhou para a cama de Marcus, encarando confuso a forma amassada do edredom por um segundo antes de perceber que Marcus não estava mais embaixo dele. Virou-se rapidamente, surpreso por não ter ouvido o garoto se levantar.

Marcus estava de pé atrás dele, bem calmo, olhando para a frente como se enxergasse através do peito de Will. Involuntariamente, o vampiro deu um passo para trás, fechando a gaveta sem querer — o que fez barulho demais —, mas então se controlou, e o choque diminuiu. E diminuiu mais ainda quando percebeu que Marcus não estava acordado. Ele estava imóvel, e seus olhos o encaravam com uma calma estranhamente fria, como se ele apenas esperasse que Will se movesse.

Will deu um passo para o lado, e Marcus se aproximou da escrivaninha. Sem olhar para baixo, fechou o caderno e o colocou de volta na gaveta. Após fechá-la novamente, o garoto se virou, atravessou o quarto, deitou na cama e retomou a mesma posição, virado para a parede.

Seria ele sonâmbulo ou até aquilo era uma espécie de controle de Wyndham? E qual era o feitiço daquele caderno — serviria como alguma forma de comunicação? Will se perguntou se Marcus o usava para enviar relatórios gerais ou sobre algo mais específico, como talvez o ataque dos corvos.

Ele olhou para o garoto, que dormia tranquilo, e, embora Will não entendesse o motivo, torcia para Marcus não ser nada além de um espião. Will relembrou o comportamento dele naquela noite no rio, e isso fez com que desejasse poupar a vida de Marcus Jenkins, mesmo sabendo que não hesitaria em matá-lo se descobrisse que ele fazia parte de um plano para machucar Eloise.

Isso era algo que Will teria que descobrir de uma forma ou de outra, mas por enquanto decidiu bater em retirada, movendo-se em silêncio até o corredor e fechando a porta atrás de si. Foi ágil ao descer a escadaria e chegar à porta lateral. Somente quando estava prestes a abri-la que hesitou, sentindo que algo pudesse estar atrás.

Virou-se e olhou para o corredor que atravessava o térreo da escola. Não ouvira nada, não vira nada, mas, por um momento, sentira que havia alguém ali. Não tinha ninguém por perto, mas será que alguém o vira entrar e agora o esperava sair? Will deu alguns passos pelo corredor; no entanto, ainda não havia movimento algum, cheiro algum.

Talvez ele estivesse simplesmente assustado pela estranheza da situação que havia acabado de testemunhar no quarto de Marcus. Por outro lado, seus instintos lhe diziam que alguém estivera lá, e isso servia como um lembrete de que Wyndham, sem sombra de dúvida, tinha mais de uma pessoa trabalhando para ele na escola.

Will desistiu e foi embora, indo em direção ao gramado da casa nova, mas seus pensamentos foram povoados pelo perigoso feiticeiro. Quem era ele, por que estava tão determinado a destruir Will, quanto poder possuía, quanto conhecimento?

ALQUIMIA

Wyndham podia acordar os mortos, isso Will sabia; porém, por mais incomum que fosse tal habilidade, Will estava mais intrigado com o estranho caderno vazio, talvez porque sugerisse uma magia que funcione em níveis diferentes. E esse pensamento criou outra indagação: quanto perigo Marcus representava para Eloise?

As respostas em potencial para tal questionamento o encheram de medo. Sem pensar, ele segurou a metade do pingente quebrado que usava pendurado em seu pescoço e ficou surpreso ao perceber que estava quente, quase como se repousasse sobre a pele dela, e não sobre a dele.

O calor do metal irradiava sobre a mão de Will, fazendo com que se lembrasse de Eloise e do quarto dela. Ele não entendia como aquilo poderia estar acontecendo, mas sentiu-se reconfortado mesmo assim, pois compreendeu que os dois tinham sua própria magia e por que, naquele momento, segurava em suas mãos o único pedaço de calor naquele vasto terreno congelado.

7

Quando minha mãe sofreu seu colapso, ela não tinha como saber quem era aquela criatura que reaparecera em sua vida depois de se ausentar por tanto tempo. Eu também não entendia completamente o papel que ela queria que seu filho desempenhasse. Obviamente ela se sentiu assombrada por um demônio e acreditou que o retorno dele significava que desejava castigar sua alma. Além disso, por alguma razão inimaginável, ela viu em mim, seu filho mais novo, a única pessoa capaz de salvá-la daquele mal.

Pensando em retrospecto, compreendo que William de Mércia não tivesse planos para a alma de minha mãe. Na verdade, devido ao fato de ter resistido às amplas oportunidades que teve de se alimentar dela, ainda me pergunto qual seria seu interesse. Acredito que ele a tenha encontrado por acaso naquela noite em 1742.

Porém, quando uma criança recebe súplicas da mãe, pedindo-lhe que seja seu protetor, que estude muito para ficar pronto para o papel, qual é a sua reação mais provável? Fui um soldado entusiasmado em seu exército contra o mal muito antes de entender que lutávamos contra o mal, e que ela não estava me treinando para ser um simples soldado, mas um general.

Meu pai também me encorajou ao ver a alegria e a força evidentes que o projeto trazia a Lady Bowcastle. Também ajudava o fato de ser uma extravagância que ele podia pagar, pois, diferentemente de muitos filhos mais novos, eu não precisaria me tornar sacerdote ou seguir carreira militar para ganhar a vida.

ALQUIMIA

Minha mãe era filha única, e as duas famílias eram igualmente ricas. A maior parte da fortuna do meu avô materno fora destinada a mim, assim como a de um tio-avô que não tivera filhos. Eu não teria um título de nobreza, mas minha riqueza seria equivalente à do meu irmão.

E, assim, foi decidido. Eu não iria para o colégio interno. Ficaria por perto, de forma que minha mãe pudesse se assegurar constantemente do meu progresso, e tutores cuidadosamente selecionados seriam trazidos a mim. Pois, apesar de estudar muitos dos assuntos conhecidos por meus contemporâneos, o fiz com propósitos específicos, reforçados por lições de natureza mais exótica.

Aprendi latim e grego para apreciar melhor os clássicos, mas também para compreender os textos misteriosos e ocultos adquiridos para mim. Aprendi ciências para entender os enigmas do mundo e a fim de me preparar para as tarefas que enfrentaria. Participei de atividades esportivas, mas dando muito mais ênfase às habilidades de combate, que minha mãe imaginava que seriam necessárias mais cedo ou mais tarde.

Também estudei ocultismo, com vários estudiosos e padres enviados de várias partes destas ilhas e da França, Alemanha, Itália e outros lugares. Devorei essa parte do currículo, mas sempre soube que aquele era o único assunto que não poderia ser discutido livremente fora da sala de estudo. Até mesmo minha mãe jamais conversou comigo sobre isso, somente para encorajar a minha discrição.

A vivacidade do meu intelecto e a completude da minha educação geral eram tamanhas que eu quase nunca tinha problemas para interagir com a sociedade. Na verdade, para o resto do mundo, eu era um aluno brilhante, porém normal na minha classe, apreciando atividades saudáveis ao ar livre e a companhia dos meus colegas. E, assim, a criança entusiasmada transformou-se em um jovem talentoso.

No último ano que passei com minha família, fui considerado uma figura distinta — bonito o suficiente, rico o bastante, abençoado com vários talentos. Ironicamente, especulou-se muito naquele último verão que eu poderia ser o parceiro ideal para Lady Maria Dangrave, a filha mais velha do Conde de Mércia.

E ela teria sido uma boa parceira: era bonita e inteligente, com um senso de humor sarcástico, e acredito que gostávamos o bastante um do outro. É claro que eu não poderia saber na época que ela tinha o mesmo sangue do demônio que inconscientemente me moldara.

Lady Maria Dangrave. Ao pensar nela agora, com seus cabelos loiros e encaracolados, olhos vivos, lábios delicados, imagino que poderíamos ter compartilhado uma vida curta e feliz. Digo isso mesmo sabendo que esses pensamentos não fazem sentido agora, pois não era para ser assim.

No intervalo de doze meses, meu tio-avô e meu avô morreram, e minha mãe decidiu que estava na hora de concluir meus estudos fora do país. Às vezes me pergunto se a escolha dela foi motivada pela minha atração crescente por Maria. Seja lá qual tenha sido o motivo, foi o momento ideal em um aspecto — afinal de contas, é a única razão pela qual eu estou contando minha história agora, duzentos anos após a época em que deveria ter morrido de velhice.

8

Quando Will chegou à casa, deu meia-volta e caminhou pelos gramados da ala leste em vez de entrar. Foi até as ruínas e perambulou por lá. Era algo que havia evitado até então, pois era entristecedor ver os restos daquelas paredes despontando como dentes quebrados.

Boa parte do mundo dele sobrevivera na cidade, e, às vezes, Will olhava para as ruas, para os muros ou para a própria igreja e momentaneamente se esquecia de que fora abandonado no futuro. Mesmo assim, Marland, cuja imagem ainda estava tão fixa em sua mente, com seus monges, jardins de ervas, apiários e devoções, seu silêncio e sua beleza, tinha sido reduzida àquelas paredes tombadas.

Ele estava ali agora somente porque tinha pensado em algo que já lhe fora sugerido. Algumas das paredes foram destruídas de tal maneira que pareciam formar um caminho de pedras elevado em alguns lugares, e Will seguiu por ele, observando todos os cômodos perdidos. Tentou não pensar no que já haviam sido e buscou outra memória.

Enquanto subia em um pequeno pilar de pedras e olhava para uma ornada moldura de janela que parecia quase livre de sustentação, as imagens se encaixaram e ele soube onde estava. Aquele era o lugar com o qual sonhava desde novembro, as ruínas pelas quais sempre caminhava com Eloise num dia de verão.

Desceu para a grama, que foi esmagada sob seus pés, sentou-se no muro e olhou para o arco da janela e para os arredores das ruínas. Não conseguia nem imaginar por que estava sendo atormentado por sonhos com algo que nunca poderia ver. Sim, ele enxergava as ruínas à sua frente, poderia levar Eloise ali, mas jamais poderia recriar suas visões.

Aquela tarde ensolarada era algo que nunca seria nem nunca poderia ser seu, assim como o seu relacionamento com Eloise nunca seria da forma apresentada em seus sonhos. Era um tipo de tortura especialmente cruel, o fato de sua mente ficar toda hora mostrando-lhe imagens de algo que ele não viveria.

Ficou sentado ali por um tempo, e sua mente alternava entre lembranças dos sonhos e dos estranhos pensamentos conflitantes que surgiram durante a visita ao quarto de Eloise. Queria poder ver algum significado naquilo, mas não havia nenhum, exceto que ela era uma linda garota, que ele gostaria que tivesse vivido e sido da sua classe social em 1256, e que ele preferia não ter ficado doente — eram desejos demais.

Will levantou-se abruptamente, com uma onda de energia derivada de toda aquela frustração, e caminhou rapidamente para casa. Era compreensível deixar-se consumir pelo pesar, mas ele tinha muito o que fazer antes de o dia clarear e antes que pudesse levar Eloise ali novamente. Temera demais por ela naqueles túneis, e somente então percebeu como fora tolo por levá-la ali sem preparo algum. O ataque dos corvos o havia convencido de que não podia baixar a guarda. Aquilo fora prova de que, embora Eloise pensasse o contrário, ele não era sempre forte o suficiente e nem sempre podia protegê-la.

Algo lá embaixo o deixara com medo, embora não conseguisse imaginar o que poderia temer, exceto, talvez, a verdade sobre quem era. Não importa o que fosse, estava determinado a enfrentar sozinho antes de ser tão descuidado a ponto de expor Eloise novamente.

ALQUIMIA

Will foi para a sala de bilhar assim que entrou na casa. Havia três sabres expostos na parede acima da mesa, e ele pegou um, depois outro, testando e sentindo o peso deles. Escolheu seu preferido, colocou o outro de volta no lugar e foi para a biblioteca.

Ele teria que devolver o sabre antes do nascer do dia, pois, a princípio, a casa era inspecionada quase que diariamente, e Will não queria que sua ausência fosse notada. Olhou para o relógio do corredor enquanto passava por ele e calculou ter seis horas, talvez cinco, para voltar aos porões antes do amanhecer.

Os porões eram a pior parte: ter que passar as horas do dia naqueles esconderijos sem nada para distraí-lo da necessidade perturbadora de sangue. Era mais difícil ainda quando conseguia ouvir alguém andando pela casa. Se o caseiro ou o segurança, quem quer que estivesse cuidando do local, se aventurasse pelos porões em algum momento, Will não tinha certeza de que conseguiria exercitar o autocontrole que o mantivera anônimo no decorrer dos séculos.

Na biblioteca apertou o botão ao lado das prateleiras que abria o painel secreto, entrou e deixou a porta se fechar às suas costas. Prendeu o sabre no cinto e colocou as mãos na parede. O mecanismo entrou em movimento e a parede girou, revelando o acesso para a escada.

Will ficou olhando, mas não saiu do lugar. Quando ele finalmente se mexeu, foi para pegar os óculos escuros e, depois, o sabre. As luzes nos túneis estavam acesas, mas ele se lembrou claramente de tê-las desligado ao sair.

Aquilo também o lembrou prontamente da última vez em que encontrou luzes acesas inesperadamente na biblioteca da catedral e se perguntou se, mais uma vez, aquilo seria um sinal de que algum dos aparentemente muitos seguidores de Wyndham também estava explorando o complexo de túneis.

Não conseguia sentir cheiro algum, absolutamente nada, e também não ouvia coisa alguma, mas o labirinto era tão vasto que era possível não ser capaz de detectar outro visitante a partir dali, de qualquer forma. Levou a mão até o interruptor, mas pensou ser melhor usar a própria visão noturna se estava prestes a encarar um inimigo. Apertou o interruptor para desligá-las e depois para ligá-las, porém as luzes continuaram acesas.

Will riu um pouco, e então gargalhou, finalmente sentindo alguma admiração por Wyndham, por sua engenhosidade e determinação, por sua irritante habilidade de criar obstáculos no caminho de Will. O que tornava a situação ainda mais divertida era o fato de que Will nem mesmo sabia onde deveria chegar — Wyndham provavelmente também conseguiria que Will continuasse ignorante quanto ao próprio destino se simplesmente o deixasse em paz, afundado em ignorância.

Tirou os óculos e ficou olhando para as luzes, que não estavam tão claras quanto as que geralmente encontrava na cidade. A dor, que ainda era considerável, até mesmo o ajudava a esquecer-se da fome, e ele se adaptou lentamente até sua visão não estar mais prejudicada. Era um pequeno gesto, talvez até mesmo insignificante, mas uma forma de desafiar o feiticeiro, deixando claro que seria preciso mais do que truques elétricos para derrotar William de Mércia.

Fechou a parede atrás de si e desceu as escadas, prestando atenção nos sons, respirando fundo, pronto para atacar primeiro quem ou o que encontrasse.

No pé da escada, seguiu pelo túnel de conexão até o começo do labirinto propriamente dito, e então virou à esquerda em vez de continuar à direita, desejando percorrer todos os túneis inexplorados na ausência de Eloise. Se houvesse algum esconderijo ou sinais de que terceiros também estariam ali, queria encontrá-los.

A decoração era a mesma em qualquer lugar para onde Will olhasse, com escritas rúnicas e outras ainda mais arcaicas, símbolos, pinturas de homens e criaturas fantásticas. Indubitavelmente, fazer tudo aquilo tinha sido uma tarefa trabalhosa, o que tornava ainda mais significativo o fato de na câmara pentagonal as paredes estarem quase sem escrita.

Mas todos os pontos dos túneis tinham algo em comum: aquela sensação crescente de perigo que havia sentido na primeira visita. Caminhou em silêncio. O ar tinha apenas cheiro de poeira, mas ele estava tão certo de que ia em direção a algo que ficava tenso ao se aproximar de cada curva ou entrada.

Contudo, assim como da outra vez, as curvas não revelavam nada, apenas mais um túnel escuro que levava a outro caminho, outra junção. Não importava quantas vezes ele não encontrasse alguém, não importava que não sentisse nada vivo, ainda esperava que a próxima curva o deixasse frente a frente com... sabe-se lá o quê.

Finalmente Will chegou à câmara pentagonal, usando uma das quatro entradas iluminadas. O quinto túnel continuava lá, ainda no escuro, e Will tentou mantê-lo em seu campo de visão enquanto caminhava pela câmara, nunca ficando de costas para ele.

Olhou para a figura de bronze no chão, o medalhão com a cabeça de javali e as quatro espadas, cada uma apontando para pontos nas paredes em que os nomes rúnicos foram escritos. Agachou-se e tocou a cabeça de javali, quase esperando que ela estivesse tão quente quanto o medalhão em seu pescoço — mas não estava, e, quando tocou em seu cordão novamente, percebeu que não havia mais calor algum vindo do pingente de bronze.

Levantou-se novamente, olhando para as paredes. Será que os artistas antigos deixaram aquela sala vazia para enfatizar os quatro nomes, os quatro espadachins? Um pensamento invadiu sua mente e ele imediatamente desejou não ter deixado o caderno de Jex na cidade — será que aqueles quatro nomes, aquelas quatro espadas, representavam os quatro reis mencionados no diário? E, caso afirmativo, seria possível que uma daquelas inscrições fosse uma forma antiga para o nome Lorcan Labraid? Ele lera aquilo no diário, tinha certeza — Lorcan Labraid era o Rei Deposto, um dos quatro dentre eles. Se Will estivesse certo, aquela câmara seria o mais próximo que chegara de encontrá-lo.

Caminhou pelo local, encostando em um nome de cada vez, um gesto simbólico, querendo tocar o nome do demônio que fizera aquilo com ele, querendo, de alguma forma, aproximar-se do destino traçado naquela noite havia tanto tempo. E, agora que o pensamento havia penetrado em sua mente, olhou novamente para a figura no chão, vendo um novo significado nela. A cabeça de javali representava Will e sua família, os Condes de Mércia, que tinham sido tão cruelmente tratados e feitos prisioneiros pelas espadas daqueles quatro reis bárbaros.

Ouviu um barulho e olhou para cima, colocando imediatamente sua espada em riste. Será que fora um passo? Examinou o ar ao redor, e não detectou nada, mas ouvira um barulho, e ele viera do único lugar que sabia que precisaria encarar mais cedo ou mais tarde: o túnel escuro.

Will deu um passo em direção a ele e parou novamente quando as luzes piscaram na passagem, que estava aproximadamente vinte passos adiante. Era quase como se ele estivesse sendo convidado. A única coisa que ele não sabia era a identidade da pessoa ou criatura que o chamava.

Voltou a andar, sem hesitar desta vez, entrando diretamente no túnel. Estava na metade do caminho quando as luzes piscaram, por um segundo apenas; uma rápida escuridão seguida do retorno igualmente súbito da luz. E agora Will sentia mais uma vez um frio na espinha, pois, naquele segundo, uma figura tinha passado pela entrada ao longe.

A câmara ao final do túnel parecia vazia agora, mas ele vira a figura atravessá-la, disso tinha certeza. Continuou caminhando, pronto para atacar primeiro, e estava quase no fim da passagem quando as luzes se apagaram novamente, antes de acenderem com mais força do que antes, pelo menos ao que lhe pareceu.

Os olhos de Will arderam por causa do brilho súbito da iluminação, mas ele manteve o controle, empunhando o sabre. Piscou várias vezes, desesperado para recuperar a visão, pois conseguia ver uma coisa em meio à luz que o cegava — não estava mais sozinho.

Havia uma figura no meio da câmara encarando-o, com cabelos claros e vestindo um terno escuro e um colarinho clerical: era o Reverendo Fairburn, o espião de Wyndham na biblioteca da catedral. Ele parecia tão real quanto naqueles momentos que antecederam sua queda para a morte.

Will entrou na câmara circular, a espada ainda em riste, mas Fairburn olhou para baixo e disse:

— Não há necessidade disso, nem teria muito uso. Sou uma aparição.

Will olhou ao redor. Viu que as paredes ali estavam decoradas, diferentemente da câmara com a figura de bronze, mas tudo o que realmente queria era se certificar de que estavam sozinhos lá. Assim que se assegurou disso, colocou a espada no cinto novamente, saindo do túnel e circundando a câmara até que conseguisse ver tanto o espírito quanto a saída.

Olhou para o fantasma de Fairburn e perguntou:

— Não foi suficiente Wyndham tê-lo feito escravo em vida? Agora ele faz o mesmo até na morte, negando-lhe a sua paz.

— Ah, eu vim de boa vontade para esta tarefa. Você procura seu destino, não é mesmo?

— Todos nós buscamos nossos destinos de uma forma ou outra.

— Verdade. Bem, William de Mércia, prepare-se, pois estou prestes a mostrar-lhe o seu.

Will riu e afirmou:

— Está prestes a me mostrar o que Wyndham quer que eu acredite. Você pode ser um espírito, podem tê-lo trazido do além, assim como meu irmão foi, mas nem você nem Wyndham sabem mais do meu destino do que eu. Conte-me as mentiras de Wyndham se quiser, mas elas não passarão disso, de meras mentiras.

A expressão de Fairburn não mudou. Ele se virou e olhou diretamente para Will, algo que tentara tanto evitar no último encontro deles, e disse:

— Você me matou. Sei que pulei, mas aquela foi a minha melhor opção. Você me matou, William de Mércia, é por isso que estou aqui. Estou prestes a mostrar a verdadeira natureza do seu destino, e, acredite em mim, você saberá que é verdade e entrará em desespero.

9

— Diga o que quiser — disse Will, cético, porém intrigado. — Qualquer que seja meu destino, conheço meu coração.

— É mesmo?

Will andara para trás na direção da parede, preparando-se para o que fosse acontecer, a mão esquerda ainda sobre o sabre para qualquer necessidade. Fairburn permaneceu no meio da câmara, mas ergueu as mãos como que fazendo uma pequena oração. Quando as baixou novamente, sorriu e disse:

— Observe.

Por um momento, nada aconteceu, mas então Will percebeu que as paredes ao redor haviam se tornado menos sólidas, tremeluzindo de tal maneira que o faziam se lembrar do mormaço nos dias mais quentes de verão. Do outro lado da câmara, uma figura apareceu, primeiro como uma imagem entalhada na pedra da parede, depois ganhando mais forma, e então mais cor, antes de emergir sólida e real à frente dele.

Outro fantasma, outro alguém que ele reconhecia, dos pés descalços à camiseta azul imunda e barba irregular. O espírito passou por Fairburn, indo diretamente a um ponto à direita de Will, onde atravessou a parede como se ela fosse feita de névoa. Ele parecera sólido durante o tempo que ficara na câmara, mas faltava algo. Ele não olhara para Will como Fairburn fazia, não olhara para lugar algum, e seus olhos e sua expressão eram vagos.

— Você o reconhece, claro — afirmou Fairburn assim que a figura desapareceu. — Ele era conhecido como Jex. Seu nome verdadeiro, se interessar, era Stephen Leonard. Era um jovem problemático, mas saudável, uma vítima perfeita... para você.

Enquanto Fairburn falava, outra figura saía das paredes, assumindo forma e cor antes de se libertar totalmente, e Will sentiu suas certezas desmoronarem ao vê-la. Tinha se esquecido do seu rosto, e via agora que, apesar dos cabelos curtos, das roupas um pouco diferentes, ela tinha mais do que uma leve semelhança com Eloise — poderia facilmente ser ela. Com uma pontada adicional de tristeza, ele se lembrou de como os olhos dessa menina eram alegres, e via agora como se tornaram vazios e sem vida, com uma expressão perdida.

— Você ao menos sabe o nome dela? Helen, e tinha apenas 14 anos em 1988. Havia fugido de casa, naturalmente, virando, então, uma das muitas pessoas desafortunadas e vulneráveis que cruzaram seu caminho.

Ao mesmo tempo que Fairburn falava, mais duas figuras saíam das paredes, depois uma terceira. E, quando Will se deu conta, Helen, cujo nome ele realmente não sabia, havia desaparecido.

Fairburn voltou a falar, mas Will interrompeu, perguntando:

— Por que eles não me veem como você? Não são espíritos, são meras imagens, impressões de pessoas que um dia existiram.

Meia dúzia de aparições cruzava a câmara em diferentes direções na frente dele. Duas delas cruzaram caminhos e uma passou através da outra, tornando-se uma mistura nebulosa antes de voltarem à forma antiga e continuarem sua jornada em direção ao mais completo esquecimento na parede da câmara.

Fairburn explicou:

— Eu fui a sua vítima mais recente, exatamente como qualquer um deles, mas tive muita sorte de tirar minha própria vida antes que você pudesse infligir o seu mal em mim. Sabe, William de Mércia, um espírito e uma alma são duas coisas diferentes, e você tirou a alma deles ao matá-los. Foi isso que você os tornou, recipientes vazios vagando pela eternidade sem propósito, sem recompensa. Você não roubou apenas a vida deles, você os privou de muito mais.

Will balançou a cabeça negativamente, lutando para aceitar aquelas palavras, sofrendo com o grupo de espíritos que cruzava a câmara à sua frente, alguns desaparecendo nas paredes ao seu lado, tão próximos que, se esticasse a mão, poderia tocá-los.

O ar parecia crepitar agora, carregado por toda aquela energia à medida que mais e mais espíritos surgiam. E Fairburn tornava-se triunfante e maníaco, tecendo comentários aqui e ali conforme cada novo espectro aparecia.

— Essa mulher estava grávida quando você a matou; foram duas mortes, não uma. Ah, este era George Cuthbertson, de 1813, mas ele não passava de um ajudante nos estábulos, não significava nada para um nobre como você, quase não era digno de consideração. E aqui estamos nós em 1741 com o jovem Tom, novo na cidade. Como os pobres foram generosos com você, William de Mércia.

Algo que Will não podia negar era que todas aquelas pessoas foram suas vítimas, e o rosto de cada uma delas estava em sua memória, mesmo depois de tanto tempo. Pensava nelas com frequência, e somente as muitas outras mortes que vira durante sua longa existência amenizavam o peso na sua consciência.

Mas, se o que o espírito de Fairburn dissera fosse verdade, não havia contexto possível que o desculpasse de suas ações. Ele condenara aquelas pessoas não à morte, mas ao limbo eterno, extirpadas da própria essência de quem foram um dia.

Do outro lado da câmara lotada, uma jovem emergiu da parede, e Will, não conseguindo se controlar, gritou:

— Kate!

Mas ela não o escutou nem o viu, e olhar para sua expressão vaga era um lembrete doloroso demais de como um dia ela rira e o fizera rir, e de como ela se dispôs com tanta boa vontade a ser mordida na esperança de se tornar sua companheira.

— A boa Kate — gritou Fairburn. — Teria sido muito, muito melhor para ela se tivesse sido levada pela peste, e não pelo seu ato corrompido de amizade.

— As almas deles estão perdidas para sempre?

Fairburn o ignorou a princípio, e era como se estivesse contando as dezenas de espíritos que surgiam e desapareciam da câmara. Finalmente, parecia que os números estavam mais uma vez diminuindo.

— Nada é para sempre, nem mesmo você. Talvez, especialmente você. Quando morrer, as almas deles serão libertadas e restauradas. Não sei o que acontecerá à sua, mas se houver justiça será destruída.

— Não me importo com o que pode acontecer com a minha alma. Mas não acredito em você. É possível que eu os tenha reduzido a isso, porém eu saberia se todas essas almas estivessem dentro de mim.

Mais uma vez, era como se Fairburn não estivesse ouvindo. Havia apenas mais quatro espíritos na câmara, e, conforme cada um foi desaparecendo através das paredes, ele parecia ficar mais e mais confuso.

Somente os dois estavam na câmara agora, mas Fairburn olhou para cima, perdido em seus cálculos, e disse:

— Oitocentos e quarenta e três; comigo, são quarenta e quatro. Mas deveria haver mais um... — Com um ar de falsa teatralidade, ele fixou o olhar em Will e questionou: — Como pude esquecer?

Acenou com um floreio para a parede mais distante, e nela imediatamente surgiu a silhueta de uma figura humana. Tomou forma: uma mulher trajando um vestido azul-marinho do tipo que se usava durante a infância de Will, de cabelos dourados, pele pálida. Ela pisou no chão da câmara, uma jovem de beleza radiante, ao mesmo tempo familiar e desconhecida para ele.

ALQUIMIA

Ela não era como os outros, e pareceu confusa ao olhar para a câmara, como que perguntando a si mesma de que modo tinha ido parar lá. Todos aqueles espectros foram convocados por Wyndham, mas apenas este parecia saber que não desejava ter sido invocado.

Incentivando-a, Fairburn chamou:

— Venha, espírito, entre na câmara.

Ela estava andando em direção ao centro, mas, aparentemente, não o fazia em resposta às instruções de Fairburn.

O espírito passou por Fairburn e avistou Will pela primeira vez. A mulher então parou e olhou fixamente para ele, um leve sorriso esperançoso se formando em seus lábios. Mas desapareceu ao desviar os olhos para Fairburn e, quando voltou sua atenção para Will, parecia ansiosa para comunicar-lhe algum tipo de mensagem.

Ela não falou, mas levantou a mão e segurou um pingente pendurado em seu pescoço, mostrando-o para Will enquanto olhava para ele, sorrindo novamente, parecendo desejar encorajá-lo. Então, soltou o pingente e levou um dedo aos lábios. Somente parou de sorrir quando se virou, e uma tristeza profunda e peculiar tomou conta de sua expressão.

— Fique um pouco, espírito — pediu Fairburn. Mas a mulher andou ao redor do vigário e, enquanto fazia isso, gradualmente afundou no chão, como se estivesse descendo uma larga escada helicoidal. — Espírito, isto a aflige, sei bem, mas você tem que ficar! Veja aqui o mal diante de nós... — Mas o espírito se foi.

Will não sabia o que pensar. Se aquela tivesse sido uma de suas vítimas, ela não teria sorrido nem agido com tal intimidade, que certamente indicava o desejo de comunicar algo, mesmo ele não entendendo o que era. Além do mais, ele teria se lembrado de uma vítima tão impressionante logo do início de sua doença.

Fairburn pareceu desapontado por um momento, mas se recompôs e olhou para Will, balançando a cabeça.

— Não é uma surpresa que sua primeira vítima considere tão perturbador o que você se tornou.

— Minha primeira vítima? Creio que não. Nunca vi aquela senhora antes.

— Sua mãe, William de Mércia; você acabou de ver o espírito da sua mãe.

Will soube instantaneamente que aquilo era verdade, embora nunca a tivesse visto, e sentiu como se tivesse recebido um golpe. Se tivesse lágrimas, ele as derramaria facilmente pela mãe que nunca conhecera.

— Minha mãe morreu quando eu nasci.

— Sua mãe foi assassinada quando você nasceu, por aqueles que já o serviam, para proteger o seu legado venenoso.

— Está mentindo — disse Will, embora tivesse ciência de como sua voz soava fraca, e seus pensamentos esforçaram-se para manter o controle durante aquele ataque.

— Mentindo? Não mostrei a você o seu futuro? Além de mim e da mulher cujo grave infortúnio foi ter lhe dado vida, não há como negar as 843 almas que você tomou; essa marca perversa é o seu destino e meramente o primeiro ato de tudo que está por vir.

Will estava vivo há tempo suficiente para saber que não havia mentira maior do que as que podiam ser comprovadas por fatos. Todas as suas muitas vítimas eram fatos, mas ele ainda acreditava, tinha que acreditar, que havia uma mentira por trás de tudo aquilo, uma mentira criada por Wyndham em sua batalha para destruí-lo.

— Não aceito isso. Foi a doença que me amaldiçoou, pois isso é uma maldição, mas o meu destino é escapar dela. Como disse antes, conheço o meu coração.

Fairburn parecia cheio de ódio ao dizer:

— O seu coração, como creio que saiba, parou de bater há muito tempo. Aceite a morte, William de Mércia, e liberte as almas dessas boas pessoas. Esta é a oferta do sr. Wyndham: aceite a morte com boa vontade, com gratidão, ou ele irá destruí-lo, e o tormento que lhe infligirá será maior do que o próprio inferno poderia oferecer.

— Se o *sr.* Wyndham é tão poderoso, por que ele mesmo não me conta essas coisas?

— Ele contará, quando chegar a hora.

— Claro, quando chegar a hora. — Subitamente, Will se lembrou do comentário de Asmund sobre as muitas provações na vida de um grande homem e de sua sugestão de que Will não tinha sido uma vítima aleatória, que sua doença fora planejada. — Você falou do meu legado venenoso. O que quis dizer com isso? Ou foi só mais uma parte da trama para me fazer acreditar que minha mãe foi assassinada por minha causa?

Fairburn pareceu inseguro por um momento sobre como responder, mas então fechou os olhos e sussurrou:

— Posso contar a ele pelo menos essa parte?

Parecia que não só fora invocado por Wyndham, mas também mantinha uma ligação com ele naquele momento, assim como Asmund mantivera com seu mestre. Se Lorcan Labraid tivesse se comunicado com Will da mesma forma, o processo todo teria sido bem mais simples.

Fairburn concordou com a cabeça, recebendo aprovação, e disse:

— William de Mércia, esta é a sua verdade desprezível: a linhagem dos quatro reis vampiros se encontra em você, tornando-o a pessoa de quem essas profecias malignas falam. — Ele apontou para as inscrições nas paredes ao redor. — Por isso sua mãe foi assassinada, para assegurar que não haveria outra pessoa para ameaçar o seu chamado maléfico especial.

Enquanto falava, Fairburn começou a parecer menos sólido, e uma fina névoa emanava dele, reduzindo-o a transparência e a vapor.

— E o meu destino? O que sabe dele?

A princípio, parecia que não receberia uma resposta, mas, no último minuto, a voz de Fairburn se elevou dos últimos fragmentos serpenteantes da sua forma:

— Não está à sua frente.

Fairburn desapareceu, e Will ficou sozinho na câmara. Tentou compreender o que o homem quisera dizer com aquelas palavras, imaginando como seu destino podia estar atrás dele em vez de estar na frente. Will demorou um pouco até pensar em um significado diferente, um que não fosse um enigma, mas sim literal.

Ele se virou e olhou horrorizado para a pintura para a qual estivera de costas o tempo todo. Nela, entre inúmeras inscrições, estava a imagem de um rei sentado ao trono, e, embora a arte fosse primitiva, a semelhança com Will era inegável.

Em volta do rei, assim como estavam ao redor da cabeça de javali na câmara vizinha, havia quatro espadas formando uma cruz. O mais perturbador era que o trono ficava sobre um pequeno monte, mas, olhando melhor, o monte revelava ser feito de corpos nus e mutilados, cheios de sangue, com rostos contorcidos pela angústia e pela dor.

Will afastou-se dele com medo; todavia, também sentia raiva. Já tinha cometido maldades por sua doença, mas não iria além daquilo. Recusou-se a aceitar que aquela imagem representava o seu futuro e saiu da câmara. Tinha feito coisas ruins, porém não era cruel, e a crueldade não seria, não poderia ser o seu destino.

Aquilo o deixou ainda mais determinado a seguir adiante. Por mais perturbado que tivesse ficado ao ver suas vítimas, por mais chocado que estivesse pela possibilidade de ter destruído suas almas, ele precisava continuar em frente, ou tudo, incluindo aquelas 843 mortes, teria sido em vão.

Não tendo mais nada a fazer no momento, Will simplesmente caminhou com rapidez, explorando passagem após passagem até que cada canto e o formato do labirinto se tornassem familiares. Não havia mais nada lá, e todos os caminhos acabavam levando para a câmara pentagonal.

Ele chegou até ela inúmeras vezes, mas, apesar de ter estado na câmara circular apenas uma vez, não conseguiu caminhar novamente pelo corredor antes escuro. As lembranças já associadas com aquela segunda câmara, das paredes pintadas, dos rostos das vítimas sem alma, de sua mãe, ainda o perturbavam demais.

Mesmo assim, ele parou uma última vez ao lado da figura de bronze, olhando para o túnel que levara até lá, e pensar em sua mãe lhe deu alguma tranquilidade. Ela o reconhecera, o que sugeria que seu espírito o observara no decorrer do tempo. E ela tentou transmitir-lhe algum conselho, até mesmo encorajamento, algo que com certeza não teria feito se somente o mal esperasse por ele.

Will pensou na mãe segurando o pingente em seu pescoço; entretanto, não vira a joia e não sabia o que significava. A menos que... Levantou a mão e segurou o pingente quebrado no próprio pescoço, perguntando-se se fora isso o que ela tentara lhe dizer: para pensar naquele medalhão e em tudo que ele prometia. Agora, o objeto estava frio em sua mão, mas estivera quente, e, em algum lugar, a sua outra metade aquecia sobre a pele de Eloise. O medalhão prometia um futuro diferente daquele pintado por Fairburn, e esse futuro era o único que Will ousava imaginar.

10

Will voltou para a casa, colocou o sabre de volta no lugar e desceu para os porões. Demorou uma hora para que sentisse na pele o leve formigamento significativo, avisando-o de que o sol estava nascendo no horizonte.

Agora, o confinamento ali era total, pelo menos pelas próximas oito horas ou mais. Caminhou de porão em porão, tentando sem sucesso afastar os pensamentos da incômoda fome de sangue que o consumia e o guiava. Era um desejo que se tornava ainda mais insuportável pelas lembranças recentemente reavivadas de suas muitas vítimas do passado.

Helen, cujo nome ele não soubera na época, fora morta no final do outono de 1988, quase no mesmo período do ano em que conhecera Eloise. E o sacrifício dela ocorrera pelo que agora parecia ser a mais insignificante das razões: sustentá-lo apenas pelos meses de inverno e primavera, quando ele hibernou novamente.

Depois, dormiu por vinte anos, tempo no qual um garoto chamado Stephen Leonard tornou-se um homem, inconscientemente preparando-se para ser a próxima vítima de Will. Saber que o garoto que se transformou em Jex fora escolhido por outras forças antes de Will encontrá-lo não lhe trazia paz.

Era doloroso pensar em tudo aquilo e ainda pior saber que haveria uma vítima número 844, que seria necessária, pois o próprio espírito de Will parecia afastar-se dele, implorando pelo sustento de que precisava.

ALQUIMIA

Em algum momento durante a manhã, ouviu alguém na casa, um homem, assobiando enquanto trabalhava. A fome de Will por sangue se intensificou, e foi um alívio ouvir bater a porta que dava para a rua, removendo uma tentação contra a qual ele não poderia resistir por muito tempo.

Às vezes, parecia que as horas do dia eram intermináveis, e ele deixou os porões e a casa imediatamente após escurecer. A Lua já surgira no horizonte, quase cheia, causando um pequeno desconforto na pele de Will, mas tamanha era a sensação de liberdade ao estar lá fora, na paisagem congelada, depois de ficar preso desde o começo do dia, que ele não se importava.

Caminhou pela mata por algumas horas e, assim que a noite se firmou, foi em direção à escola. Sabia que Eloise estaria ocupada naquela noite, mas tinha que ir até lá, mesmo que fosse apenas para vê-la de longe, ficando, porém, mais perto dela.

Ao se aproximar da escola, começou a ouvir uma música, mas a sala de onde ela vinha não era visível do lado de fora. Ele voltou ao seu lugar habitual, observando a sala comunitária da Residência Dangrave a uma distância segura.

Ela abrigava apenas metade dos alunos naquela noite, e, no entanto, lá estava Marcus Jenkins, sentado a uma mesa, jogando xadrez. Marcus pegou a dama preta, hesitou por um momento e depois a usou para ganhar uma das peças do oponente. Seu amigo disse algo, balançando a cabeça, irritado, mas também reconhecendo a habilidade do movimento.

Marcus respondeu, sorrindo, mas então se virou e olhou diretamente para Will, retornando ao padrão que fora quebrado somente na noite anterior, do lado de fora do quarto dele. Aquilo era perturbador, e sua visão parecia alcançar além da janela. Mesmo se Marcus só estivesse olhando o próprio reflexo, Will se perguntou o que exatamente enxergava nele.

Marcus virou-se de costas novamente, mas Will ficou inquieto, pensando no livro vazio, no olhar do sonâmbulo. Marcus era espião de Wyndham, mas tinha algo além disso, alguma qualidade misteriosa que o rapaz possuía, Will sentia isso desde a primeira vez em que o vira.

Will observou por mais alguns momentos antes de ir para a mata que beirava a estrada, explorando-a em busca de algo que pudesse explicar o ataque dos pássaros na noite anterior. Dava para ouvir os corvos empoleirados nos galhos lá no alto, mas pareciam não prestar atenção nele, assim como não o notaram na noite passada.

Quando finalmente voltou para a escola, já estava tarde. Chegou perto demais de uma professora que estava próxima a uma das portas, encolhida para se proteger do frio enquanto sussurrava ao telefone, falando com o namorado. Will sentiu o cheiro dela no ar gelado e desviou para a direita para escapar da constante tentação — ela era jovem e saudável.

A sala comunitária estava vazia agora e, enquanto ele observava, um professor entrou, verificou a sala rapidamente e desligou as luzes antes de sair. Havia luzes acesas no andar de cima, mas não no quarto de Marcus; a noite estava chegando ao fim na Escola da Abadia de Marland ao passo que começava para Will.

Ele ficou ali um pouco mais, como se a sala comunitária ainda estivesse cheia de gente, mas então teve mais uma vez a desconfortável sensação de que alguém o estava observando. Olhou para cima — para a mesma janela escura no último andar — fazendo uma anotação mental de qual era o quarto.

Deu mais alguns passos para trás, e um pouco depois, conforme mais luzes foram se apagando nas janelas e o sono dominando o lugar, ele aceitou que não veria Eloise naquela noite. Era melhor assim. Estava preocupado de estar privando-a de seu sono. Relutante, virou-se e caminhou em direção à casa nova, indo na direção do grupo de árvores que separava uma casa da outra.

E ele quase as alcançou antes de perceber que não estava andando sozinho. Em silêncio e sem cerimônia, figuras vestindo robes apareceram dos dois lados dele — duas das bruxas sobre as quais Eloise havia perguntado na noite anterior.

Will parou e virou-se. Mais quatro bruxas o seguiam, mas pararam a uma pequena distância, mantendo as cabeças baixas, escondendo os rostos ausentes.

— O que querem de mim?

A princípio, não houve resposta, mas, quando veio, foi da voz atrás dele:

— Que cumpra seu dever, nada além disso.

Ele girou para olhar a sétima bruxa, que o encarava, parada perto das árvores em direção às quais ele se encaminhava momentos antes. Somente ela mostrava o rosto quase sem contornos, contendo apenas sombras mais escuras no lugar em que um dia estiveram seus olhos e sua boca.

— Meu dever?

— Proteger. — Os outros seis espíritos começaram a ir na direção dela, deixando-o para trás no terreno congelado. — Você precisa da garota, e o feiticeiro sabe disso; é por isso que a garota precisa de você. — Will estava prestes a falar quando ela ergueu o braço, apontando para a escola atrás dele, usando um tom urgente ao dizer: — Agora, William de Mércia, ela precisa de você agora!

Ele sentiu uma súbita onda de medo por Eloise e olhou para a escola por cima do ombro, uma forma escura e sombria contra a luz da lua.

— Ela está em perigo agora?

Mas quando ele olhou para a frente de novo, os espíritos haviam desaparecido.

Ele correu o mais rápido que pôde pelo gramado com os nervos à flor da pele, temendo o que poderia encontrar, com medo do que precisaria enfrentar adiante. Os espíritos não interferiram na noite anterior, num ataque que por si só fora sério o suficiente. Então o que estaria acontecendo com Eloise agora para que as bruxas sentissem a necessidade de vir até ele?

Will entrou pela porta lateral que Eloise tinha lhe mostrado, saltando sobre escadas e pelos corredores sem se preocupar muito em ser visto ou se estava perturbando alguém. Chegou até a porta de Eloise, abriu-a, acendeu a luz para não assustá-la e fechou a porta novamente enquanto seus olhos se acostumavam à claridade.

Mas quando conseguiu enxergar, teve dificuldade de acreditar no que via. Eloise estava deitada, dormindo, usando uma longa camisola vermelha de algodão. Porém, não estava na cama; ela flutuava no ar, movendo-se lentamente, como que atraída por um poder magnético. A janela estava totalmente aberta, e Eloise ia em direção a ela.

Aquilo não era apenas uma tentativa de ferir Eloise, mas de matá-la. Se esse era o objetivo de Wyndham, matar Eloise, significava que Will precisava dela viva para cumprir seu destino, qualquer que fosse. Não deixaria Wyndham vencer, mas também sabia de algo mais, podia sentir em cada fibra do seu ser — morreria antes de permitir que qualquer coisa ruim acontecesse com Eloise.

Dessa vez, pelo menos, ele poderia mantê-la em segurança. Fechou a janela primeiro, usando toda a sua força, como se houvesse outra mão esforçando-se para deixá-la aberta. Trancou a janela e fechou a cortina para que a luz não fosse vista de fora. Eloise pareceu parar de se mexer assim que a janela se fechou, mas ela ainda flutuava acima da cama, na altura do ombro dele.

Will moveu as mãos ao redor dela, tentando encontrar sinais da força que a mantinha daquele jeito. Não conseguiu detectar nada.

Disse o nome dela baixinho, com os lábios perto do ouvido dela e o repetindo, mas a garota não acordava.

Ele precisava colocá-la de volta na cama. Então posicionou uma das mãos sobre o estômago dela, a outra sobre suas coxas, e fez uma leve pressão para baixo, mais uma vez lutando contra uma força invisível, mas vencendo-a gradualmente. E o tempo todo se sentia atormentado pelo calor dela, pela maciez da sua pele, pelo fino material da camisola. Não era desejo por sangue, que quase desaparecia quando estava com ela, mas um desejo pela vida com a qual sonhara.

Finalmente, ela encostou na cama, a força que a segurava pareceu desaparecer, e seu peso acomodou-se no colchão. Na mesma hora, a menina abriu os olhos, acordando. Olhou para cima, levando um tempo para registrar a presença dele, depois sorriu, confusa e perplexa.

— Will? O que você está fazendo?

— Perdoe-me — respondeu ele, tirando as mãos do corpo dela.

— Não é o que parece.

Ela riu e disse:

— Infelizmente, eu sei que isso é verdade, mas... que estranho. Acabei de perceber que estava sonhando com você. Desculpe, deixe isso para lá; o que está fazendo aqui?

— As bruxas vieram até mim. Disseram que Wyndham sabe que preciso de você, é por isso que ele começou a atacá-la.

Eloise sentou-se na cama e perguntou:

— Então *foi* ele ontem à noite? E, falando nisso, este foi o assunto do dia na escola: dezesseis corvos mortos na estrada. Mas... — Ela sorriu novamente antes de dizer: — Mas foi agora...?

— A janela estava aberta e você estava flutuando em direção a ela.

— Flutuando? Quer dizer, tipo levitando?

— Sim.

Ela estremeceu e disse:

— Não acredito. Eu estava sonhando com isso. Sonhei que você estava me chamando lá fora e eu ia voando até lá. — Ela olhou para a janela, como se finalmente entendesse a seriedade da presença dele ali; compreendeu que quase fora jogada para a morte. — Wyndham está tentando me matar? — Sua voz saiu baixa, tomada por um medo que preocupava Will, pois ela sempre fora tão corajosa, tão destemida até então, e ele percebeu que precisava de sua coragem, que, de alguma forma, até dependia dela.

— Não vou deixar isso acontecer. — Ele olhou em volta do quarto e pegou um pequeno sino dos ventos que estava preso ao quadro de avisos. Amarrou-o ao redor do puxador da janela e pediu: — Certifique-se de que isso esteja na janela todas as noites. Assim, se ela se abrir, você vai ouvir o som e acordar.

Eloise concordou com a cabeça enquanto ele voltava até ela, mas então Will parou ao ver um diagrama desenhado com giz no piso de madeira debaixo da cama. Ela pulou do colchão para olhar também.

— Alguém esteve no meu quarto!

Aquilo parecia uma afronta maior do que o recente atentado contra a sua vida. Ela pegou um lenço de papel e o usou para limpar as marcas de giz.

Assim que foram apagadas, Will disse:

— Bom, de agora em diante você deve verificar se há marcas como essa por aqui ou se há alguma coisa no quarto que pareça fora de lugar. Deve se considerar sob ataque o tempo todo.

— Mas eu não entendo. Por que ele acha que me matar vai fazer com que você pare?

— Parece que Wyndham sabe o que nós desconfiávamos: que meu destino não pode ser cumprido sem você. É a única explicação.

Eloise sorriu, achando graça, e respondeu:

— É melhor você me manter viva, então.

ALQUIMIA

Ela estava brincando, talvez como uma forma de controlar o seu medo, mas ele respondeu:

— Eu desistiria de bom grado do meu destino e dessa vida amaldiçoada antes de deixar algo ruim acontecer a você.

— Não diga isso — pediu ela, tocando-o suavemente no braço.

— Preciso de você também, lembra? Foi isso o que Jex disse. Então, jamais repita essa frase. — Ela sentou-se na cama e fez um gesto para que ele a acompanhasse.

Ao sentar-se, ele explicou:

— Só quis dizer que protegê-la significa tudo para mim.

— Sei disso. — Ela sorriu um pouco, mas então disse: — Não é engraçado, eu reclamei de nada estar acontecendo, e agora já fui atacada por corvos, quase jogada pela janela, e você viu os espíritos de novo.

Eloise parecia animada com os últimos acontecimentos, mas Will achou melhor trazê-la de volta à realidade para deixar claro que com grandes acontecimentos também vinham grandes perigos.

— Vi mais espíritos ontem à noite.

— O que quer dizer? Viu seu irmão de novo?

— Não, Edward não vai mais me perturbar. Dessa vez foi o falecido reverendo Fairburn, obedecendo ao comando de Wyndham após a morte, como fez em vida. E Fairburn, por sua vez, me apresentou aos fantasmas de todas as minhas vítimas, sendo gentil o suficiente para contá-las: 843. — Ele decidiu não mencionar seus olhos vazios, sem alma, ou a explicação que lhe foi dada, principalmente porque ainda queria acreditar que aquilo não era verdade. — E também vi o fantasma da minha mãe, assassinada quando eu nasci, pelo menos de acordo com Fairburn.

— Você viu sua mãe? — Ela pareceu tocada com a revelação, e Will lembrou que Eloise havia ficado órfã quando criança, que ela também tinha o desejo e a curiosidade de conhecer a mulher que lhe dera vida. Ele concordou com a cabeça, e ela perguntou: — Mas por quê? Quer dizer, por que alguém a mataria quando você nasceu?

— Para garantir que apenas eu carregaria a linhagem dos quatro reis vampiros. Está relacionado com os dizeres de alguma profecia antiga. — Mais uma vez, ele optou por não mencionar a pintura na parede. Em vez disso, contou: — Mas fiquei sabendo de tudo isso por Fairburn, que falava por Wyndham, e então não sabemos se é verdade.

— Mas faz sentido. Dentre quatro, virá um; não era isso que dizia o diário de Jex?

— Não significa nada.

Ela balançou a cabeça negativamente, rejeitando o comentário dele.

— Não, Will, significa, sim, quer você queira ou não.

Ele ouviu ranger o piso do andar de cima; era apenas alguém se revirando na cama, mas isso o lembrou do observador invisível na janela.

— O que há no último andar da escola?

— Alguns professores moram lá, e existem também alguns depósitos, acho. Por quê?

Ele se levantou e disse:

— Já volto. Quero ver uma coisa.

— Talvez eu possa... — Ele fez um gesto com a mão para que ela parasse de falar, mas sorriu, reconfortando-a, e ela voltou a se recostar nos travesseiros.

Ele movimentou-se rapidamente, passando pelo corredor, subindo dois lances de escada, depois outra escada mais estreita, até chegar ao último andar. Dois quartos estavam com as luzes acesas, visíveis por baixo das portas, embora não as tivesse visto do lado de fora do colégio. Ele contou as portas, chegando ao quarto que pensava ser o que buscava.

ALQUIMIA

Era um depósito. Will foi até a janela e olhou para baixo, confiante de que o observador estivera ali. Mas ele não tinha como saber sua identidade, sabia somente que não fora Marcus Jenkins e que Wyndham tinha mais de um espião na escola.

Estava prestes a sair quando viu uma caixa de giz que parecia ter sido colocada às pressas numa prateleira perto da porta. Will sabia que as escolas eram cheias de giz, mas ele se perguntou se fora a mesma pessoa que espionara dali e que desenhara o diagrama debaixo da cama de Eloise.

Will saiu do cômodo, hesitando apenas perto de um dos quartos cujas luzes estavam acesas, de onde vinha uma conversa em voz baixa. Eram duas professoras, uma delas sendo a jovem que vira falando ao telefone mais cedo; sussurravam, riam baixinho, falando em tom de fofoca sobre diferentes professores.

Ele ouviu durante um tempo, esperando escutar algo relevante, mas percebeu que estava enfraquecendo rapidamente; a fome o guiava para o vazio. Voltou a caminhar, ansioso para retornar a Eloise. O restante da escola estava imerso em um silêncio profundo, todos aqueles corações jovens pulsando, gentilmente bombeando o sangue do qual ele precisava tão desesperadamente.

Foi um alívio chegar ao quarto de Eloise, e ele percebeu imediatamente que ela havia trocado de roupa. Antes que pudesse dizer qualquer coisa, ela pulou da cama e o segurou pelos braços, obviamente preocupada:

— Ah, meu Deus, Will, o que há com você?

— Nada, estou bem.

Ela o puxou pelo quarto, e eles se sentaram na cama.

— Você está... É o sangue, não é? Isso é horrível, não suporto vê-lo assim.

Ela acariciou seus cabelos e segurou suas mãos, parecendo tentar trazer a vida de volta a ele; lágrimas começaram a se formar em seus olhos. Ironicamente, o toque e a presença dela, apesar de não darem a ele aquilo de que precisava, pelo menos faziam a fome diminuir.

Ele sorriu, tentando reconfortá-la.

— Parece pior do que é. Confie em mim, estou bem, e sempre fico melhor quando estou com você.

Ela fixou os olhos em Will, procurando uma pista que mostrasse que ele estava mentindo, e então disse:

— Posso abraçar você, só por um segundo? Isso deixaria as coisas piores? Claro que sim, que pergunta ridícula.

Will balançou a cabeça negativamente, abraçou-a, e foi quase como se o calor do corpo dela o atravessasse; Eloise aninhou a cabeça no ombro dele, expondo seu pálido pescoço quente. Por mais que ela normalmente o deixasse mais calmo, era agonizante estar tão perto da intensidade do seu sangue, saber quanto tempo ele o sustentaria, mas Will não se afastaria, não até que ela estivesse pronta, confortável e segura.

Eloise, como se tivesse ouvido os pensamentos dele, lentamente se afastou e recostou na cabeceira da cama. Ela concordou com a cabeça, compreensiva, parecendo um pouco envergonhada, reconhecendo que aquela intimidade era uma provação para ele, não um conforto.

Will olhou para ela.

— Por que trocou de roupa?

Eloise sorriu.

— Quando estava limpando as marcas de giz, algo me pareceu familiar, e, após você sair, lembrei o que era. Descobriu alguma coisa?

— Nada importante.

— Certo. Lembrei onde vi a textura de bronze que encontramos antes; o círculo com as quatro espadas ao redor. Aquilo pode até ter sido uma cabeça de javali, mas não está mais tão visível. — Will lançou-lhe um olhar questionador. — O Labirinto de Henrique. Foi aqui, no Labirinto de Henrique, numa clareira pentagonal. Tudo bem, pode ser só uma suposição, mas não acha que é possível que o labirinto seja um mapa...

— Dos túneis. — Will riu um pouco, lembrando-se de seu único encontro com o velho Henrique, há muito tempo, na biblioteca da catedral. Via agora que ele, dentre todas as pessoas, um descendente distante de seu irmão, poderia ter contado a Will mais do que ele imaginava. Além disso, pensou na forma como Henrique olhara para ele, como se fosse um fantasma familiar, e se perguntou se o homem teria reconhecido a semelhança com a pintura na câmara circular. — Então você quer explorar o labirinto?

— Foi por isso que troquei de roupa — esclareceu Eloise. — Quem sabe quais pistas o velho e esperto Henrique deixou para nós. E se Wyndham está tentando me matar, mais uma razão para termos pressa.

Will concordou com a cabeça e se levantou. Havia explorado os túneis e não encontrara nada novo, mas talvez Henrique, em sua longa vida, tenha descoberto seus segredos e deixado pistas para eles no labirinto, como Eloise sugeria.

Mas, enquanto andavam pela escola na escuridão, a mente de Will também pensava sobre o último andar, sobre aquele depósito, focando-se na caixa de giz. Ela servira simplesmente para lembrá-lo de que lutavam para descobrir, pista a pista, tudo que Wyndham já sabia.

11

Ser um jovem abastado naquela época era algo maravilhoso. Era o tempo do Iluminismo, de explorações científicas e artísticas, a era do Grand Tour. Sim, havia pequenas guerras irritantes, inconvenientes menores, crimes sem importância e doenças a combater, mas a Europa da metade do século XVIII era algo impressionante.

Saí de casa quase sem olhar para trás, de tão concentrado que estava nas aventuras que me esperavam. Levei comigo apenas um pajem, um cocheiro e um cozinheiro. O costume era também levar um guia — um guardião —, mas eu não quis, pois meu próprio conhecimento já ultrapassava o de qualquer um que pudesse me acompanhar.

E, assim, cruzei o Canal da Mancha, prosseguindo pelas antigas rotas trilhadas pela França e Itália até as maravilhas da Antiguidade, encontrando os mesmos colegas viajantes repetidas vezes, em Paris, Florença e Roma.

Meu tour foi diferente em alguns aspectos, naturalmente. Em primeiro lugar, minhas viagens não tinham um tempo determinado nem restrições aos lugares que poderia visitar. O mais importante é que eu era um jovem com uma missão, e meu itinerário me levava para lugares desconhecidos pelo turista médio da época. Mesmo quando visitava pontos turísticos comuns — como a Universidade de Heidelberg, por exemplo —, eu estava lá para estudar textos secretos ou para encontrar com acadêmicos obscuros.

Ah, quantas coisas vi em minhas viagens, quantas lembranças tenho. Vivi por quase três séculos, e mesmo assim me lembro dos *passeios como se fosse hoje — os montes funerários reais de Gamla Uppsala no crepúsculo, as Catacumbas de São Genaro, em Nápoles, ver o castelo perdido de Graubünden emergir da névoa matinal. As memórias são tão reais que é como se eu pudesse voltar nos séculos e vivê-las novamente.*

Por mais de uma década, segui essa existência, não somente como estudioso, mas como um homem apaixonado pela vida e por todos os prazeres que ela tem a oferecer. Apesar de todo o meu preparo para a batalha, nunca encontrei um demônio, nem mesmo escutei histórias sobre essas criaturas que valessem a pena ser ouvidas. Era o verão da efemeridade, pelo menos era o que eu pensava.

Durante o último suspiro da minha juventude, cansei um pouco da Europa e visitei o Oriente Próximo, passeando pelas pirâmides em Giza, depois pelas ruínas em Mênfis. O local da antiga capital era conhecido, mas os livros de história atuais dizem que não foi escavado até a chegada do exército de Napoleão, meio século depois. Nesse ponto, pelo menos, os livros de história estão errados.

Ao chegar lá, encontrei, no que hoje eu sei ser a Necrópole, o acampamento de um homem extraordinário que atendia apenas por Rossinière. Equipes de portadores nativos trabalhavam para ele, cavando entre as ruínas, e, apesar de terem encontrado muitos artefatos, ele demonstrava pouco interesse neles e permitia que os nativos os levassem embora. Ele procurava por um artefato específico no antigo cemitério e nunca me contou o que era nem se o encontrou.

Não tenho queixas — aprendi quase tudo que sei com aquele homem. Ele tinha procedência nobre, disso eu sabia, mas não sabia sua nacionalidade nem seu nome verdadeiro, pois tenho certeza de que não era Rossinière. Tudo o que realmente importa é que ele me manteve sob sua tutela.

Certo dia, quando sentávamos ao redor da fogueira, falando sobre as estrelas no céu, tão próximas de nossas cabeças, ele pareceu meditar por um momento e perguntou:

— Posso contar uma coisa a você, Wyndham? — Fiquei inquieto, mas olhei para seu rosto belo e jovem, brilhando na luz das chamas, e relaxei novamente. Como se quisesse me deixar mais à vontade, ele olhou para mim e sorriu ao dizer: — Hoje é meu aniversário.

Eu o parabenizei e perguntei a ele qual era a sua idade. Imaginei que ele fosse um ou dois anos mais velho que eu, mas tinha a sensação de que aprendera muito mais no seu tempo, envelhecera um pouco melhor.

Rossinière desviou o olhar novamente, seus olhos perdidos nas chamas dançantes ao esclarecer:

— Na verdade, era isso que eu queria contar a você. Tenho 142 anos. — Eu não reagi, mas ele leu meus pensamentos, dizendo: — Não se preocupe, não fiquei tempo demais no sol, não estou febril, e você tem toda razão em não acreditar em mim. Poderia tentar provar o que digo de várias formas, mas só consigo pensar em uma que é incontestável.

Algo na forma como ele falou assegurou-me de que estava dizendo a verdade, de que aquele homem sentado diante de mim havia mesmo nascido em 1624. Em seguida, pensei em quão próximas estavam as armas, pois me perguntei se finalmente havia encontrado um demônio similar ao que assombrara minha mãe.

— O que é você?

Ele sorriu novamente.

— Apenas um homem, Wyndham, apenas um homem como você, curioso como você, desejoso por mais tempo como você. Sou como sou devido aos meus próprios esforços, não por causa de feitiçaria ou magia negra.

ALQUIMIA

Eu deveria acreditar nele? Nos dez anos ou mais de minhas viagens, encontrei vários farsantes que faziam os viajantes acreditarem em qualquer história.

— Você disse que havia uma forma de provar a sua idade sem deixar dúvidas.

— Não de provar a minha idade, mas de provar a possibilidade dela. — Ele sorriu novamente, mas era um sorriso distraído, o sorriso de alguém que poderia ter vivido mais de um século. — Realmente estive febril na semana antes de você chegar aqui, e isso poderia facilmente ter me matado. Só então percebi que nada do que sei está escrito; de qualquer forma, há coisas demais a serem escritas, e, se eu fosse morrer, meus segredos morreriam comigo. Então, você chegou ao meu acampamento e eu soube imediatamente que temos mentes similares. — Ele se aproximou, olhando nos meus olhos, e, embora estivesse parcialmente na sombra, seus olhos pareciam atrair os meus como se estivessem iluminados por dentro. — Vou lhe ensinar meus segredos, Wyndham; aprenderá a ter o controle sobre este mundo e o próximo, a manipular o tempo para que ele passe sem que envelheça um dia. Você já sabe tanto, não seria difícil ensinar-lhe o restante, se quiser aprender.

Como mais poderia responder? Eu tinha 32 anos e, se levasse uma vida normal, estaria pensando em voltar para casa, me estabelecer, formar uma família e ter uma meia-idade satisfatória. Rossinière virou o passado e o futuro de ponta-cabeça, e, conforme eu aprendia o que ele tinha para ensinar, comecei a sentir que este seria apenas o início da minha vida.

Quanto ao que ele me ensinou, bem, na época, tudo aquilo poderia ser considerado feitiçaria, inclusive o segredo para impedir o progresso do tempo. Para alguns, até hoje parece mágica; para cientistas, pode levantar a suspeita de charlatanismo. Para mim, contudo, tanto naquele período quanto agora, é ciência, mas uma ciência que compreende toda a complexidade misteriosa do mundo em que vivemos.

Não éramos seres sobrenaturais, Rossinière e eu, éramos somente, segundo ele, homens curiosos que queriam mais tempo. E, como se precisasse de um lembrete de que nossa "feitiçaria" não era todo-poderosa, eu o recebi quando retornamos ao Cairo mais ou menos um mês depois.

Lá, encontrei uma carta que me informava sobre a morte do meu pai. Minha mãe, que apesar do seu colapso viveria muito mais do que ele, avisou-me que eu não deveria voltar para casa, pois meus estudos eram mais importantes.

Foi fácil obedecê-la, claro, pois meu pai já se encontrava na cripta da família muito antes de a notícia de sua morte chegar até mim. Mas fico envergonhado em dizer que, naquele momento, a fixação da minha mãe pelo demônio que a assombrava parecia uma obsessão infantil, um ato de egoísmo ridículo da parte dela.

Graças a Rossinière, eu estava fazendo avanços surpreendentes no meu controle sobre o mundo, mas ainda tinha muito a aprender com ele. Chorei por meu pai, a quem não via há mais de uma década, e desesperei-me diante dos caprichos tolos de minha mãe, porém estava comprometido com algo muito maior do que as preocupações de suas vidas pequenas e limitadas.

Não dividi esses pensamentos com Rossinière — se o tivesse feito, ele poderia muito bem ter discordado de mim. Ele já sabia o que eu ainda precisava aprender, que sempre seríamos estudiosos, que sempre haveria mais desconhecido do que conhecido. E, assim, considerei a enlutada Lady Bowcastle uma mulher tola que jamais cresceria, e mais 25 anos se passariam até que eu realmente compreendesse a sabedoria aterrorizante que ela possuía.

12

Ao se distanciarem da escola, Will perguntou:
— Não quer levar uma lanterna?
Eloise balançou a cabeça negativamente.
— A noite hoje está tão clara. Além disso, as passagens no labirinto são todas iluminadas como luzinhas solares fofas.
— Solares? Como o sol?
Ela sorriu.
— Imagino que já existiam nos anos 1980, pelo menos acho que sim. Elas absorvem a luz do sol durante o dia e ficam acesas durante a noite, mas não brilham tanto a ponto de você ter que usar óculos escuros, apenas o suficiente para que eu veja aonde estou indo.
— Bom — disse ele, e olhou para a deslumbrante esfera da lua, não querendo contar a ela que já desejava colocar os óculos.
Logo a entrada do labirinto ficou aparente e correspondia ao ponto em que a passagem da nova casa encontrava-se com os túneis. E, como Henrique havia plantado o labirinto séculos antes de a nova casa ser construída, aquilo sugeria que Thomas Heston-Dangrave usara uma entrada preexistente em seu projeto.
Não havia nada ali que sugerisse as ilustrações bizarras e as inscrições que cobriam os túneis subterrâneos, apenas muros feitos de arbustos. Will e Eloise percorreram as passagens rapidamente, seus passos iluminados pelas luzes fracas que ela mencionara.
Chegaram ao pequeno pátio pentagonal no centro, e lá, conforme Eloise sugerira, estava a figura de bronze inserida no piso de

cascalho. As quatro espadas eram quase idênticas, mas, se algum dia houvera uma cabeça de javali no disco circular, ela já se desgastara há muito tempo.

Um pequeno banco fora colocado num canto, protegido do sol da tarde, mas nada mais estava visível por ali. Will apontou para um dos caminhos estreitos que saíam do pentágono, e a lembrança daquele túnel antes escuro lhe causava um leve calafrio.

— Se o mapa estiver correto, essa entrada nos levará a uma clareira redonda. — Eloise concordou com a cabeça, e eles seguiram naquela direção, mas, com a noite anterior ainda fresca em sua mente, Will completou: — Vou na frente, só por precaução.

Contudo, tratava-se apenas de um labirinto, nada mais, e depois de alguns passos chegaram à clareira circular que esperavam encontrar.

— Foi aqui que vi os fantasmas ontem à noite, na câmara equivalente a essa.

— Ligada ao túnel escuro? — Ele concordou. Eloise apontou para o centro e disse: — Há uma figura em bronze aqui também.

Will perguntou-se como ela vira a gravura se nem mesmo ele percebera, mas então notou que ela estava falando do que se lembrava, já tendo se familiarizado com o local há muito tempo. Ele a seguiu até o centro do círculo e olhou para baixo.

Eloise comentou:

— É uma grade, mas acho que você já percebeu. É igual à dos túneis?

— Nos túneis, essa câmara não tem uma figura em bronze. — Will olhou ao redor da clareira circular, encontrando outro banco, nada além disso, e ficou feliz ao ver que não havia nada que indicasse a imagem que o representava. — Mas Henrique deve ter colocado esta aqui de propósito. Acho que significa alguma coisa.

ALQUIMIA

Eloise agachou-se, passando os dedos pela textura como um cego faria, e disse:

— Essa grade é uma entrada. Mesmo que não a tenha visto, pode existir alguma espécie de acesso naquela sala.

Isso explicaria seu mau presságio — o fato de ele ter explorado todos os túneis sem encontrar qualquer coisa que o deixasse mais próximo de Lorcan Labraid. E Will pensou na forma como o espírito de sua mãe, em vez de passar pelas paredes como os outros fizeram, desceu pelo centro da câmara como se estivesse em uma escada helicoidal. Seria aquilo parte do que ela quisera dizer a ele, e, se fosse, teria sido uma orientação ou um aviso?

— Só pode significar uma coisa.

— Bem, você não parece muito entusiasmado. Eu chamaria isto de descoberta, você não?

— Nem todas as descobertas são bem-vindas. — Eloise pareceu confusa e ele explicou: — Pense nisto: essa grade não é meramente uma entrada, mas também uma proteção. Se encontrarmos a entrada, se conseguirmos abri-la, não temos a menor ideia do que poderemos libertar ao fazê-lo.

Ela o encarou por um segundo, aparentemente incrédula. Finalmente falou enquanto contava nos dedos:

— Seu irmão morto, de várias formas; sete bruxas mortas; um vigário morto; todas as suas vítimas; sua mãe; um ataque de corvos demoníacos; algum tipo de *poltergeist* tentando me jogar pela janela enquanto eu dormia... Ah, não se esqueça do amigável vampiro viking. Sério, Will, como as portas dos fundos do além parecem estar realmente fora de controle, será que precisamos mesmo nos preocupar com o que pode sair pela porta principal?

Eloise riu, e ele também, dizendo:

— Bem, colocando dessa forma, talvez tenha razão. Mas você precisa dormir. Chega por hoje.

Ela ficou desconfiada e pediu:

— Prometa que não vai lá sozinho.

— Prometo. Amanhã exploraremos juntos, se você estiver livre.

Ela sorriu, e eles se viraram para sair do labirinto. Quando o fizeram, Will olhou para o telhado da escola e viu uma figura parada lá em cima. A pessoa não tentou se esconder, e, embora a distância fosse considerável, percebeu que Will a via e o encarava de volta com um olhar alerta, diferente daquele do sonâmbulo. Não havia dúvidas de que era Marcus Jenkins; ele os observara e relataria seus movimentos para Wyndham.

Eloise não o viu. Mas, enquanto voltavam, Will se perguntou se não seria a hora de silenciar Marcus Jenkins. Somente uma coisa o fazia hesitar: a forma como o garoto se comportara naquela noite no rio, pegando as coisas de Eloise e devolvendo-as, desculpando-se, e a forma como ele o olhou da ponte e acenou. Além disso, provavelmente não seria muito produtivo matar Marcus Jenkins quando o lugar parecia lotado de espiões de Wyndham.

Quando chegaram à escola, Will acompanhou Eloise até a escadaria e a deixou ali.

— Amanhã, então?

— Amanhã, e lembre-se de checar embaixo da cama quando voltar.

Ela sorriu e disse:

— Eu costumava fazer isso quando era criança, procurando por monstros.

— Não brinque com o destino. — Ele deu um sorriso enquanto ela se virava e subia as escadas.

Em vez de ir embora, ele foi para o saguão de entrada e subiu a escadaria principal. Dera somente alguns passos quando sentiu o cheiro de alguém. Então viu o próprio Marcus no patamar entre os andares, olhando por uma janela alta para os jardins iluminados pela luz da lua. Will continuou a subir as escadas com cautela, parando somente quando chegou ao garoto.

Sem se afastar da janela e mostrando-se bem calmo, Marcus questionou:

— Indo para o meu quarto? Não estou lá.

— Estou vendo.

— Sabia que seria você. Simplesmente sabia. — Ele se virou para encarar Will. Ficou óbvio que não se lembrava de o vampiro ter estado em seu quarto. — Ele me disse para nunca olhar nos seus olhos.

— Então por que olha? — Marcus deu de ombros, como se indicasse que já tinha olhado nos olhos dele antes. Então não tinha nada a perder. — Como irá informá-lo de que nos viu hoje à noite?

— No labirinto? Já o informei. Escrevo no livro que ele me deu. De alguma forma, quando escrevo ali, ele diz que consegue ler meus pensamentos.

Então era isso; mas por que ele estava contando para Will sobre a magia de Wyndham tão prontamente? Por que estava sendo tão honesto? Will comparou o comportamento atual de Marcus com o de novembro, e só conseguia imaginar que o garoto devia sentir uma conexão com ele. Por isso, Will suspeitava que Wyndham subestimara a confiança e a independência deste recruta.

Marcus gentilmente esfregou sua pequena cicatriz na bochecha enquanto analisava a situação.

— Você pode me matar, imagino. Sei o que é capaz de fazer, mas ele mandaria outra pessoa.

Mais um vez ele demonstrava aquela impressionante ausência de medo que Will testemunhara em primeira mão perto do rio. Mas também parecia que Marcus não tinha conhecimento de que outras pessoas na escola trabalhavam para Wyndham — ele achava que era o único espião e que teria que ser substituído se fosse morto.

— Eu poderia matar você, é verdade... ou talvez você pudesse parar de espionar para ele.

Marcus olhou pela janela por um momento, depois se voltou para Will.

— Este lugar é impressionante. Estou aqui só há algumas semanas e é como se minha antiga vida nunca tivesse existido. Livros! — Ele riu. — Quem imaginaria que eu gosto de livros? E de xadrez? Gosto de tudo por aqui. Veja bem, se eu parar de trabalhar para o sr. Wyndham, volto imediatamente para o lugar de onde eu vim e não quero nunca mais retornar.

Will concordou com a cabeça, aceitando sua lógica, e foi estranho, pois aquele garoto era seu adversário, mas ele não conseguia tratá-lo como um inimigo. Sentia um estranho respeito por Marcus Jenkins, como se ele fosse um amigo brincando de ser seu oponente, no xadrez, na esgrima ou em qualquer outra atividade amigável.

— O que você sabe sobre os corvos?

— Os corvos mortos? — Marcus sorriu e perguntou: — Foi você?

Will deu um sorriso, mas não respondeu, perguntando:

— Você esteve no quarto de Eloise? — Marcus balançou a cabeça negativamente, parecendo confuso. — Prometa que não fará nada para machucá-la. Pode me espionar o quanto quiser, apenas prometa isso, e eu o deixarei em paz.

Marcus pareceu ofendido por Will pensar que ele seria capaz de tal coisa e disse:

— Jamais faria qualquer coisa para machucar Eloise. Nós dois estamos na Residência Dangrave.

Will sorriu de novo, tocado pela lealdade do garoto a uma residência da qual fazia parte há apenas algumas semanas.

— Vou embora agora.

Marcus concordou com a cabeça e entendeu que era hora de ir também, mas parou após subir alguns degraus e indagou:

— Você era um conde?

— Ainda sou.

Marcus sorriu, de alguma forma confuso pelo que ouvira, e disse:

— Não vou contar a ele que conversamos. Isso só o deixaria desconfiado.

Ele se virou novamente e subiu em silêncio pela escada. Will o observou partir, depois foi até a secretaria da escola e chamou um táxi para levá-lo à cidade.

13

Will saiu da escola para pegar o táxi nos portões. Já passava da meia-noite e as estradas estavam vazias. Então ele ouvira o carro se aproximar já bem distante, vira as luzes passando pelo meio das árvores, ficando cada vez mais fortes.

Quando o motorista avistou Will perto do portão, pareceu nervoso, parando o carro e abaixando o vidro apenas o suficiente para ser ouvido.

— Você pediu um táxi? Qual o seu nome?

— Wyndham, indo para a cidade.

O motorista pareceu perplexo, mas fez um gesto para que Will entrasse e subiu o vidro novamente.

— Você deveria ter esperado na escola em vez de vir até aqui. A temperatura está sete graus negativos agora e está esfriando. Acho que hoje ainda chega a doze graus negativos.

— Prefiro não conversar, se não se importa.

— Como quiser. Para onde você vai?

— Deixe-me na catedral. Posso ir andando de lá.

O motorista deu de ombros, parecendo se sentir esnobado, e ficou em silêncio o restante da viagem, ocasionalmente olhando para Will pelo espelho retrovisor. Quando chegaram à cidade, Will pagou ao homem e falou com ele, deixando-o como uma pessoa que tenta se lembrar de seus sonhos.

Não havia ninguém pelas ruas. Quando Will escutou vozes, virou uma esquina e encontrou uma igreja que oferecia abrigo para a noite.

Duas pessoas vestindo casaco de inverno, gorro de lã e cachecol estavam perto da porta e sorriram quando Will passou por elas.

Uma delas, uma mulher, acenou para ele e disse:

— Já está tarde para um passeio.

Will imaginava que não tinha cara de desabrigado, mas, mesmo com o sobretudo, provavelmente parecia pouco agasalhado para uma noite tão fria. A mulher fizera um comentário especulativo, não querendo deixá-lo nervoso, mas tentando descobrir se ele precisava de um lugar para ficar.

— Estou bem, obrigado. Indo para outro lugar.

Ela sorriu e disse:

— Cuide-se.

Contudo, Will sabia que aquilo não era um bom sinal. Os desabrigados da cidade, os fugitivos e os andarilhos, estariam procurando abrigo para a noite em locais como aquele. Ele caminhou rua após rua e só encontrou marquises vazias.

Foi até os depósitos do velho bairro comercial em que havia encontrado Jex e tantas vítimas antes dele, sabendo que, pelo menos ali, fogueiras podiam ser acesas e mantidas, e que alguns desabrigados preferiam fazer seu próprio fogo a ficar num lugar como o que tinha acabado de ver.

Ele foi atingido por mais uma onda de fome, um vazio tão completo que o fez se sentir fora de si. Algo dentro dele gritava por sangue, e seus pensamentos desapareceram um a um, até que o grito ser a única coisa que restava.

Mas Will subestimara o poder do frio. Pelo que parecia, ninguém quisera ficar ao relento naquela noite. Passou pelo depósito depredado em que encontrara Jex, seguiu em direção ao rio e chegou à soleira em que conhecera Eloise.

Ali, pela primeira vez, sentiu um cheiro humano, o que só intensificou sua fome, sabendo que estava tão perto de saciá-la. Caminhou um pouco mais e o viu: um senhor caído sob uma marquise, cheio de sacolas. As esperanças de Will aumentaram, e ele se moveu mais rapidamente; porém, assim que se aproximou, percebeu que seria inútil, que naquele homem restava muito pouca vida para satisfazer a sua necessidade por mais de alguns dias. Seria um alívio curto demais para valer a pena.

Will se aproximou dele mesmo assim. Seu rosto e suas mãos estavam azulados de frio. O senhor olhou para cima, focalizou Will e deu um sorriso; tinha olhos impressionantemente jovens, formando um contraste marcante com o rosto enrugado e a barba branca.

Will disse:

— O senhor não deveria estar aqui fora numa noite como esta. Há um abrigo não muito longe daqui.

O homem balançou a cabeça de leve e falou numa voz que traía sua idade:

— Não conseguiria chegar lá hoje à noite, filho.

— Posso ajudá-lo. O senhor precisa ficar num lugar quente.

— Você é um bom rapaz, mas não tenho tempo para abrigos, não hoje.

Will sabia que aquilo era verdade, que aquele homem estava morrendo, que provavelmente morreria mesmo que o carregasse para o abrigo. Ele se agachou e sentou-se com ele.

— Você deveria se abrigar. Eu ficarei bem.

Will sorriu e respondeu:

— Ficarei só um pouco. Não estou com frio. O senhor é daqui?

— Da redondeza. Minha família sempre viveu aqui na cidade ou nos arredores.

— O que aconteceu?

Por mais frio que estivesse, o senhor lhe deu um sorriso maroto e tentou encontrar algo. Will notou que era uma garrafa de conhaque barato. Então tirou a tampa e levou a garrafa aos lábios do homem, deixando-o tomar um gole considerável.

ALQUIMIA

— Você é um bom rapaz — disse ele, quando Will colocou a garrafa de volta ao lugar. Falou devagar, e sua voz enfraqueceu no final da frase. — Perdi tudo, há muito tempo. E aqui estou eu. Não foi culpa de ninguém, só minha. Essa é a verdade. Sim, essa é a verdade.

Will olhou para ele e viu uma única lágrima descer pelo seu rosto enregelado. Seus olhos pareciam perdidos em alguma lembrança distante, talvez de quando a vida ainda era cheia de esperança, talvez das coisas que perdera pelo caminho.

O vampiro esticou o braço e segurou sua mão, que estava fria como a dele. Assim como um bebê faria, os dedos do senhor fecharam-se ao redor dos de Will.

— Você está tão gelado quanto eu, rapaz. É melhor você ir.

— Não estou com frio. — Will olhou para ele e perguntou: — Posso lhe contar um segredo? — O homem não respondeu, mas acenou de leve com a cabeça. — Tenho quase 800 anos. Sou um... sou um vampiro, mas também sou o Conde de Mércia por direito, e você está tanto sob minha responsabilidade quanto todos os seus ancestrais estiveram.

— Não entendo o que quer dizer, rapaz.

Will percebeu que o que dissera não fazia mesmo sentido e que a identidade dele não importava para aquele homem, não naquele momento.

— Você não precisa entender; o que quero é que saiba que este não é o fim, há mais do que isso. Esta vida não é o fim de tudo.

O senhor provavelmente pensou que Will não passava de um adolescente com ideias estranhas, mas ouviu suas palavras e, apesar do que pudesse estar pensando do interlocutor, pareceu cheio de esperança ao indagar:

— Você acha mesmo?

— Sim. — Will olhou nos olhos dele, hipnotizando-o. — Pense em quando era feliz, pense na sua infância, numa tarde de sol. Consegue visualizar?

Mais uma vez, o homem acenou de leve com a cabeça, sorrindo um pouco, e seus olhos, presos naquela visão distante, brilharam cheios de vida e ficaram assim por alguns minutos. Então, por um momento, ele apertou mais forte a mão de Will antes de finalmente soltá-la quando os últimos vestígios de sua vida se esvaíram.

Will ficou ali por um momento, pensando no mistério da vida que acabara de terminar diante dele, de todas aquelas que vieram e se foram antes dela. Por um tempo, sua mente voltou para uma tarde da sua infância, mas, por mais que sonhasse, o frio não o levaria até lá.

Levantou-se novamente e observou os arredores. Tudo estava tão vazio, dentro e fora dele. Nada viria daquela noite para alimentá-lo, disso ele tinha certeza. Desanimado, fez o caminho de volta em direção aos muros da cidade.

O Terra Plena estava na total escuridão, incluindo o andar residencial que ficava de frente para a rua. Pensou em Chris e Rachel dormindo lá dentro, imaginou se o sono deles era tranquilo, se a lealdade de Chris realmente importava agora que o foco estava em Marland.

Will continuou caminhando, e a torre da catedral brilhava à sua frente, suas luzes criando uma névoa no ar congelado. Entrou pela porta lateral e andou lentamente pelo corredor do meio, sentando na primeira fileira em frente ao altar.

Sentia-se em paz ali e, embora não o acalmasse como a presença de Eloise, estar naquela igreja pelo menos fazia sua fome diminuir o suficiente para torná-la suportável no momento. Aquele lugar o atraía e lhe oferecia esperança.

E, enquanto estava ali, debaixo da poeira iluminada que tanto hipnotizava Eloise, ele pensou no que tinha dito ao senhor. Dissera-lhe que havia algo mais, algo além da vida, e precisava acreditar nisso. Não tinha visto espíritos? Não vira o espírito de seu próprio irmão, uma familiaridade que não poderia ter sido falseada por feiticeiro nenhum?

ALQUIMIA

Mesmo assim, tal pensamento não o confortava se fosse verdade que ele tirava a alma de suas vítimas, sua capacidade de ter outra experiência além da vida que levaram. Era um arrependimento agravado pelo conhecimento de que a maioria delas não tivera uma vida plena e satisfatória para começo de conversa.

Will levantou-se rapidamente, como se um movimento brusco pudesse livrá-lo de tais pensamentos, e foi para a cripta. O que dissera a Fairburn era o que acreditava ser a verdade: saberia se carregasse as almas de suas vítimas consigo. Se suas almas estavam aprisionadas, se aquilo não passasse de mais um truque de Wyndham, então elas estavam presas em outro local, algum lugar fora de seu poder.

Talvez elas fossem libertadas quando Will descobrisse seu destino, quando encontrasse Lorcan Labraid. Mas esse pensamento também o encheu de frustração. Um diário, um encontro com Asmund, enigmas e confusões, e nada desde então. Onde estava o mestre de Asmund? Onde estavam os guias? Por que ele não ouvia o chamado de Lorcan Labraid?

Ergueu a pedra entre as tumbas e desceu, e, quando chegou às suas próprias câmaras, passeou pelos cômodos como se estivesse retornando após uma longa ausência. A piscina, a câmara vazia com o caixão parcialmente enterrado, o quarto principal com sua mobília e seus baús.

Ele abriu um dos baús e pegou o caderno de Jex, depois se sentou no trono e virou as páginas, parando a cada linha confusa de profecia. Queria entender, mas, acima de tudo, queria sonhar, fugir para uma tarde iluminada pelo sol como tinha ajudado o senhor a fazer. Só que a tarde de sol de Will não estava em seu passado, nem em qualquer futuro que pudesse imaginar.

14

No dia seguinte, no final da tarde, ao cair da noite, Will saiu da igreja, parando apenas para ouvir as doces vozes do coral durante o ensaio na catedral. Ninguém o notou, e ele saiu despercebido.

Foi até o ponto de táxi e sorriu ao perceber que o motorista do primeiro carro era o mesmo que o levara à cidade na noite anterior. O homem o olhou pelo espelho retrovisor assim que Will entrou no veículo e perguntou:

— Para onde? — O rosto dele não indicava que o tivesse reconhecido.

— Marland.

— A escola?

— Não, a casa nova.

O motorista ligou o taxímetro e partiu com o carro, dizendo:

— Tem certeza? Não acho que tenha alguém lá nesta época do ano.

— Tenho certeza, obrigado.

— Tudo bem, você está pagando. Engraçado, fui até Marland ontem à noite pegar... quem era mesmo? Um dos professores, eu acho. Você não estuda lá?

— Se não se importa, prefiro não conversar.

— Como quiser.

ALQUIMIA

Afastaram-se das luzes da cidade, e o carro foi ganhando velocidade nas estradas abertas do campo. O motorista olhava para Will pelo espelho ocasionalmente, da mesma forma que fizera na noite anterior. Will observava o motorista também, tentando não pensar por quantas semanas o sangue dele o alimentaria.

Assim que chegou à casa nova, entrou para ver se nada tinha mudado durante o tempo em que esteve fora. Depois, pensando no que a noite reservava para ele, pegou o sabre da sala de bilhar e foi para um dos porões à procura de uma lanterna, ciente de que isso os ajudara na luta contra Asmund e poderia ser útil novamente.

Estar nos porões mesmo por pouco tempo o deixou feliz por ter passado o dia em seu covil. O tédio daqueles porões era um desafio em qualquer momento, mas, com o desejo por sangue ditando seus movimentos, o local era uma prisão desesperadora. Aquilo não podia continuar, Will sabia disso. Tinham que progredir logo ou desistir.

Ainda estava cedo, então levou a espada e a lanterna para a biblioteca e sentou-se um pouco, observando os ponteiros do relógio lentamente chegarem à hora em que Eloise estaria livre. Considerou em vários momentos voltar aos túneis sem ela, mas havia prometido que não o faria e concluiu que, se Wyndham tinha tanto interesse em feri-la, Will provavelmente precisava dela mais do que imaginava.

Quando caminhou até a escola, ela já tinha saído e ia em direção ao local em que ele normalmente a esperava. Ela o viu e mudou um pouco o seu trajeto, andando rápido como se estivesse prestes a jogar seus braços ao redor de Will. Depois, controlando-se, ela diminuiu o ritmo e parou perto dele.

Por um instante, Will desejou que ela o abraçasse, muito embora aquilo fosse sempre tanto um desafio quanto um prazer. Em vez disso, eles ficaram meio tímidos, como duas pessoas sem coragem de dizer o que sentem.

Will perguntou:

— Você estava esperando?

— Não. Acabei de chegar.

— Eu também. Fui para as minhas câmaras ontem à noite.

Ela pareceu confusa por um momento, e Will se perguntou se era porque ele dissera noite quando na verdade se referira ao dia, mas então indagou:

— Na catedral? Você foi para a cidade? — Eloise soou desconfiada, porém o analisou e disse: — Mas você não se alimentou.

— Não.

Ela fez uma expressão satisfeita, como se aquilo tivesse sido uma prova de autocontrole da parte dele, não uma ausência de vítimas adequadas. Certamente Eloise entendia que mais cedo ou mais tarde ele teria que matar alguém, que era improvável que eles progredissem com rapidez suficiente para evitar tal situação. Mesmo assim, Will tinha que admitir que não havia como prever o que encontrariam aquela noite do outro lado da grade, nem o quão perto chegariam do fim de tudo aquilo.

Precisavam ir em frente, mas, antes de saírem andando, ele olhou para a sala comunitária da Residência Dangrave. Marcus estava lá, engajado numa conversa com um garoto e uma garota. Pela primeira vez, como se tivessem chegado a algum tipo de acordo, Marcus não se virou na direção da janela para encontrar o olhar de Will.

— Também falei com ele ontem à noite.

Eloise olhou para o prédio da escola, esforçando-se para ver quem estava na sala comunitária, e então indagou, incrédula:

— Marcus Jenkins?

— Sim, ele nos observou o tempo todo em que estávamos no labirinto.

— Então vocês só conversaram? Você não pensou em impedi-lo?

— O que queria? Que eu o matasse, sugasse o sangue dele, é isso? Você vê a morte dele como uma solução viável, uma forma aceitável de saciar o meu apetite? — De alguma forma, ele se sentia desapontado, talvez pelo contraste entre o comentário de Eloise e a feroz lealdade à residência estudantil que o garoto demonstrara na noite anterior.

Ela não respondeu de imediato, mas sabia que fora aquilo que insinuara. Acabou dizendo:

— Não, eu não quis dizer isso; na verdade, ele parece estranhamente legal. Só que está trabalhando contra nós, está nos espionando. Pelo menos foi o que você disse.

— Sim, e, se eu o matar, livrarei a escola de um espião. — Will colocou as mãos nos ombros dela, dando a impressão a qualquer observador de que estavam trocando carícias. — Não olhe agora, mas há uma janela escura no último andar, do quarto que visitei ontem à noite. É um depósito. Alguém está nos observando de lá neste exato momento. Consigo sentir, e quem quer que seja tem observado todas as noites em que estive aqui. Além disso, acho que é a mesma pessoa que desenhou o diagrama de giz debaixo da sua cama.

— Não foi o Marcus?

Will balançou a cabeça negativamente e disse:

— Não, ele ainda está na sala comunitária e acha que é a única pessoa na escola trabalhando para Wyndham. Ah, se isso o tranquiliza, ele jurou que jamais faria qualquer coisa para machucar você.

Eloise deu uma risadinha e perguntou:

— E você acreditou nisso?

— Acreditei. Claro que tudo que ele faz pode prejudicar você indiretamente, mas Marcus Jenkins não entrou no seu quarto.

Ela concordou com a cabeça, aceitando o que ele disse, e falou:

— Bem, quem sabe depois de hoje à noite não fará mais diferença quem está nos espionando ou não.

— Vamos torcer.

Enquanto atravessavam o gramado, Eloise o questionou:

— Você visitou Rachel e Chris enquanto esteve na cidade?

— Não, estava muito tarde quando cheguei. Só precisava do conforto de passar algum tempo no meu covil. Os porões têm sido uma provação, particularmente agora que minha fome voltou.

— Eu penso muito em você durante o dia. Imagino você andando em círculos lá embaixo; e deve ser difícil, nunca dormir, passar dia após dia sozinho.

— Não após ter conhecido você, embora isso torne a solidão até mais difícil, por ter algo com que se comparar.

— Mas você já teve companhia antes? Amigos?

Will balançou a cabeça negativamente.

— Amizades passageiras, nada como a que temos, apesar de ter encontrado pessoas que poderiam ter sido queridas se eu fosse mortal.

— Garotas?

Ele pensou na pobre Kate, que revira tão recentemente, sem vida alguma dentro dela, e em Arabella, a quem certamente tinha amado à sua maneira.

— Sim, garotas. Mas não tenho nenhum tipo de amizade há dois séculos ou mais.

— Inacreditável.

— Mas é verdade.

Ela riu e disse:

— Não, eu não quis dizer isso, só que... é chocante passar ano após ano, 24 horas por dia, sem dormir, sem ter ninguém com quem conversar. — Ela se distraiu com esse pensamento e perguntou: — Qual o tempo máximo em que ficou acordado?

— Entre 1501 e... não, teve uma vez que durou mais. Despertei da hibernação em 1813 e retornei à terra somente em 1911.

— Quase cem anos, que inacreditável.

— Pois foi assim.

Eloise percebeu que ele estava brincando desta vez, e os dois riram, mas em seguida ela olhou para ele atentamente e perguntou:

— Quando você começou a lixar os dentes?

— Não lembro em qual ano exatamente, mas há muitos séculos. Foi uma percepção gradual de que sem eles eu quase parecia normal, e que isso, por sua vez, permitiria que eu andasse pela cidade sem parecer tão suspeito.

Contudo, aquilo não fora suficiente, pensou Will, para evitar que Arabella ficasse aterrorizada ao vê-lo naquela noite em 1742.

— Interessante. E quando você... Desculpe, não sei o que me deu. De repente, estou cheia de perguntas, como se tivesse percebido agora que há centenas de coisas que ainda não sei sobre você.

Eles contornaram o grupo de árvores, indo em direção à casa nova. Will apontou para a construção.

— Talvez você esteja perguntando por causa do que estamos prestes a fazer, porque este pode ser o fim.

Ela segurou o braço dele, nervosa, e pediu:

— Não diga isso.

— Eloise, enfrentamos perigos, nós dois, e a melhor chance que temos de viver outro dia é se nos prepararmos, reconhecendo que hoje pode ser o último. — Mesmo enquanto dizia aquilo, Will não conseguia aceitar a possibilidade de aquele ser o último dia de Eloise, por mais preparado que estivesse para aceitar o próprio destino. — Estou prestes a tentar abrir uma porta que leva, no mínimo, para algo mau, possivelmente para o próprio além-mundo, e eu não pensaria menos de você se decidisse não vir comigo nesta parte da jornada.

— Está falando sério? Quer dizer, obrigada pelo choque de realidade, sei que pode haver coisas ruins lá embaixo, mas estamos nisso juntos, lembra? — Ela segurou o pingente pendurado em seu pescoço para mostrar a ele em um movimento tão idêntico ao de sua mãe que ele a encarou com surpresa.

— Que foi? — perguntou Eloise.

— Nada. — Ela o fitou com um olhar inquisitivo. — Você só me faz lembrar de alguém, só isso.

— Quem?

— Pouco importa. Ela já morreu.

— Ah, isso diminui os candidatos.

Ele riu, assim como Eloise, e os dois chegaram à casa. Foram diretamente para a biblioteca, onde pegaram o sabre e a lanterna, e entraram na primeira passagem. Will moveu a parede como já fizera antes e foi para a escada. As luzes estavam acesas, e ele ia começar a explicar para Eloise que aquilo não passava de um truque de Wyndham quando foi interrompido pelo som da parede se fechando atrás deles.

Ele se virou e olhou para ela, e então reagiu à expressão de Eloise dizendo:

— Eu a fechei todas as vezes em que estive aqui. Ela nunca se fechou sozinha.

Eloise olhou para a parede, depois para a escada iluminada que levava aos túneis lá embaixo.

— Talvez estejam nos esperando. — O primeiro sinal de nervosismo surgiu nos olhos dela, mas a jovem sorriu apesar disso e segurou firme a lanterna. — Tenho isto, você tem a espada, temos um ao outro, então com o que poderíamos nos preocupar?

ALQUIMIA

— Com nada.

Ele olhou para o azul perfeito dos olhos dela, tão hipnotizado por eles quanto as pessoas ficavam pelo olhar dele. Tivera outras companhias passageiras, era verdade, mas sentia um amor profundo por aquela garota, por sua beleza e sua bravura, e tinha acima de tudo a sensação de que, de alguma forma, sempre estiveram juntos.

Eloise chegou perto dele, um pouco insegura, e parecia que ia dizer algo, mas parou. Will sentiu sua respiração quente em seu rosto. Ele se inclinou, temendo o pior, e a beijou suavemente, pressionando os lábios contra a maciez de sua boca.

Com apenas aquele leve toque, ele percebeu seus nervos se aflorarem ao sentir o cheiro do sangue dela, com uma breve pontada de dor que atravessou o seu crânio. Mesmo assim valeu a pena, pois a dor iria diminuir, mas a lembrança dos lábios dela nos dele o sustentaria.

Eloise sorriu com uma estranha mistura de felicidade e incredulidade, e disse:

— Você me beijou. — Ele fez que sim com a cabeça. — Mas... não sentiu dor?

Ele fez que sim novamente; então, sorrindo, mentiu:

— Não muito. Às vezes gosto de pensar que cada dia que passo com você faz com que eu me torne um pouco mais humano.

— Você é humano, Will.

— Você sabe o que quero dizer. É quase como se, caso eu passasse tempo suficiente em sua companhia, pudesse voltar a ter 16 anos novamente. Eu poderia viver e respirar e amá-la como deveria. E envelheceria com você. É bobagem, eu sei.

Ela ficou emocionada e não conseguiu falar por um momento, até que sorriu e levou os dedos ao rosto dele. Depois, respirou fundo e disse:

— Para além-mundo, então?

— Para além-mundo.

E começaram a descer as escadas sem saber o que encontrariam. Apenas uma coisa era certa: se houvesse uma entrada, Will precisaria abri-la, não importando o que fosse encontrar do outro lado. Não havia volta daquela jornada, e, se ele tivesse que encarar o seu fim nas horas que se seguiriam, teria uma consolação: ele a beijara. Fora um gesto simples de intimidade, mas algo que jamais poderia ser tirado dele.

15

Os túneis estavam vazios e eles andavam rapidamente. Por tê-los explorado completamente e depois ter visto o labirinto, Will conseguiria andar por ali de olhos fechados. Talvez por causa da própria familiaridade com o outro labirinto, Eloise também estava mais confiante, antecipando as curvas que iam aparecendo.

E então pararam. Chegaram a um entroncamento no caminho ao passarem de um circuito externo a um interno e virarem à esquerda — somente para descobrir que não havia saída.

Eloise pareceu um pouco intrigada ao dizer:

— Eu podia jurar que a passagem continuava por aqui.

— E continua — disse Will. — Pelo menos continuava. Essa parede mudou de lugar.

Ele colocou as mãos sobre a pedra, suas palmas e seus dedos pressionando as inscrições e pinturas que cobriam cada parte da superfície. Não havia nada que sugerisse um mecanismo interno.

— Will, este lugar todo parece ter sido escavado em rocha. Então como uma parede poderia mudar de lugar?

Ele não sabia. Talvez o labirinto parecesse escavado quando, na verdade, fora construído, como um quebra-cabeça. Várias possibilidades passaram por sua mente, e todas levavam a Wyndham.

Wyndham sabia por Marcus que eles exploraram o labirinto. Não havia dúvida de que concluíra que eles compreenderam o verdadeiro segredo do labirinto. Talvez ele também soubesse que estavam lá, sendo alertado por Will ao abrir a parede.

E mesmo assim não havia sinal da presença de Wyndham! Se ele aparecesse, Will poderia confrontá-lo, questionar seus motivos, lutar com ele até a morte se preciso fosse. Mas Wyndham se recusava a dar as caras e convocava os mortos para lutar por ele, mudando paredes de lugar com seus poderes remotos, além de, provavelmente, ter sido ele a fechar a parede no topo da escada.

Ao menos uma coisa estava a favor de Will. Wyndham podia ter o poder de intimidar, persuadir e ameaçar, e de frustrar seus oponentes, algo que usava de maneira irritante, mas ainda não havia encontrado uma forma de destruir Will, e, até que o fizesse, o vampiro não seria detido.

Ele se virou para Eloise:

— Confie em mim, não havia parede aqui antes. Isso é trabalho de Wyndham, mas ele vai ter que se esforçar mais se quiser nos impedir. Ainda podemos encontrar outro caminho do labirinto. Só vai levar um pouco mais de tempo.

— Concordo — disse Eloise, ainda impressionantemente animada. Será que tinha sido o beijo? Será que um ato tão simples podia deixá-la tão feliz quanto o tinha deixado? Ele mal podia acreditar que sim.

Tentaram virar à esquerda e encontraram o caminho bloqueado, então voltaram novamente e viraram à direita. Depois de quatro ou cinco curvas, acharam outra parede que não deveria estar onde estava, como se o labirinto todo tivesse sido invertido, mas fizeram outra rota e continuaram tentando chegar ao centro.

Mesmo assim, apesar do esforço de Will de ignorar a nova organização do local, outra coisa o incomodava. Ao caminharem, era como se as paredes, o chão e o teto estivessem vibrando em uma frequência impossivelmente baixa, nem mesmo clara o suficiente para que ele a decifrasse, mas enchiam o ar de energia.

Quando finalmente chegaram à câmara pentagonal, a estranha energia pulsante ficou tão óbvia que até mesmo Eloise sentiu algo e observou a sala, tentando localizar sua origem. Por um momento, ela olhou para a figura em bronze no chão; Will nem tentou contar a ela que aquilo não vinha de um lugar só, mas que parecia sair do labirinto todo.

Ela apontou e disse:

— Então o túnel não está mais escuro.

— Não. Achei que tivesse contado a você sobre as luzes terem se acendido.

Ele deu alguns passos na direção do túnel, mas parou, sentindo as vibrações passando por seus pés, transformando-se num tremor. Ele se virou e olhou para Eloise.

Ela comentou:

— Parece um terremoto. Já presenciei um antes, parecia...

Ela ficou em silêncio quando um barulho alto aumentou rapidamente, como uma pilha de pedras gigantes de dominó caindo umas sobre as outras. Soava cada vez mais próximo, e o chão da câmara começou a pular a cada baque. Então, Will ouviu um barulho como o de um trovão e virou-se para ver o túnel que dava para a câmara circular se juntando, fechando-se, os dois lados formando uma nuvem de poeira que invadia a câmara junto com as faíscas dos cabos de luz rompidos.

Aquela era a única entrada para a câmara, isso ele sabia. Era uma jogada desleal de Wyndham, ele pensou, deixá-los ir tão longe quando tinha esse truque final guardado o tempo todo. Will virou-se para Eloise enquanto as vibrações diminuíam novamente para um ruído de fundo e a poeira assentava.

Ela estava chocada, mas mesmo assim conseguiu brincar com a situação, dizendo:

— Tudo bem, então as paredes podem mudar de lugar. Mas, e agora, como entraremos?

Will reagiu caminhando até o ponto da parede em que a passagem estivera. Colocou as mãos sobre a pedra, mais uma vez imaginando que deveria haver um mecanismo envolvido. Ficou ali por um segundo e sentiu as pedras ganhando vida debaixo dos seus dedos. Por um momento, sentiu-se triunfante, mas seus pensamentos tomaram um rumo preocupante quando ele percebeu que não estava abrindo o túnel novamente. As paredes certamente estavam se movendo, porém não era Will quem as movia.

— Eloise, corra! Entre em um dos túneis e não pare de correr!

Ele saltou para trás quando a parede deslizou para dentro e para a esquerda. Virou-se e viu Eloise seguindo seu conselho, correndo para o túnel que usaram para chegar ali. Ele começou a segui-la, mas todas as cinco paredes se moveram naquele mesmo instante, como se o pentágono estivesse sendo girado, e percebeu que as aberturas em cada uma das quatro passagens remanescentes já estavam apertadas demais para ele escapar.

— Will?

— Estou bem, não pare!

O pentágono da câmara pareceu girar novamente, com as cinco paredes deslizando umas sobre as outras, e o pentágono se tornava cada vez menor, a terra debaixo dele ainda vibrando. Mais uma volta no parafuso, e agora as paredes quase alcançavam os cabos das espadas de bronze no chão.

Não havia dúvidas sobre qual era a intenção. Em algum momento, as paredes iam se encontrar, esmagando-o durante o processo. Will ficou estranhamente distraído questionando se aquilo poderia matá-lo ou se somente o prenderia e mutilaria por toda a eternidade.

ALQUIMIA

Mas carregava o sabre em suas mãos. Se necessário, e enquanto ainda tivesse espaço, poderia tentar arrancar a própria cabeça; pelo menos terminaria as coisas de uma forma quase digna. Aborrecia-o, porém, o fato de Wyndham, que, até onde Will sabia, não tinha motivos para odiá-lo, destruí-lo justamente quando estava tão próximo do que esperava ser o fim da sua jornada.

— Will?

— Estou bem — disse ele, sentindo a raiva crescer.

Irritou-se consigo mesmo por sempre abraçar a ideia de uma morte fácil tão rapidamente, por se comportar como se Eloise não significasse nada para ele. Não ia permitir que tudo acabasse daquela forma.

As paredes começaram a se mover novamente, e, desta vez, ele correu e pulou sobre uma enquanto ela se aproximava, firmando os pés nela. A pedra tremeu e ele caiu no chão; mais uma nuvem de poeira se espalhou pelo ar, e as pedras racharam e se esfarelaram. Rapidamente, ele se agachou. A parede continuou se movendo, e, por um segundo, uma fenda surgiu entre duas delas. Will não hesitou: jogou-se na abertura, rolando através dela, torcendo para que ainda houvesse algum túnel atrás das paredes.

— Will, onde você está?

Ele ouviu as paredes rangendo ao se unirem atrás dele. Então percebeu que o túnel estreito em que se encontrava também estava se fechando. Levantou-se com um pulo, a espada ainda em suas mãos, e correu para a frente, ouvindo as pedras se juntarem atrás dele, seguindo em frente até que a seção do labirinto em que estava parecesse e soasse estável. Ainda conseguia ouvir os rangidos a distância conforme a câmara pentagonal era consumida pelas próprias paredes.

Ele gritou:

— Eloise, estou aqui. Responda.

Ouvia um ruído vindo de outro lugar do complexo, mas tinha certeza de que escutara a voz dela abafada pelo barulho. Caminhou naquela direção, não mais tentando seguir a lembrança das passagens agora que haviam sido reprojetadas diante de seus olhos. Em vez disso, seguia seus instintos, virando quando precisava, indo em direção à voz de Eloise.

— Fale novamente!

— Estou aqui!

Ele continuou andando e, após mais alguns minutos, gritou:

— Fale...

— Will, estou aqui.

Ela estava perto, do outro lado do beco sem saída do qual ele estava prestes a sair.

— Graças a Deus. — As paredes tinham parado de se mover, a energia desaparecera, e ele suspirou e colocou a mão sobre a pedra, dizendo: — Estou do outro lado desta parede. Estamos a salvo.

A voz dela estava próxima quando respondeu, e ele imaginou sua mão pressionando o outro lado da parede, quase tocando a dele.

— Pensei que você tivesse ficado preso.

— Não, estou bem. Agora, fique onde está que eu chego aí.

— Você não vai conseguir, Will. Não há como entrar. As paredes se fecharam ao meu redor.

— Quanto espaço você tem?

— A mesma largura dos túneis, e... — Houve silêncio por um momento, e a voz dela estava um pouco mais distante quando continuou: — Uns seis passos de extensão. Estou bem, mas não há saída.

Ele colocou o sabre no chão e disse:

— Então eu vou tirar você daí. Fique longe desta parede por enquanto.

Will deu um passo para trás e bateu o punho contra a pedra para testá-la. A parede estremeceu com o impacto, mas ele sentiu que era grossa demais para quebrá-la usando apenas sua força. Por outro lado, não queria deixar Eloise sozinha para buscar ferramentas.

Ele olhou para todos os cantos da parede, imaginando-a como uma enorme porta de pedra, e então percebeu uma pequeníssima brecha, onde a parede tinha amassado os cabos elétricos que corriam pela passagem bloqueada. Pressionou as pontas dos dedos nas duas laterais dos cabos, esforçando-se para causar algum movimento da pedra.

A parede havia deslizado para se fechar como se fosse uma porta, podendo ser aberta novamente. Tinha que ser: tudo que se fecha pode sempre se abrir. Ele pegou o sabre de novo, posicionou os dedos, concentrou-se e empurrou a parede. Ela se moveu um pouco, mas nada comparado ao esforço feito por ele.

Ele ouviu um leve zunido, talvez vindo do cabo elétrico. Inseriu as pontas dos dedos ainda mais na fenda, puxando, forçando, e, assim que conseguiu espaço suficiente, Will enfiou o cabo do sabre ali dentro e o soltou. A parede imediatamente tentou fechar a fenda mais uma vez, apertando o cabo da espada.

Ele conseguiria colocar as duas mãos na fenda agora para fazer mais força. É claro que ele não sabia se havia espaço do outro lado para aquela parte da parede deslizar, mas ela tinha se movido um pouco, precisando então tentar movê-la um pouco mais.

O zunido ficou mais forte, e Will percebeu que não vinha da eletricidade, mas do ar ao redor deles, e, apesar de não ser igual às vibrações do tremor de terra que presenciaram antes, continuava sendo perturbador.

— Will, você está ouvindo isso? — Apesar da pequena fenda na parede, Eloise soava mais distante.

— Sim, mas não se preocupe, estou quase chegando.

Ele agarrou a parede com as duas mãos, apoiando um dos pés na pedra adjacente, e puxou-a para trás, seu corpo todo fazendo força. Ouviu o sabre cair, o que significava que a parede devia estar se movendo, mas não tinha como ter certeza disso.

O zunido tornou-se mais alto, mais insistente.

— Will, por favor, mais rápido.

Enquanto se esforçava para tirar a pedra do caminho, ou para no mínimo abrir um espaço grande o suficiente para a garota escapar, ouviu-a sussurrando para si mesma; Will não pôde decifrar as palavras, mas ela parecia estar com medo, mais do que já estivera durante todo o tempo em que a conhecia.

— Estou quase conseguindo, Eloise, está tudo bem, apenas fique pronta para correr quando eu avisar.

— Tem algo acontecendo aqui, Will. Tem algo... — Em um tom mais nervoso, ele a ouviu dizer para si mesma: — Ah, meu Deus, o que é...

Eloise gritou, sem palavras, sem um pedido de ajuda, apenas um grito, completamente aterrorizado, e a parede não se movia. Ela gritou mais uma vez, então parou. Will pulou para longe da parede, que imediatamente voltou com força para o lugar; as luzes piscaram em resposta e a poeira subiu.

— Eloise?

Silêncio.

Ele parou de pensar no que poderia ser possível. Correu um pouco para trás e se lançou contra a parede com força total. Ela estremeceu, e rachaduras apareceram na superfície. Will correu de novo, jogou-se mais uma vez, e o túnel inteiro balançou, soltando poeira, e aquele zunido ainda soava ao redor dele.

Will bateu na parede com os dois punhos fechados, em um ataque descontrolado, e a pedra rachada começou a desmoronar. Ele bateu com mais força, depois deu um passo para trás e a chutou, dando golpes finais com os punhos quando o centro da parede se desintegrou na sua frente, formando uma nuvem de poeira e cascalho.

ALQUIMIA

Ele saltou pelo buraco e imediatamente foi inundado por uma onda de alívio. Eloise estava no fundo, sentada no chão, mas parecia não estar machucada, e não havia mais nada no túnel.

Somente quando Will chegou perto dela foi que percebeu algo muito errado. A onda de alívio foi embora, deixando-o encalhado em águas estranhas e assustadoras.

Eloise olhava diretamente para a frente, como que chocada pela visão da parede derrubada. Mas seu olhar estava focado e fixo, e seu rosto, perturbadoramente pálido e com um ar tão apavorado que parecia ter extrapolado o medo e se tornado inexpressivo.

Will se ajoelhou na frente dela, olhou-a nos olhos, que não mudavam de foco, e disse:

— Eloise, estou aqui, você está segura. O que quer que tenha visto não era real.

— Eu vi... — disse ela, a voz ainda tão distante como quando estava atrás da parede.

— O que você viu?

Mas Eloise não respondeu. Will tocou o rosto dela, depois segurou suas mãos, mas era como se não restasse mais reação alguma na garota. E as mãos dele eram inadequadas, frias demais para fornecer o conforto de que ela precisava, para tranquilizá-la de que estava segura agora.

O que ela vira? Que horror testemunhara naqueles poucos segundos para ficar nesse estado? Era culpa dele, não havia como negar; não de Wyndham, mas dele. Will olhou nos olhos dela, torcendo desesperadamente por uma resposta, e sentiu como se seu coração, há muito adormecido, tivesse sido cortado ao meio.

16

Vivíamos como monges, Rossinière e eu. Parte do custo de uma vida longa era o abandono dela. Existíamos de forma controlada, quase desolada, comendo pouco, bebendo menos ainda e abandonando a companhia de mulheres.

Rossinière, que tinha vivido muito mais do que eu, parecia quase não notar as mulheres, embora tivesse me contado que fora casado um dia e que sua esposa morrera no seu primeiro parto, junto com a criança. Meus apetites foram diminuindo aos poucos, mas foram suprimidos por fim, pois muito do desejo de comer e beber e amar nasce do conhecimento de que todos vamos morrer. Sem essa certeza, a atração de cada novo jantar, de cada nova garota vai diminuindo.

Sim, vivíamos como monges e observávamos o mundo mudar ao nosso redor. Minha mãe morreu em 1783. Foi um ano terrível para a Europa. Uma erupção vulcânica na Islândia encheu o ar de fumaça venenosa e trouxe consigo um inverno intenso. Minha mãe, já idosa e sofrendo de uma deficiência pulmonar, sucumbiu rapidamente.

Mesmo no fim, ela mandou notícias de seu leito de morte recomendando que eu não retornasse, pois meus estudos eram mais importantes, embora ela devesse achar que eu era um homem aproximando-se da convencional velhice. Mas eu não era — ainda aparentava ter 35 anos, e parecia ainda mais saudável, mais jovem do que quando conheci Rossinière no deserto.

ALQUIMIA

Pareço mais velho agora, um homem de 50 anos, talvez, embora suspeite ser mais forte e mais ágil do que qualquer pessoa normal de 30. Em parte, pareço mais velho porque ainda sou de carne e osso, e o processo de envelhecimento foi retardado, mas não interrompido. Contudo, eu geralmente envelheço a cada abalo emocional, nunca recuperando totalmente o terreno perdido após um choque ou outro. O primeiro, e mais forte, aconteceu em 1791, ano em que realmente compreendi a sabedoria da minha finada mãe.

Era uma época caótica. A França estava perdida no turbilhão revolucionário, e nos dois anos que se seguiram a guilhotina seria apresentada ao Rei e à nobreza daquele país, e a muitos outros. O restante do continente estava relativamente pacífico, mas havia uma agitação no ar, uma promessa dos conflitos que ocorreriam nos próximos quinze anos.

Rossinière e eu estávamos no norte da Europa (o lugar não importa, pois os curiosos não encontrariam hoje nada do que encontramos na época — tudo o que digo é que estávamos mais ao norte do que a Transilvânia). Ouvimos lendas de uma região assolada por estranhas mortes e de uma cidade em particular que tinha testemunhado cinco cadáveres sem sangue no espaço de dois anos.

Tamanha era a nossa curiosidade pelo mundo que fomos investigar o caso, mas devo confessar que não conectei de forma alguma as mortes misteriosas com a busca que governara minha vida por quase meio século.

Era uma região remota de montanhas e florestas, e a cidade não continha mais do que 5 mil pessoas reunidas em ruas apertadas e pitorescas (sem dúvida, minha memória apagou o cheiro e a imundice do local — na última metade do século, voltei à cidade, que cresceu consideravelmente, contudo também está muito mais limpa do que era antes).

Havia lá uma espécie de pousada, mas o nobre local nos acolheu em seu castelo e ficou feliz em disponibilizar sua biblioteca para nosso uso. Aceitamos de bom grado e fingimos encontrar ali conhecimento que ainda não possuíamos.

Quando contamos a ele o propósito da nossa viagem, pensamos que pudesse reagir com irritação diante da ignorância de seus subordinados, com suas superstições e crenças absurdas. Em vez disso, ele reagiu com extremo alívio, como se tivéssemos sido enviados por Deus para livrar ele e seu povo do mal que os perseguia.

Pois o nobre — e estou evitando citar o nome dele de propósito — estava convencido não apenas de que o assassino estava em algum lugar dentro do castelo, como também de que se tratava de algum ancestral dele.

— Seu ancestral? — Os pensamentos de Rossinière foram mais além, e ele indagou: — Devo entender que acredita que um vampiro seja responsável pelos assassinatos?

Eu já tinha ouvido o termo antes, durante nossas viagens, mas nunca pensei nele como nada além de uma superstição boba. Talvez Rossinière pensasse da mesma forma, pois ele parecia surpreso e ao mesmo tempo extremamente ansioso ao aguardar por uma resposta.

O nobre concordou com a cabeça tristemente e respondeu:

— Parece ridículo falar assim numa era de ciência, mas acredito mesmo nisso, e por duas razões. A primeira é que estudei os documentos secretos da minha família dos últimos três séculos, e essa mesma praga ocorreu repetidas vezes, fazendo vítimas ano após ano, desaparecendo por décadas, e retornando novamente. Nos documentos do meu avô e do meu tataravô, há comentários sugerindo que uma figura misteriosa foi vista em inúmeras ocasiões dentro do castelo. Isso já seria razão suficiente.

— Mas você tem uma segunda razão — disse eu.

— Sim, talvez mais persuasiva do que a primeira. — Ele se levantou e disse: — Senhores, se me acompanharem até a cripta, há algo que tenho certeza de que será de seu interesse.

ALQUIMIA

Usando a luz de velas, ele nos levou até a cripta do castelo e lá nos mostrou a tumba de um dos seus ancestrais, um homem que morrera no começo do século XV, aos 28 anos de idade. Estava em campanha militar quando contraiu uma febre e morreu logo em seguida. O corpo fora trazido para casa e enterrado.

Em vez de chamar seus servos, o nobre pediu que o ajudássemos a remover a pedra da tumba. Um caixão vazio estava lá dentro, com a tampa apoiada ao lado dele.

— A tampa do caixão é a verdadeira chave — disse ele, e pediu que a erguêssemos junto com ele.

Rossinière e eu olhamos para ela, fascinados. O único apetite que jamais perdemos foi a curiosidade, a sede por mais sabedoria, e aquele caixão apresentava um conhecimento que era inédito até mesmo para nós.

O interior estava muito arranhado, com marcas inconfundíveis deixadas por unhas afiadas. Isso era apenas uma curiosidade, pois o enterro acidental de pessoas vivas, infelizmente, não era tão incomum na época.

Mas a tampa do caixão também estava quebrada ao meio, apesar da espessura da madeira, e o dano parecia ter sido causado por um impacto vindo de seu interior, como se o homem enterrado tivesse socado a tampa para abri-la. A força do golpe necessária para quebrar um caixão tão maciço estava expressa diante de nós.

Depois de um momento de silêncio, Rossinière perguntou:

— Como isso foi descoberto?

— O primeiro ataque aconteceu 30 anos após a morte dele. Na época, a filha do senhor da casa sonhou várias vezes com essa tumba, então seu pai mandou abri-la. Encontrou-a vazia, da mesma forma como mostrei a vocês.

— Mas o tampo da tumba estava no lugar — afirmei.

— Exatamente. Não houve danos à tumba, então presumo que, após sair do caixão, ele foi mais cuidadoso ao remover a pedra acima

dele, e certamente foi cuidadoso ao recolocá-la depois. Não há sinais de que tenha voltado aqui.

Rossinière tamborilou na borda do caixão aberto e disse:

— Nas histórias que ouvi, essas criaturas dormem de dia e vivem à noite, mas os eventos que está descrevendo sugerem algo muito diferente. Será possível que eles hibernem por muitos anos e depois fiquem ativos por períodos similares? Se for o caso, então, em algum lugar deste castelo, neste exato momento, escondido dos olhos da sua família e de seus servos, seu ancestral está ativo.

O nobre sorriu e explicou:

— Minha família, como devem ter notado, não está aqui. Enviei-os para a casa do meu cunhado.

— Já houve vítimas dentro do castelo?

— Muitos anos atrás, uma serva. A família foi poupada, e eu prefiro acreditar que, mesmo possuído por demônios, meu ancestral respeita seus parentes, apesar de não querer arriscar o destino dos meus próprios filhos.

É claro que agora sei por que o ancestral daquele homem poupava a ele e a sua família. Em parte, por autopreservação. Se a esposa de um nobre fosse assassinada, ele poderia destruir o castelo atrás do demônio. Mas os nobres em si, e seus filhos, foram poupados por uma razão bem mais simples.

Esses demônios não podem procriar, mas isso nem sempre deve ter sido assim, pois sei que algumas pessoas possuem a linhagem de vampiro. Se mordidas, são elas que retornam como demônios. E acredito que essas mesmas pessoas não sirvam de alimento para vampiros, pois raramente são escolhidas como vítimas. Foi por isso que o demônio no castelo poupou a família nobre: porque o sangue deles não ofereceria nada além de uma possível companhia.

Por três dias, procuramos em cada canto do castelo, mas não encontramos esconderijo algum. Contudo, chegamos a algumas conclusões.

ALQUIMIA

Apesar de não conseguirmos encontrá-lo, imaginamos que o esconderijo dele deveria ser subterrâneo, pois assim seria mais fácil permanecer oculto no decorrer dos longos anos de hibernação. Durante o tempo em que passava desperto, imaginamos que ele preferisse sair do castelo sem ser visto sempre que necessário. E, por um processo de eliminação, concluímos que havia um pátio interno que ele provavelmente atravessaria no caminho entre os porões e o mundo exterior.

Na noite seguinte, nos posicionamos em uma torre alta com vista para esse pátio. A cozinha estava abaixo de nós, e Rossinière supôs que o cheiro da comida impediria que o demônio sentisse o nosso cheiro. Uma lua crescente iluminava o céu límpido, e nossos olhos rapidamente se ajustaram ao seu brilho.

Não fez diferença, pois ninguém apareceu no pátio. Dormimos durante o dia seguinte e retornamos quando escureceu. Dessa vez, nossa paciência foi recompensada.

Assim que a noite caiu, uma figura atravessou o pátio. Nós a perdemos de vista rapidamente e presumimos que fora em direção aos portões do castelo. Enquanto esperávamos ouvi-los sendo abertos, vi a sombra do demônio novamente — ele pulara até os muros do castelo e saltava para o outro lado com a mesma facilidade que um gato teria escalado o muro de um jardim.

Em seguida, desapareceu, mas esperamos, e quatro horas mais tarde o vimos reaparecer no mesmo lugar, fazendo o caminho de volta pelo pátio. Nós dois sabíamos que ele saltara o equivalente à altura de seis homens ou havia escalado uma parede invisível. Seria preciso reunir todos os nossos poderes e mais para nos equipararmos a um demônio como aquele.

Não houve ataque naquela noite. Então, imaginando que o demônio não se restringisse a vagar por aí somente quando precisava se alimentar, decidimos criar uma armadilha para ele todas as noites até que reaparecesse.

— *Eles temem luz e crucifixos* — *disse Rossinière.* — *Vamos nos armar, é claro, mas luzes e crucifixos serão nossas maiores defesas.*

Na noite seguinte, alguns dos fiéis servos do castelo foram posicionados atrás das portas que davam para o pátio, cada um com uma tocha ensopada de óleo e uma vela para acendê-la. Rossinière, o nobre e eu estávamos armados e escondidos em diferentes locais para aumentar nossas chances de ver o demônio assim que ele pisasse no pátio.

Não esperávamos que ele aparecesse duas noites seguidas, mas apareceu, e só posso presumir que o demônio sofria com o tédio tanto quanto nós. Ele saiu de uma porta e deu alguns passos pelo pátio antes de parar.

Ergueu o rosto, como se pudesse sentir o cheiro de que algo estava errado. Ele parecia dividido entre prosseguir ou voltar, mas então o grito de Rossinière eclodiu pelo pátio.

— *Agora!*

O nobre e eu saímos de nossos esconderijos, assim como Rossinière, de forma a cercar o demônio como pudéssemos. Por um tenso momento, nada mais aconteceu, mas então as portas se abriam ao nosso redor e o pátio subitamente foi iluminado pela luz das tochas acesas.

A mudança brusca na luminosidade feriu meus olhos de tal forma que senti certa compaixão pelo demônio quando ele gritou de dor no centro do pátio. Minha visão se ajustou, mas a dele, não, e, mesmo enquanto tentava ver o que estava acontecendo ao seu redor, continuava a fazer caretas e apertar os olhos diante da luz.

Tivemos a chance de observá-lo, e ele era digno de admiração, vestindo roupas de uma época passada, mas parecendo tão forte e saudável quanto o jovem que um dia fora. Além disso, a semelhança com a família era óbvia, tanta que o nobre ficou chocado com sua aparência.

Quando o demônio estava um pouco mais calmo, ainda protegendo os olhos, mas agora parecendo perigoso, pronto para atacar *seus perseguidores, Rossinière deu um passo à frente brandindo um enorme crucifixo de ouro. O demônio se afastou dele até ficar contra uma parede, e lá, debaixo de uma sombra limitada, finalmente abriu os olhos.*

Rossinière continuou a pressioná-lo até ficar bem na frente do demônio, mantendo-o afastado com o crucifixo. Ele gritou:

— Não olhem nos olhos dele. Vejo que têm algum poder hipnótico.

Mas ele próprio o encarou. Rossinière e eu já tínhamos desenvolvido nossos poderes de tal maneira que não seríamos vítimas de um feitiço de hipnose do demônio.

Porém, Rossinière contou demais com o conhecimento dos outros, baseado em meias verdades e superstições. Quando pareceu ter o demônio sob seu controle, a criatura sorriu, revelando suas presas feias. Então pegou o crucifixo das mãos de Rossinière e o beijou antes de dizer:

— Por que eu deveria temer isso?

Sem olhar, jogou o crucifixo para longe, que rodopiou pelo pátio e cravou no peito de um dos servos. O homem deixou escapar um único grito de choque e caiu, segurando a tocha acesa. Outro servo largou sua tocha diante da cena e saiu correndo.

Rossinière tentou pegar sua espada, mas não conseguiu. Em seguida eu ouvi um terrível estalido e vi o corpo de Rossinière voar pelo pátio, bater contra a parede do castelo e cair como um boneco quebrado.

Por um momento, nenhum de nós soube o que fazer, e eu fiquei aturdido ao ver o corpo sem vida de Rossinière, um homem que tinha sido o melhor dos irmãos para mim nos últimos 25 anos, morto num instante de descuido.

O demônio virou-se para o nobre e foi lentamente caminhando na direção dele, dizendo:

— Que você, de todas as pessoas, seja capaz de conspirar com esses vilões contra mim... Nossos laços de família não significam nada para você, nem a nossa história compartilhada?

O nobre não conseguiu responder e pareceu devastado, como se acreditasse que de fato traíra seu próprio sangue. Abandonei minha própria tristeza por curiosidade ao ouvir o demônio falar de lealdade em família, de vilões, como se ele ainda fosse o homem que um dia fora. Não que eu duvidasse por um segundo que ele mataria seu nobre descendente com tanta prontidão quanto mataria o restante de nós, caso isso satisfizesse suas necessidades.

Ele ainda caminhava na direção do nobre quando olhei mais uma vez para Rossinière, e não hesitei. Desembainhei a minha espada e peguei uma tocha flamejante de um dos servos que estavam por perto. Estávamos errados sobre o crucifixo, mas vi a dor que o brilho do fogo causara nele.

O demônio também sabia disso. Ele se lançou para a frente e pegou a espada do nobre, jogando-o para o lado, quase como que desejando afastá-lo do perigo. Virou-se e cortou o ar com a lâmina, mas eu reagi ameaçando-o com a tocha. A criatura deu um pulo para trás, e eu a segui, enfiando a lâmina em seu corpo.

O demônio fechou os olhos contra a luz da tocha, que agora estava ao meu lado, mas segurou a lâmina no local em que havia penetrado em seu corpo e me acertou com a própria espada, um golpe forte que deixou apenas uma ferida superficial, mas que depois descobri ter quebrado meu ombro. Com o susto, derrubei a tocha, mas ela caiu na direção dele, que deu um pulo para trás, libertando o corpo da espada como se ela não o tivesse ferido.

Eu sabia que ele era rápido e forte. Então, mesmo com a dor que se espalhava pelo meu ombro, chutei a tocha caída na direção dele, e as chamas tomaram conta de suas roupas como se tivessem encontrado gravetos secos, engolindo-o imediatamente. Ele deixou escapar um grito alto e agitou a espada furiosamente contra a tocha, mas pareceu momentaneamente paralisado diante do choque ou da dor.

ALQUIMIA

Não sabia se as chamas seriam suficientes, mesmo com aquele grito tomando conta do lugar, e o fogo devastando suas roupas e sua pele, então segui meu instinto. Com meu braço bom, brandi a espada com toda a força que tinha e o golpeei no pescoço.

Seguiram-se um silêncio e uma breve luz azul ofuscante, a espada do nobre caiu no chão e as chamas se extinguiram até chegarem à tocha caída. Não sobrou nada do demônio, nada mesmo. Eu o vi desaparecer ao apoiar minha espada no chão como uma bengala e cair lentamente ao lado dele, ficando inconsciente.

Havia tanto ainda a aprender sobre o mundo, mas teria que aprender sozinho. Rossinière morrera. E quando acordei no dia seguinte, enfaixado e bem-cuidado, meu choque foi tão grande quanto deve ter sido o do nobre, pois eu envelhecera 10 anos; nunca mais os recuperei.

Meus feitos se espalharam pela nobreza da região, e eu cacei e destruí outros vampiros nos vários anos que se seguiram, ficando cada vez mais forte, aprendendo mais, desenvolvendo a minha própria magia negra para estar mais preparado para destruir esse mal.

Contudo, mesmo enquanto lutava e fazia aquilo que acreditava ser meu dever, sabia que uma obrigação maior era exigida de mim. Tinha certeza de que o que minha mãe encontrara nos primeiros anos daquele século fora um vampiro. E agora, no final do século, sabia que havia chegado a hora de voltar para casa e completar a jornada da qual ela me encarregara há tantos anos.

17

Eloise conseguiu se sentar em um dos sofás da biblioteca, mas Will não pôde fazer com que ela reagisse a mais nada. Ele acendeu um pequeno abajur, porém Eloise continuou olhando para a frente como se estivesse cega para tudo ao seu redor, sem piscar, sem registrar nada.

Will escutou um carro se aproximando, parando sobre o cascalho lá fora; ouviu vozes e uma leve batida na porta principal. Não queria deixá-la sozinha, não só por causa do estado frágil em que ela se encontrava, mas porque ainda não sabia se os ataques de Wyndham tinham terminado.

Contudo, ele não tinha escolha e agachou-se na frente dela, dizendo:

— Já volto. Se você me chamar, vou ouvir. — Os olhos dela pareciam não vê-lo.

Ele caminhou rapidamente pela casa e abriu a porta. Fora sua única escolha, a única coisa em que conseguira pensar e, ironicamente, nunca tinha ficado tão feliz em vê-los. Chris e Rachel estavam ali, os dois parecendo igualmente preocupados.

Chris passou pela soleira primeiro e perguntou:

— O que aconteceu?

— Por favor, diga que ela não se machucou — disse Rachel.

Will fechou a porta e respondeu:

— Ela não está ferida, não fisicamente. Você precisam de mais luz ou conseguem enxergar?

ALQUIMIA

— Estamos bem — disse Chris.

— Então, me sigam. Não quero deixá-la sozinha.

Enquanto caminhavam, Will explicou rapidamente o que acontecera. Quando chegaram à biblioteca, pararam juntos na entrada, todos olhando para Eloise sentada no sofá, tão inexpressiva quanto os fantasmas das vítimas de Will.

— Ela não disse nada desde que aconteceu? — perguntou Rachel.

— Ela disse "eu vi", mas não conseguiu me contar o quê, e não falou mais nada desde então.

Rachel foi até Eloise, e os outros a seguiram. Ajoelhou-se na frente dela, segurou suas mãos e olhou nos seus olhos. Will percebeu que os dedos de Eloise apertaram os de Rachel, reagindo ao toque dela como não reagira ao dele. Por isso ele chamara Rachel e Chris, porque ela precisava de pessoas com calor humano, pessoas que pudessem fazê-la voltar, mas aquilo só demonstrara mais uma vez quão inadequado ele era.

A voz de Rachel era quase um sussurro ao falar com Eloise. Will e Chris ficaram olhando, e Rachel virou-se para eles e pediu:

— Talvez ajude se vocês dois nos deixarem sozinhas por um tempo. Deixem-me conversar com ela.

Chris olhou ao redor da sala como se fosse questionar para onde poderiam ir, mas Will disse a ela:

— Venha, vou mostrar a você onde tudo aconteceu.

Não importava se Chris estava trabalhando para Wyndham. O feiticeiro já tinha conhecimento de tudo e mais um pouco do que Will sabia. Talvez, se Chris visse como Wyndham estava determinado a ferir Eloise, ele questionasse sua lealdade.

Mas isso se baseava na suposição de que Chris fosse *mesmo* um traidor. Se não fosse, ver os túneis reforçaria em sua mente que Will confiava nele. E Will queria mesmo ter essa confiança, pois aquele incidente provara que seus próprios poderes não eram suficientes.

Eles entraram na primeira passagem secreta e encontraram a parede que dava acesso à segunda delas ainda aberta. Chris hesitou, olhando para os degraus.

Will foi na frente e o convidou:

— Venha.

Chris o seguiu, entrando no túnel e no labirinto, onde imediatamente ficou mais lento, observando atentamente as inscrições e imagens que cobriam as paredes. Will não diminuiu o ritmo, mas hesitava a cada curva ou junção para garantir que Chris ainda permanecesse atrás dele.

— Isto é incrível — disse Chris, com o seu interesse por atividades paranormais o dominando. — De um ponto de vista arqueológico, é claro, mas, em termos de ocultismo, isto pode acrescentar muito para o campo de conhecimento.

Will não respondeu diretamente, mas comentou:

— Veja como essas paredes são sólidas, como os túneis parecem entalhados na própria pedra; mesmo assim, as paredes bloquearam túneis, fechando-se em câmaras. Moveram-se com a mesma facilidade com que uma porta abre e fecha. Wyndham fez isso, tenho certeza.

Chris pareceu desconfortável, talvez apenas preocupado em não deixar que sua expressão o fizesse parecer culpado quando não era, e perguntou:

— Você acha que ele está atacando Eloise?

— Sei que sim. As bruxas me contaram. Foram três vezes até agora, cada uma diferente da outra, todas igualmente perturbadoras. E eu temo que ele ainda não esteja satisfeito.

Chris pareceu surpreso ao dizer:

— Mais uma vez, se o Wyndham que conheci for a mesma pessoa, eu ainda acho improvável...

— É ele — interrompeu Will. — Por mais improvável que pareça, é ele.

— Mas a pessoa que eu conheci não parecia ser capaz de coisas como essa. Não estou falando de magia, estou falando de atacar uma garota indefesa.

— Você o viu depois da nossa conversa?

— Não. Na verdade, entrei em contato com o Breakstorm depois daquilo, pois queria me encontrar com ele novamente sabendo das informações que você dera, mas me falaram que ele estava fora.

— Ocupado, talvez, mas fora, não. — Eles dobraram uma esquina e Will apontou para a parede demolida. Sabia de sua própria força e mesmo assim ficou surpreso ao ver os danos que tinha infligido em seu desespero. — Foi ali que ele a prendeu, do outro lado daquela parede. Só queria saber o que ela viu lá, o que ele a fez ver.

Chris se aproximou e observou a pequena câmara do ponto em que a parede fora destruída, aparentemente com medo de entrar. Depois olhou para a parede em si.

— Você a quebrou? — Will assentiu com a cabeça. — Uau.

— Dá para entrar pela fenda. Está bem estável.

Chris começou a balançar a cabeça lentamente e, em negação, disse:

— Acho melhor não. Não sei o que é, mas há uma atmosfera estranha lá dentro, algo... Não sei, mas é algo sinistro.

Will passou pela parede destruída e olhou ao redor, colocando as mãos na pedra em alguns pontos, e afirmou:

— Não sinto nada. — Era verdade, agora que pensava naquilo: a atmosfera desconfortável que dominava o labirinto antes tinha desaparecido.

— Talvez eu só esteja assustado, mas algo definitivamente parece errado aqui embaixo. — Chris olhou para as ruínas. — Você não poderia destruir as paredes para abrir caminho até onde quer que essa entrada esteja?

— Posso. Mas eu provavelmente completaria a missão de Wyndham para ele e me enterraria nos escombros. Ele moveu as paredes de forma tão abrangente que eu teria que destruir metade do labirinto antes de encontrar a câmara que preciso, se ela ainda existir. Nós vimos as paredes se juntarem em uma das câmaras até ela desaparecer completamente.

Will voltou pela abertura, viu seu sabre caído no chão e o pegou. Distraído, usou-o para desenhar formas no chão empoeirado.

— Se houver uma entrada, e ela levar para onde espero que leve, precisarei encontrar outra forma de acessá-la.

Chris tocou a parede mais próxima como se quisesse testar sua solidez, e disse:

— Mas você mesmo disse que não pode voltar para onde ela estava.

Will sorriu.

— Pelo que sei, a entrada não é uma coisa física. É algo completamente diferente. Se estiver ligada a um lugar físico, você então está certo, teremos que encontrar um caminho pelo labirinto.

Will ainda não desistira do labirinto, porém duvidava que Wyndham tivesse deixado qualquer brecha após utilizar tamanha força para mover as paredes. Mas ele tornaria a explorar um pouco mais o local assim que estivesse sozinho novamente.

Ainda estava tratando Chris e Rachel com cautela, mas Chris o confundiu ainda mais com seu entusiasmo súbito:

— Podemos entrar por cima! As linhas ley se unem aqui, talvez no local da entrada que você mencionou. Tudo o que temos que fazer é encontrar o centro do triângulo, que deve estar em algum lugar das ruínas da abadia. Aí, cavamos e encontramos a câmara que você busca.

De certa forma, Will ficou impressionado; não pelos comentários e suposições otimistas, mas pela empolgação de Chris, por sua determinação em solucionar um problema que não era realmente dele. Mas, se Will aprendera uma coisa no decorrer dos séculos, era a ter paciência.

— É algo digno de consideração, mas cavar o solo de um monumento antigo pode chamar mais atenção do que queremos.

— Não tinha pensado nisso.

Contudo, Will sorriu e disse:

— Pensaremos em algo. Mas agora é melhor voltarmos.

Retornaram para a biblioteca, e, dessa vez, Will fechou a parede no alto da escada. Rachel olhou para eles quando chegaram, mas sua expressão sugeria que não sabia o que fazer. Eloise ainda estava sentada, olhando inexpressivamente para a frente.

— Acho que precisamos levá-la ao médico.

Chris respondeu:

— Não sei como isso vai ajudar. Não parece haver nada de errado com ela fisicamente.

Rachel fitou Eloise nos olhos, depois se virou para Chris e Will novamente:

— Não, mas ela está traumatizada de alguma forma, além da nossa capacidade de ajudá-la.

— Traumatizada por algo que também está além do conhecimento dos médicos.

— Chris, ela é uma menina, com uma família que precisa saber o que aconteceu com ela.

— Ela não tem família — retrucou Will. — Só tem a mim.

Ele falou antes de perceber o que estava dizendo, mas Rachel não questionou suas palavras e simplesmente indagou:
— Então o que você acha que devemos fazer?
— Ela precisa de segurança e de repouso. Se isso não fizer com que volte a si, então você está certa, mas acho que, se ela não melhorar por vontade própria, nenhum médico poderá ajudá-la.
— Certo, vamos levá-la para nossa casa por enquanto. — Will estava prestes a discordar quando Rachel disse: — Para onde mais ela poderia ir?

Ele havia pensado em levá-la para suas câmaras debaixo da igreja, mas aquilo fizera sentido quando Will parou para pensar. Eloise ficaria melhor com eles, em um lugar quente, onde seria menos provável ser atormentada por qualquer coisa que tivesse visto.

— Vocês precisam me prometer que um de vocês ficará com ela o tempo todo.

— É claro — disse Chris.

Rachel perguntou:
— E a escola? Não queremos que pensem que ela desapareceu de novo.

Will pensou em seus passeios pela escola nas horas em que passava esperando por Eloise. Várias vezes ficara observando o diretor trabalhar em seu escritório, muito tempo depois da saída da sua secretária, geralmente enquanto o restante da escola estava jantando. Seria fácil falar com ele sem ser visto por ninguém e plantar em seus pensamentos alguma lembrança de Eloise estar visitando a família.

— Eu cuido da escola. E encontro vocês amanhã à noite.

— Podemos vir buscá-lo.

— Não, fiquem com Eloise. — Pensando melhor, perguntou: — Mas como vão fazer isso? Vocês têm um negócio para administrar.

Pareceu que Chris estava prestes a falar, mas Rachel respondeu, não deixando espaço para discussões:

— O café ficará fechado amanhã.

ALQUIMIA

Estava decidido. Will carregou Eloise até o carro e observou quando partiram para a cidade. Ela precisava melhorar, não havia outra possibilidade. Ela precisava melhorar, pois, sem Eloise, ele estava derrotado, de todas as formas.

18

Will passou o restante da noite e a manhã inteira nos túneis. O local estava tranquilo e calmo agora, sem a sensação causada pelos terremotos que ocorreram antes, sem a sensação de desconforto ameaçador. Ele se perguntou se a mudança acontecera porque os túneis não mais levavam à entrada que ele procurava.

Isso parecia provável. Sozinho, ele conseguiu reconstruir uma imagem em sua mente de como o labirinto fora reorganizado e, após a primeira hora, já percebera que não havia mais como chegar perto do local da câmara circular.

Tal fato não o impediu de verificar nem de calcular quantas paredes teriam que ser derrubadas para chegar à entrada que, de qualquer forma, talvez já tivesse sido demolida. Não sabia como aquilo poderia ser feito, especialmente quando era provável que Wyndham conseguiria mover todas as paredes novamente.

Um pouco antes de a noite cair na tarde seguinte, ele passou um tempo no único túnel que tinha evitado, no que Eloise ficara presa. Will voltou a ficar confuso e irritado, imaginando o que poderia ter acontecido ali. Ele quase chegara a admirar Wyndham, seu adversário invisível, mas estava determinado a uma coisa agora — destruiria o feiticeiro ou seria destruído ao tentar.

Não se demorou após sair do túnel, indo diretamente para a escola. Em vez de se aproximar pelo caminho normal, chegando ao seu local predileto, na frente da sala comunitária da Dangrave, ele circundou os fundos do local e caminhou com pressa pelas sombras do prédio até conseguir enxergar, por trás de um pequeno arbusto, o escritório do diretor.

Ele estava sentado lá naquele momento, um homem magro e atlético, com cerca de 40 anos. Numa prateleira na parede mais distante havia alguns troféus, que Will imaginou serem dele, uns de corrida, outros de tênis. Estava começando a ficar careca, mas os cabelos tinham um corte curto o suficiente para isso não fazer muita diferença. Ele parecia, de alguma forma, ter um ar sério, militar, algo que contrariava o que Eloise contara a Will sobre a escola.

A secretária entrou na sala, mas, mesmo sem conseguir ouvir a breve conversa, ficou claro para Will que ela estava se despedindo, que seu dia de trabalho havia acabado. O diretor sorriu para ela e voltou para a sua papelada.

Nos dez minutos que se seguiram, o homem não saiu do lugar — nem Will. Ele escutou alguns carros partindo do outro lado da propriedade, sentiu o aroma da comida e ouviu os sons corriqueiros e animados de todos na escola jantando.

Então, Will entrou por uma porta próxima que permitia o acesso do diretor ao seu jardim privado de arbustos. Passou por dois escritórios administrativos com as luzes apagadas e chegou ao pequeno hall em que visitantes e estudantes ficavam esperando.

Olhou para a placa na entrada: Dr. Paul Higson.

Will bateu na porta e entrou sem esperar pela resposta. O diretor olhou para ele, parecendo irritado por alguém aparecer sem ser convidado, mas notou que era Will e sorriu sem jeito.

— Um momento, por favor. Só vou terminar de ler o parágrafo.

— Claro — disse Will, fechando a porta atrás de si e atravessando a sala até parar em frente à mesa.

O diretor lia atentamente o documento, segurando uma caneta. Seria rápido, pensou Will. Iria hipnotizá-lo assim que desviasse o olhar dos papéis, enchendo sua mente com pensamentos sobre Eloise indo visitar um familiar doente, lembrando-o de que se esquecera de informar os outros membros do corpo docente. Se não funcionasse perfeitamente, funcionaria bem o suficiente para tornar a ausência de Eloise menos problemática.

O diretor abaixou a caneta e disse:

— Só um segundo e já conversamos.

Ele continuou a analisar o documento, e, pela primeira vez, Will ficou desconfiado. Era estranho alguém na posição de diretor evitar de forma tão determinada manter contato visual com um visitante, um estranho, alguém que não era aluno da escola, mas parecia ter a idade de um deles.

Higson mexeu na gaveta lateral da mesa, dizendo:

— Só vou grampear isso e acabei.

Will olhou para o grampeador sobre a mesa, ao lado do telefone de Higson, porém era tarde demais. O homem tirou uma lanterna pequena, mas poderosa, da gaveta. Afastou-se do móvel ao mesmo tempo em que ligava a lanterna e dirigiu o feixe de luz diretamente para os olhos de Will.

— Fique longe, não se aproxime de mim! — gritou ele.

A dor foi imediata e ofuscante, penetrando os olhos de Will com uma força que parecia rachar seu crânio ao meio. Ele ficou tão surpreso com a própria estupidez quanto com a luz. Era óbvio que Wyndham tinha uma conexão com a escola, era óbvio que mais de uma pessoa trabalhava para ele, então por que não lhe ocorreu que o próprio diretor estivesse associado ao feiticeiro?

Will também ficou furioso, pois aquele homem deveria estar preocupado com o bem-estar de Eloise, mas na verdade pertencia a um plano cruel para machucá-la. Higson era tão culpado quanto

ALQUIMIA

Wyndham pelo estado em que Eloise se encontrava; talvez até mais, dada a sua obrigação de cuidar dela.

A fúria foi crescendo dentro de Will até que ele não pudesse mais sentir dor, e, embora não conseguisse enxergar, seus outros sentidos lhe diziam exatamente onde Higson estava. Will jogou a mesa para o lado e atacou. Pegou o diretor pelo colarinho e o jogou contra a parede com tanta força que um quadro caiu no chão.

Higson deixou escapar um grito de medo e tentou redirecionar a luz para os olhos de Will. O vampiro pegou a mão dele e instantaneamente a esmagou ao redor da lanterna, que caiu no chão e foi pisoteada por Will, sendo destruída.

A visão de Will estava retornando e ele olhou para o rosto de Higson. O diretor chutava e se debatia contra ele, tornando-se mais temeroso com a crescente percepção de que sua força era insuficiente. Tudo o que Higson podia fazer era evitar o olhar de Will. Então virava a cabeça freneticamente para os lados, deixando o pescoço exposto.

Will olhou para a veia que saltava acima do colarinho de Higson, mas estava com raiva demais para pensar em sangue naquele momento. Em vez disso, levou Higson ao chão e o manteve preso à parede, e, quando estavam no mesmo nível, agarrou o rosto do homem com a mão livre e o forçou a olhar para ele.

Higson fechou os olhos e começou a choramingar, deixando para trás toda a sua postura militar, a ponto de Will ter dúvidas se já fora soldado algum dia.

— Abra seus olhos e olhe para mim.

— Nunca.

— Então vou arrancar suas pálpebras.

— Por favor, não faça isso, eu...

— Não quero hipnotizá-lo. Mas repito, vou arrancar suas pálpebras se não abrir os olhos. Wyndham com certeza lhe contou que venho de uma época em que tortura era considerada perfeitamente comum.

— Eu...

— Abra-os!

Higson abriu os olhos e piscou, fechando-os novamente duas vezes, até finalmente abri-los de verdade, revelando-os cheios de lágrimas e terror.

— Eu ia hipnotizá-lo, mas não vou mais. Não agora que sei que trabalha para Wyndham.

— Não fiz nada.

— Eloise está sob os seus cuidados, e mesmo assim você permitiu que Wyndham conspirasse para machucá-la. Considera isso nada? Você permite que ele encha a escola de espiões e considera isso nada?

— Mas eu não fiz nada disso, por favor, acredite em mim. Marcus Jenkins, ele é o único... quero dizer, ele é a única conexão com Wyndham. Não participei de conspiração nenhuma, juro.

— Então seu juramento é inútil. Você evitou contato visual comigo, usou luz para me atacar, coisas que não saberia se não tivesse a confiança de Wyndham. O Reverendo Fairburn fez o mesmo antes de você e, deixe-me lembrá-lo, ele está morto. Então pergunte a si mesmo de quem deve ter medo, se de Wyndham ou de mim.

Higson tremeu de dor, e pareceu apavorado e desesperado ao dizer:

— Acho que minha mão está quebrada.

— Três dedos e a articulação do dedo médio, apenas uma amostra da dor que posso lhe causar. — A dor nos olhos de Will tinha quase desaparecido agora, e ele continuou: — Eloise irá se ausentar por um ou dois dias. Você vai dizer aos professores que sabia disso, que ela foi visitar um parente adoentado. Você não vai questioná-la nem falar com ela quando voltar.

Higson concordou com a cabeça, ansioso em cumprir o acordo.

— Tinha planejado fazer você seguir essas instruções por hipnose, mas quero que esteja consciente do que eu lhe disse, pois desejo que entenda mais uma coisa. Se qualquer mal acontecer a Eloise, seja você diretamente responsável ou não, nem Wyndham nem mais ninguém poderá protegê-lo. Guarde minhas palavras: vou considerar uma questão de honra que o sofrimento dela seja causado a você dez vezes mais.

— Entendi.

Will o soltou e se afastou dele. Higson imediatamente segurou a mão machucada, hesitando ao observar a extensão dos ferimentos. O vampiro olhou para a mesa, imponente e sólida, e casualmente a recolocou na posição correta, deixando os escombros no chão.

Foi em direção à porta, mas parou e olhou rapidamente ao redor, e então disse:

— Minha família construiu esta casa.

Apesar da mão ferida e do terror que havia sentido, Higson produziu uma expressão não convincente de provocação ao responder:

— Você é um vampiro. Você não tem família.

Will deu um sorriso.

— Tem razão. A família do meu irmão construiu esta casa.

Higson pareceu confuso, mas disse:

— Sim, sim, sei disso.

— Ótimo.

Will saiu pela mesma porta que entrou e atravessou o gramado em direção à casa nova. De lá, chamaria um táxi. Não tinha família, não mais, porém havia descrito Eloise como sua família antes, o que era verdade pelo menos por um lado, pois ela era a primeira pessoa em mais de sete séculos por quem ele morreria e a primeira por quem mataria num acesso de raiva. Suas palavras para Higson foram uma promessa e não valiam somente para ele.

19

Como Rachel havia prometido, o Terra Plena ficou fechado naquele dia, e ninguém escutou Will bater na porta da frente da propriedade. Ele foi para os fundos e, ao passar pela janela da cozinha, Chris o viu e acenou, indo logo à porta para deixá-lo entrar.

Quando abriu a porta, reagiu à expressão preocupada de Will sorrindo e disse:

— Ela está bem. Rachel está com ela. Dormiu a noite toda e a maior parte do dia de hoje. Acordou há umas duas horas e já está falando.

— O trauma foi embora?

Chris parecia hesitante, mas ponderou:

— Ainda é cedo para dizer. Acho que vai se recuperar, mas ela ainda parece... não sei, como alguém se recuperando de uma febre ou algo assim, sabe? É como se estivesse fraca.

— Posso subir?

— Claro. Ela está no quarto de hóspedes. Você provavelmente vai ouvir Rachel falando.

Will foi até as escadas e subiu, imediatamente ouvindo a voz de Rachel e depois, talvez, uma única palavra de Eloise. Ao se aproximar, conseguiu escutar com mais clareza Rachel falando:

— Ah, este era um dos meus favoritos...

Ela começou a ler um poema — de Byron, pensou Will. Ele ficou do lado de fora da porta, ouvindo até ela terminar, embalado pela bela e melodiosa voz de Rachel.

Will bateu à porta e a abriu. Ele observou, ficando chateado, Eloise se encolher com medo por um momento, antes de perceber que era ele e sorrir.

Ela estava sentada na cama, usando um pijama emprestado. Rachel estava ao seu lado. Havia uma cadeira próxima à cama, e Will sentou-se nela. Então ele perguntou:

— Você está se sentindo melhor?

Eloise sorriu novamente, mas parecia sonolenta ao responder:

— Eu não me sinto como se estivesse doente. Parece que acordei depois de dormir demais, como se não estivesse completamente acordada.

— Você sofreu um choque terrível — disse Rachel. — E é provável que sua mente esteja bloqueando o que aconteceu. É por isso que está confusa. — Ela se levantou, deixando o livro de poesias para trás, e informou: — Vou fazer um chá.

— Chris disse que você me salvou — comentou Eloise quando Rachel saiu do quarto.

— Não foi bem assim. E eu não devia tê-la exposto ao perigo. Você ficou presa, só isso, e eu derrubei a parede para tirá-la de lá.

De repente, Will percebeu que ela não estava fazendo contato visual com ele, comportando-se como os discípulos de Wyndham. Mas então ela se virou, olhou diretamente nos olhos dele, e disse:

— Eu me lembro bem do que vi, Will. Não contei a Rachel e a Chris porque isso só iria deixá-los confusos e desconfiados. Mas eu lembro.

— Deixá-los desconfiados? Mas por quê, o que você viu?

— Eu vi você, Will; eu vi você. — Agora os olhos dela pareciam implorar, querendo que ele a tranquilizasse de alguma forma. No entanto, o vampiro não conseguia imaginar como tê-lo visto poderia traumatizá-la daquela forma.

— Eu estava do outro lado da parede, você sabe disso. O que quer que tenha visto lá dentro, não era real; era uma criação de Wyndham. Se ele me mostrou morto ou machucado, isso foi apenas uma tentativa de enfraquecê-la.

— Não, não foi isso. Você não estava machucado. Quer dizer...

— Por um momento, foi como se aquela imagem tivesse voltado à sua mente, e ela precisou se controlar para continuar. — Eu sei que provavelmente foi obra de Wyndham, como também sei que deveria ignorar o que vi, porque é mentira. Mas é que tudo parecia tão real... Vi o que você vai se tornar quando atingir o seu destino. E foi assustador, muito assustador.

— Era uma mentira — disse Will. — Ele não sabe nada sobre mim nem sobre meu destino, e você nunca terá motivos para temer.

— Eu sei disso.

Como poderia saber? Ela o conhecera semanas atrás e apenas tinha visto o melhor dele. Eloise queria acreditar nele, ele compreendia isso, mas algo que vira naqueles túneis abalara sua crença.

Will balançou a cabeça e disse:

— Não, você não sabe, nenhum de nós sabe. Como posso ter certeza do que o meu destino vai representar para mim? O que será de mim? Se você me viu como um demônio, então talvez seja nisso que eu me transforme.

— Impossível — assegurou ela, subitamente cheia de convicção.

— É possível... Se não fosse, você não teria ficado tão perturbada com a visão que ele conjurou. Não nos serve de nada fingir que isso não poderia acontecer. A vigilância é a única forma de garantir que isso não aconteça. — Eloise pareceu abatida, mas então ele completou: — Wyndham já tentou machucá-la e agora tentou envenenar os seus pensamentos. E vai tentar novamente, sem dúvida. A única coisa que peço é que você pense nas bruxas. Não é verdade que elas sempre colocam os seus interesses em primeiro lugar? Elas não queriam que fosse a Puckhurst, lembra? E me alertaram sobre o atentado contra você na outra noite. Elas também já questionaram a minha lealdade, mas alguma vez lhe disseram que deveria ficar longe de mim?

Eloise sorriu e olhou para Will, acima dela, ao mesmo tempo que erguia a mão para segurar seu pingente. Percebendo que ele não estava no seu pescoço, entrou em pânico. Procurou nos lençóis, no criado-mudo, ao seu redor.

— Onde está o meu pingente? Será que o perdi nos túneis?

— Não que eu me lembre.

Ele ouviu Chris e Rachel subindo as escadas e caminhando pelo corredor; quando entraram no quarto, Eloise parecia prestes a saltar da cama tamanha a agitação.

— O que aconteceu com o meu pingente, vocês sabem?

Rachel estava carregando uma bandeja de chá. Ela sorriu e disse:

— Não se preocupe, está comigo. Você teve um pesadelo enquanto dormia e o arrancou. E o coloquei num cordão de couro novo.

Ela pôs a bandeja em cima da cama e atravessou o quarto até uma cômoda alta e estreita. Abriu a primeira gaveta, pegou o pingente e o devolveu a Eloise.

Verificando que nada estava errado, Eloise imediatamente o colocou no pescoço. Ela parecia aliviada por estar com ele novamente, sem atribuir importância ao fato de tê-lo arrancado fora.

Will entendeu o ato perfeitamente. Ele dissera que Wyndham tentara envenenar os pensamentos dela e percebia agora que o feiticeiro fora bem-sucedido. Sim, Eloise tinha voltado, o ataque não teve como alvo o seu relacionamento, mas um pequeno resíduo do veneno permanecia, o suficiente para que, no futuro, fosse mais difícil para ela acreditar em Will. Eloise não sabia, mas, a partir de agora, ficaria sempre alerta, procurando sinais do mal que poderia estar dentro dele.

Chris, que estava no pé da cama, a elogiou:

— Você está com uma aparência bem melhor! Como se sente?

Eloise sorriu, voltando a ser uma estudante envergonhada com toda a atenção que recebia.

— Estou bem, de verdade. Volto para a escola amanhã, se vocês não se incomodarem. Quer dizer, não quero que fechem o café ou algo assim.

— De modo algum. Quando você quer voltar?

— Pela manhã?

— Bem, nós só abrimos às 10h. Podemos levá-la de volta antes disso, sem termos que fechar.

— Ótimo!

Eloise sorriu e olhou sem jeito para Will. Ele sabia o que ela fizera, escolhendo voltar à luz do dia, mas não podia culpá-la por querer retornar sem ele. O vampiro sorriu de volta, mostrando que aquilo não fazia diferença, que ele compreendia. Por sua vez, ela pareceu desamparada e um pouco envergonhada, mas ele não tinha mais como tranquilizá-la.

Rachel indagou:

— E você, Will? Quando podemos levá-lo de volta?

— Por favor, não se preocupem comigo. Tenho algumas coisas para fazer aqui na cidade. Volto para a escola amanhã à noite, bem tarde, mas pegarei um táxi. Há um motorista que já está se acostumando comigo.

Eles riram, assim como Eloise, distraída. Ela pareceu surpresa quando Will se levantou.

— Na verdade, preciso ir agora. — Ele pegou a mão de Eloise, mas ela instintivamente a puxou. Então, percebendo o que fez, ela apertou a mão dele. Seus dedos estavam quentes; aquele calor normalmente fazia com que se sentisse vivo, mas agora trazia a sensação de ele estar ainda mais morto e congelado. — Acho que voltaria tarde demais para vê-la amanhã, mas que tal na noite seguinte?

— Claro!

Ele assentiu com a cabeça, e Chris disse:

— Eu o acompanho até a porta.

Enquanto desciam as escadas, Will pediu:

— Tente, se puder, descobrir onde Wyndham vive. Mesmo que ele tenha poderes, é mortal, então deve morar em algum lugar.

— Vou tentar, mas ele parece ser um especialista em se manter invisível.

— Quem sabe se você verificar quais prédios são de propriedade do Fundo Breakstorm... Ele pode usar esses lugares para se esconder.

— Farei isso! Você tem certeza de que não quer uma carona amanhã à noite? Se for tarde, o café já estará fechado, de toda forma.

— Talvez seja até mais tarde do que isso, mas prefiro ir sozinho quando posso. Sem dúvida, vou precisar muito da ajuda de vocês nos próximos meses.

Chris concordou com a cabeça e depois, ao chegarem à porta de trás, disse:

— Não leve para o lado pessoal. Sabe, Eloise de repente ficar estranha com você; ela passou por um choque, só isso. — Will deu um sorriso e Chris riu, acrescentando: — Puxa, que estupidez! Estou dando conselhos sentimentais para alguém 700 anos mais velho do que eu!

— Não foi estupidez — objetou Will. — Tenha uma boa-noite.

Ao deixar o local, ele caminhou pelas ruas por um tempo antes de ir para a catedral. Estava frio novamente, e o abrigo era um convite a quem não tivesse teto. Viu a mesma mulher jovem, que, dessa vez, lhe acenou de forma amigável, mas não falou com ele. Talvez estivesse menos frio e houvesse vítimas em potencial disponíveis, mas ele não queria se alimentar, queria que a fome o consumisse.

ALQUIMIA

Havia um destino e os séculos que culminaram naquele momento, porém, no raciocínio de Will, o melhor para Eloise seria se ele voltasse para a terra e acordasse somente após a morte dela. Sim, o próprio destino da garota poderia ser prejudicado no processo, mas ela teria uma vida curta e feliz, poderia casar e ter filhos, e se lembraria dessas últimas semanas como se tivessem sido um sonho.

Mas ele não podia hibernar, não tinha o poder de escolher quando fazê-lo. Will teria que continuar acordado até que algum tipo de conclusão se apresentasse. Passaria o resto da noite e a manhã seguinte em suas câmaras.

Voltaria para Marland logo que escurecesse. Ele dissera outra coisa a Eloise para que ela não se visse na obrigação de encontrá-lo naquela noite. E ele também não queria se encontrar com ela. Se havia uma pessoa com quem ele desejava falar agora, só poderia ser Marcus Jenkins.

20

Will não pediu que o táxi o levasse até a casa nova. Em vez disso, saltou na estrada próxima. Passava um pouco das 17h, e ele preferiu ser cauteloso, aceitando a possibilidade de algum zelador ou outra pessoa estar lá no final da tarde.

A casa, no entanto, estava escura quando ele se aproximou. Will foi até a lateral do prédio, mas, assim que abriu a porta, percebeu que havia alguém lá. Sentiu o cheiro no ar e, então, enquanto hesitava perto da porta, ouviu uma voz.

Caminhou lentamente pelos aposentos. Quando se aproximou da grande sala que agora servia como loja de lembrancinhas, ele viu um feixe de luz vindo de uma lanterna e percebeu que havia apenas uma pessoa, que falava e ria consigo mesma, ocupada com o que fora fazer.

Will ficou ao lado da porta e olhou para a sala, pronto para recuar e sair do campo de visão, ficando fora de perigo, caso o feixe de luz viesse em sua direção. Tratava-se de um jovem com seus 16 ou 17 anos, usando roupas escuras, incluindo um gorro de lã puxado para baixo de forma que apenas um pouco dos cabelos estivesse visível por trás.

O vampiro imaginou como ele tinha chegado ali; se havia uma bicicleta por perto, pois o jovem devia ter vindo de um dos vilarejos próximos ou dos arredores da própria cidade. Era mais provável que tivesse usado uma bicicleta, porque, enquanto observava os itens

ALQUIMIA

à venda, pegava apenas coisas pequenas que coubessem na mochila que carregava.

Ele estava roubando por lá, isso ficara imediatamente óbvio. A caixa registradora estava aberta, e a gaveta de dinheiro estava no chão, embora Will soubesse que o dinheiro era retirado de lá na temporada de férias. Agora, o garoto furtava várias lembrancinhas baratas, talvez sem saber que a casa continha itens muito mais valiosos.

O jovem estava murmurando para si mesmo, rindo de alguma piada particular. Chegou a uma mesa com vários livros à mostra e derrubou-a sem olhar para qualquer um dos volumes que caíram no chão em uma pequena avalanche de páginas. Foi verificar outro mostruário, e o feixe de luz atingiu a porta. Will encostou na parede, mas sua mente e seu corpo estavam competindo entre si, ambos chegando à mesma conclusão.

Seu corpo lhe dizia que aquele era um jovem saudável, que seu sangue carregava força vital suficiente para durar meses, mesmo em tempos difíceis. A fome de Will aumentou, a necessidade ficando cada vez maior agora que talvez pudesse ser saciada.

Seus pensamentos se confundiam, porque aquela era uma vítima perfeita. Sim, o garoto provavelmente tinha uma família que sentiria sua falta, mas quais eram as chances de ter dito a alguém que fora ali para roubar? E, se tivesse contado a alguém, quais seriam as chances de que a polícia fosse avisada?

Will poderia se alimentar daquele rapaz. Ele seria apenas mais um dos muitos jovens com uma vida modesta a desaparecer sem deixar rastros. As pessoas poderiam sair em busca dele, mas era improvável que procurassem ali.

O garoto foi em direção à porta, mas parou ao chegar lá e virou-se para dar mais uma olhada na loja. Will aproveitou a oportunidade para sair do canto em que se escondia e ficar atrás dele. O garoto estava admirando a bagunça, satisfeito consigo mesmo.

Ele riu uma última vez de sua piada particular, e virou-se, dando de cara com Will. Houve um momento de choque, de terror, como se compreendesse intuitivamente que aquilo era pior do que apenas ser descoberto roubando, mas então foi hipnotizado e sua lanterna caiu no chão.

Will segurou as mãos enluvadas do garoto e abaixou-o até que estivesse sentado no chão. Ele parecia desnorteado, como se não conseguisse entender por que decidira sentar-se. Will ajoelhou-se ao seu lado, tirou suas luvas e arregaçou suas mangas.

O garoto olhou para baixo, atônito como um espectador do próprio assassinato. Will pegou o canivete que trazia e fez uma pequena incisão no lado interno do antebraço dele.

Nenhuma gota caiu no chão quando Will posicionou a boca sobre o ferimento com sabor metálico, bebendo avidamente o sangue quente. A sensação de saciedade foi instantânea. A vida do rapaz se esvaía através de seu sangue, preenchendo o âmago de Will.

Quando foi para o outro braço, olhou para o rosto sardento e os cabelos castanho-avermelhados do garoto. Ele ainda olhava confuso para o próprio braço, mas lentamente elevou seu olhar na direção de Will. A alma do jovem ainda estava lá, Will tinha certeza. Era uma presença por trás de seus olhos que parecia intocada pela morte lenta do corpo que habitava. Will acreditava nisso; tinha que acreditar para que sua própria existência fosse suportável.

Logo que a vítima morreu, Will ajeitou suas mangas para garantir que não caíssem gotas de sangue quando removesse o corpo dali. Então levou a mochila do jovem para a loja, retirou dela as coisas roubadas e deu um jeito na bagunça.

Por fim, foi explorar a casa. O único item que estava faltando ou fora do lugar era o sabre. Will tinha certeza de que o colocara de volta; contudo, faminto e desesperado como estava, talvez o deixara nos túneis ou nos porões. Também procurou pelo local de entrada. Não havia janelas ou fechaduras quebradas, e nenhuma bicicleta lá fora. No entanto, encontrou uma porta aberta, o que era melhor ainda, pois indicava que ninguém mais tinha estado na casa.

Após certificar-se de que tudo estava no lugar, Will voltou para o corpo. O breve sentimento de alívio que acompanhava a alimentação já se fora, e agora, quando ele fitou os olhos arregalados do garoto, sentiu apenas um leve arrependimento — nenhuma vida, pensou Will, vale tão pouco para terminar desse modo.

Ele pegou a lanterna e a desligou, colocando-a na mochila vazia, que jogou por cima do ombro. Levantou o garoto, que era mais leve do que esperava, e o levou até a biblioteca. Abriu a primeira porta secreta, depositou o corpo no chão e abriu a parede que levava à escada.

Carregou o corpo pelos túneis até o local mais distante possível da casa e o deixou ali, sabendo que provavelmente seria mumificado em vez de entrar em decomposição, devido ao ar lá embaixo. Afastou-se, mas se virou para olhar o garoto mais uma vez.

Ele fora pego em flagrante, algo que, durante a maior parte da longa existência de Will, teria resultado em enforcamento, e o corpo seria enterrado em uma vala comum. Mas Will sentia que o jovem merecia mais dignidade do que aquilo, do que ter seus restos mortais expostos em um túnel escondido.

O piso ali era de pedra, e enterrá-lo nos gramados ou na floresta lá fora seria arriscado demais, pois o túmulo poderia ser encontrado. Will voltou para a casa e para os porões; alguns deles estavam tão abarrotados de materiais que seria impossível dar pela falta.

Nas horas que se seguiram, ele pegou e transportou três caixas de madeira, quebrando-as nas laterais e deixando apenas duas extremidades de cada intactas. Will usou a madeira restante para uni-las com pregos. Então pegou um lençol velho, enrolou o corpo nele e depositou-o no caixão improvisado.

Feito isso, dirigiu-se ao porão maior, que era usado para armazenar móveis e objetos de decoração indesejados. Cada peça continha uma etiqueta com seu número de catálogo, mas Will duvidava que fossem verificados. Em uma de suas andanças anteriores, vira um grande crucifixo para pendurar em paredes que agora Will levava aos túneis e colocava em cima do caixão.

Parou diante do jovem e pensou por um momento, sem saber se deveria dizer alguma coisa. Presenciara muitos funerais, mas nunca dera esse tipo de atenção às suas vítimas. Na verdade, não ia a um funeral desde sua infância.

No final, Will pronunciou uma única linha de uma oração, com as únicas palavras significativas que conseguiu lembrar, palavras que, esperava, lhe fossem oferecidas um dia.

— Que a paz eterna lhe seja concedida.

Will inclinou a cabeça, saiu do labirinto e atravessou o gramado. Sentia-se mais forte agora, mais firme no mundo. Todavia, seu ânimo desapareceu quando notou quanto tempo tinha passado na casa. A noite aproximava-se do fim, e a sala comunitária da Residência Dangrave parecia deserta à primeira vista.

Quando Will chegou ao seu lugar habitual, viu as duas únicas pessoas na escola que realmente importavam para ele, de uma forma ou de outra. Eloise estava sentada em um dos sofás, lendo um livro. Perto dela, Marcus Jenkins jogava xadrez; pela janela, não era possível ver seu adversário.

Eloise estava mais bonita do que nunca. Estava lendo, mas parecia distraída, e de vez em quando olhava para a janela. Não o fitava diretamente, olhava apenas para a janela, na direção do lugar onde sabia que Will normalmente ficava.

ALQUIMIA

A única coisa que ele não sabia era o que ela pensava ao olhar para a janela, vendo apenas o reflexo da sala comunitária, mas imaginando o gramado frio por trás daquelas paredes. Será que estaria esperando por seu retorno, preocupando-se com ele, ou olhava com temor no coração, desejando que desaparecesse de sua vida tão de repente quanto entrara nela dois meses antes?

Qualquer que fosse a resposta, duvidava que iria descobri-la naquela noite. Ela fechou o livro e saiu da sala, dando boa-noite para Marcus e para o outro garoto. Will decidiu esperar mais um pouco, mas sabia que Eloise não iria lá fora; não apenas por ele ter mentido e falado que só voltaria tarde.

Enquanto estava ali, olhou para a janela escura no alto, percebendo que, pela primeira vez em muitos dias, ninguém o observava de lá. Ele não queria pensar na conclusão óbvia — também dissera a Chris que não voltaria até o final da noite; então talvez os espiões de Wyndham tivessem recebido a notícia de que poderiam tirar uma folga.

Sua atenção foi atraída novamente por um movimento na sala comunitária. O adversário de Marcus, o mesmo de sempre, apareceu na janela enquanto se preparava para ir embora. Pareceu haver uma breve discussão entre eles sobre guardar o tabuleiro de xadrez; Marcus, porém, deve ter se oferecido para fazê-lo, pois seu amigo partiu.

Ele colocou com calma as peças de volta na caixa. Então, pôs a caixa e o tabuleiro em uma estante do outro lado da sala. Por um instante, pareceu que ele simplesmente iria embora, mas ficou parado durante um tempo, virou-se e olhou diretamente para Will.

Aquilo o perturbou tanto quanto da primeira vez em que Marcus agira da mesma forma, e ele deu um passo para trás antes de retomar o controle. Era um mistério como Marcus sempre sabia que estava lá, mas Will viera para que conversassem. Andou para a frente até estar próximo da janela o suficiente para ficar visível.

Novamente, Marcus compreendeu de imediato o significado de Will aparecer daquela forma; levantou a mão, sinalizando para que esperasse um instante. Marcus saiu da sala, e Will voltou para as sombras. Poucos minutos depois, o garoto saiu pela porta lateral e caminhou na direção de Will com surpreendente velocidade.

Mesmo antes de chegar ao vampiro, Marcus perguntou:

— O que aconteceu com Eloise? — A respiração dele virava fumaça no ar gelado.

— O que as pessoas acham que aconteceu com ela?

Marcus parou a uma pequena distância de Will, momentaneamente desviando de seu rumo devido à pergunta.

— Ninguém acha que algo aconteceu. Mas eu tenho certeza de que sim, e ela não saiu para encontrá-lo hoje à noite.

— Ela não sabia que eu estava aqui. Voltei cedo sem avisar. — Olhou mais uma vez para o quarto no último andar, ainda incapaz de sentir os olhos do observador nele, o que, provavelmente, também era bom para Marcus. — Mas você está certo. Há túneis sob a antiga abadia. Estávamos explorando aquela área quando Wyndham usou seus poderes para mover as paredes ao nosso redor. Eloise ficou presa em uma câmara, e, antes que eu pudesse resgatá-la, Wyndham fez com que ela visse coisas, coisas horríveis.

Marcus não pareceu duvidar da veracidade de nenhum dos eventos descritos, mas indagou:

— Como sabe que foi Wyndham?

— Há muitos fatores que apontam para ele. Não tenho dúvida quanto a isso.

Marcus concordou com a cabeça, pensando consigo mesmo, passando a mão em sua cicatriz, distraído.

— Será que foi porque eu contei a ele que você ia ao labirinto?

— Talvez.

— Preciso ter mais cuidado com as coisas que falo para ele. Realmente fui sincero quando disse que não machucaria Eloise. Não vou fazer isso.

— E quanto a mim?

Marcus riu e perguntou:

— Você? O que acha que eu poderia fazer para machucá-lo? — Ele estremeceu. Saíra com as roupas que estava usando dentro da casa, e agora o frio estava começando a afetá-lo.

— É melhor você entrar — disse Will. — Mas eu quero lhe fazer uma pergunta, e entenderei se sua lealdade impedir que responda. Já foi à casa de Wyndham?

Marcus pensou um pouco e respondeu:

— Não há problema, posso contar isso a você. Já fui lá, sim, mas era noite, e o carro no qual ele me levou tinha vidros completamente pretos. Ele me trouxe para cá no mesmo carro, e os vidros estavam só escuros, então deve ser alguma magia que ele faz.

— Quer dizer que você não sabe onde fica a casa...

Marcus fez uma pausa, refletindo bem antes de falar.

— Não acredito que você seja tudo o que ele diz a seu respeito, nem sei se acredito em qualquer coisa que ele tenha me falado sobre você, mas é verdade o que disse antes sobre lealdade. E, como eu falei, ele está pagando os meus estudos. Não pode esperar que...

— Fique tranquilo, entendo perfeitamente. Espero apenas que mude de ideia algum dia. Por ora, desejo-lhe uma boa-noite.

Marcus concordou com a cabeça novamente, como que reconhecendo que Will havia recuado por uma questão de princípios. Ele se afastou, mas parou depois de alguns passos e disse:

— Vou lhe contar uma coisa. Ele cresceu por aqui, em algum lugar desta região, mas já faz um bom tempo.

— Por que acha isso?

— Na primeira vez em que viemos neste local, ele me disse que conhecera esta casa quando jovem. Perguntei se tinha estudado aqui. Ele parecia estar sonhando acordado, sabe, e disse que à época ainda não era uma escola, mas que tinha conhecido a família que morava na casa. Bem, a escola existe há mais de 150 anos! — Marcus deu uma risadinha, feliz em poder compartilhar suas deduções com alguém. — Então, ou o sr. Wyndham não está bom da cabeça, ou ele tem mais em comum com você do que imagina.

Marcus então levantou a mão e acenou, da mesma forma como fizera aquela noite à beira do rio. Em seguida, virou-se e voltou para a escola. Will observou-o ir, intrigado e confuso com as coisas que ouvira. Como Wyndham poderia ser tão velho se era um ser humano normal, e como poderia ter conhecido a família Dangrave?

Acima de tudo, Will se perguntou se, tendo ele e Wyndham vivido durante tanto tempo na mesma cidade e seus arredores, seria possível que já tivessem se encontrado. Seria aquele o verdadeiro segredo da determinação de Wyndham para destruí-lo?

21

Minha viagem de volta para casa levou mais tempo e foi mais problemática do que eu gostaria que fosse, porém finalmente cheguei à cidade no início do ano de 1800. Fiquei no quarto de uma hospedaria na primeira noite, pois cheguei tarde e as ruas estavam cobertas por neblina.

Inicialmente, pensei em voltar para casa, mas enquanto estava deitado na cama, naquela primeira noite, concluí que já não tinha mais um lar. Embora tivesse crescido lá, eu não tinha envelhecido. Havia me tornado um estranho naquele último meio século, e não apenas devido à minha ausência contínua.

Na tarde seguinte, com o nevoeiro ainda pairando densamente sobre a paisagem congelada, pedi ao meu cocheiro que me levasse pelos 8 quilômetros ou mais até a casa em que passei minha infância. Quando cheguei lá, procurei pelo Lorde Bowcastle sem saber se encontraria meu irmão ou seu filho, tamanha a falta de comunicação entre nós nos últimos anos.

Quando me perguntaram quem eu era, apresentei-me ao empregado como um primo distante, e então fui levado até a biblioteca, onde encontrei meu irmão, à época com 75 anos de idade, sentado na frente da lareira com um livro sobre seu colo. Fui convidado a sentar, bebidas foram servidas, e ficamos sozinhos.

Ele sorriu para mim, um pouco confuso, e disse:

— Peckham me informou que se chama Phillip Wyndham. Então você deve ser um primo descendente dos irmãos mais novos de meu pai, mas eu achava...

Eu poderia ter chorado ao vê-lo, seu rosto ainda era reconhecível como o do meu irmão, do irmão que sempre fora muito mais forte do que eu e também muito maior durante boa parte do tempo que passamos juntos, e que agora estava tão frágil, um homem idoso no final da vida. Apenas seus olhos mantiveram o vigor juvenil, deixando tudo ainda mais desconcertante.

— *Tom, sou eu, Phillip. Não sou seu primo, sou seu irmão.*
Ele sorriu e disse:
— *Você se parece muito com ele. É filho dele?*
— *Não, sou seu irmão, finalmente de volta de minhas viagens.*
— *Mas você não mudou nada.* — *Ele pareceu esperançoso por um momento, mas depois desconfiado ao dizer:* — *É um impostor, senhor, se afirma isso. Não pode ser meu irmão; ele estaria com 66 anos agora. Você aparenta ter menos de 40.*
— *Minha viagem não foi em vão, Tom. Aprendi coisas que nunca sonhei possíveis, entre elas a capacidade de retardar o tempo.* — *Estava claro que ele ainda hesitava em acreditar em mim, então continuei:* — *Você tem uma cicatriz no exterior do antebraço esquerdo, onde um de nossos cães, um pointer, o mordeu. Eu tinha 6 anos, você, 15. Nosso pai queria bater no cão, mas você disse que quem deveria apanhar por ter perturbado o pobre animal era você; ele riu e deixou que aquilo lhe servisse de lição. Por que me lembraria disso sendo tão jovem? Porque fui eu quem perturbou o cão naquele dia, e você levou a mordida ao tentar nos separar. Nosso pai era um homem bom, não acredito que jamais bateria em nós, mas você assumiu a culpa no meu lugar mesmo assim.*

Os olhos de meu irmão se encheram de lágrimas, e ele indagou:
— *Como isto é possível?*
Contei sobre os eventos do último meio século da melhor forma que pude, e então conversamos sobre o passado, e ele me contou sobre a morte de nossos pais. E, com o cair da noite, perguntou:
— *É tarde demais para eu aprender o que você sabe?*

ALQUIMIA

— É, Tom — respondi.

— Eu sei disso, porém, mesmo assim, eu lhe daria o meu título e todos os meus bens em troca do seu conhecimento.

Acreditei nele, mas, mesmo que estivesse ao meu alcance compartilhar tudo o que sabia, é necessário ser um certo tipo de pessoa para fazer os sacrifícios exigidos de uma existência como esta.

Visitei-o muitas vezes ao longo dos cinco anos restantes de sua vida, mas insisti em não conhecer Lady Bowcastle. Depois da morte dele, nunca mais voltei lá, apesar de ter passado pela propriedade muitas vezes e saber que descendentes do meu irmão ainda vivem por lá.

A propriedade em que minha mãe crescera agora me pertencia. Até considerei me mudar para lá, achando que poderia ser uma conexão com o demônio, mas eu sabia que o local não seria apropriado para as minhas necessidades básicas. Em vez disso, comprei uma mansão cercada por um grande terreno, um pouco fora da cidade, e lá moro desde então.

É claro que viver em qualquer lugar neste país é cada vez mais difícil — um mundo cheio de burocracias, formulários e regulamentos. O Fundo Breakstorm e outros como ele me permitiram viver sem exposição, mas nem sempre foi fácil. Pelo menos naqueles primeiros anos fui poupado dessas questões.

Ao longo dos anos que se seguiram, pesquisei sobre assassinatos incomuns no país em registros municipais e em jornais diários, e visitei todos os cantos destas ilhas, pouco a pouco. Encontrei vampiros, matei os que pude, aprendi sobre eles. Os registros mostravam sinais do que eu sabia serem atividades vampirescas nesta cidade, mas não havia nada recente e nada que sugerisse a presença do demônio que eu procurava — na época, eu ainda nem sabia o seu nome, apenas que minha mãe o chamava de fantasma.

O primeiro sinal concreto veio no inverno de 1812. Uma mulher foi assassinada perto da catedral, ferida no pescoço como se por algum *animal selvagem, tendo o seu sangue drenado do corpo. Ela era uma prostituta, e as autoridades fizeram pouco esforço para encontrar seu assassino. Mas, quando investiguei o crime, encontrei pistas ao mesmo tempo promissoras e decepcionantes.*

Logo ficou claro que aquilo não era trabalho do demônio que eu procurava, mas, pelas feridas no corpo, tive certeza de que um vampiro fora o responsável. Testemunhas descreveram um homem enorme vestido com roupas antigas, cabelos longos, de aparência semelhante à de um guerreiro Viking. Não era o meu demônio, porém eu precisava acreditar que havia alguma conexão entre os dois.

No ano seguinte, outra morte despertou a minha atenção. Um menino de 14 anos foi encontrado morto em uma estrebaria. Numa tentativa, talvez, de proteger sua reputação e dar-lhe um enterro apropriado, especulou-se que ele havia cortado o braço em um prego saliente, preso a uma viga próxima de onde o corpo fora encontrado desmaiado e sangrando até a morte.

Havia de fato sangue no prego, mas a natureza do ferimento no braço do garoto poderia levar um observador mais determinado a concluir que aquilo não havia sido um acidente, que o menino quisera se matar — um crime, naquela época, que teria causado vergonha à família do morto e um enterro fora do cemitério.

Um dos meus empregados me alertou para o acontecido rapidamente, e cheguei na estrebaria enquanto o corpo ainda estava no local. A cena era lamentável. O garoto era magro, seus cabelos, escuros, pequeno para a sua idade, e tinha um rosto bonito. Cuidava dos cavalos e havia — imagine meu espanto ao ouvir isto — montado dois vencedores para o Lorde Bowcastle (meu sobrinho) nas corridas mais recentes.

Uma das mangas de sua camisa estava enrolada acima da ferida, e eu logo soube que aquilo não fora um acidente, muito menos um suicídio. O corte estava muito limpo para ter sido causado por um prego, apesar de o sangue nele sugerir que alguém havia se esforçado para que parecesse ter sido esse o caso. Mais importante, ele morrera por perda de sangue, no entanto havia muito pouco sobre a palha onde o corpo fora encontrado.

O rapaz tinha sido assassinado, e, mesmo não tendo certeza, meu instinto me dizia que o demônio havia voltado para a cidade, e aquilo era trabalho dele. Parecia que escolhera usar uma faca em vez da selvageria animal que eu havia testemunhado tantas vezes antes, mas isso só atestava a inteligência maldosa que tanto abalara minha mãe.

George Cuthbertson. Talvez não importasse a William de Mércia, mas esse era o nome do menino de 14 anos que ele matou naquela noite, cujo futuro fora interrompido sem nenhuma consideração — como o apagar de uma vela.

Pensemos em George Cuthbertson por um momento, sobre a vida que poderia ter vivido, a namorada com quem poderia ter se casado, os filhos e netos, os descendentes que poderiam estar vivos agora e teriam encontrado o nome dele em sua árvore genealógica, um cavaleiro talentoso, vencedor de muitos troféus. Sua vida e todas essas outras foram roubadas porque William de Mércia acreditava ser mais merecedor da força de George Cuthbertson do que o próprio garoto.

Eu visitei a família de George, sua mãe viúva, seus três irmãos e duas irmãs, todos mais novos, todos dependentes da contribuição financeira de George. A tristeza deles foi de cortar o coração.

Fiz o que pude, ajudei-os financeiramente, paguei pela educação das crianças. E traz algum conforto saber que todos os irmãos tiveram carreiras decentes — um se tornou engenheiro; outro, professor — e que as irmãs casaram-se muito bem. Todos morreram há muito tempo, é claro, e nunca souberam tudo o que fiz por eles, porque preferi esconder a minha bondade por trás de um dos muitos fundos que criei.

Acima de tudo, pela primeira vez, a morte de George Cuthbertson me ajudou a entender totalmente que aquilo não era apenas algo pessoal. Eu tinha o dever público de livrar o mundo daquele mal, do demônio que, um dia, saberia se chamar William de Mércia. Naquela época, eu pensava nele apenas como mais um vampiro, tão mau quanto todos os outros demônios; ainda não havia compreendido a verdadeira dimensão da sua perversidade.

22

Will estava prestes a sair de casa, sem saber se Eloise iria querer encontrá-lo, quando a viu caminhando pelo gramado em sua direção. Finalmente havia começado a nevar, e flocos grandes e pesados caíam ao redor dela, pousando em seu casaco e em seus cabelos.

Ele esperou com a porta aberta, como se a convidasse para entrar em sua casa. Eloise diminuiu o passo ao vê-lo e deu um pequeno sorriso, que poderia ser interpretado como um pedido de desculpas ou pelo menos como uma oferta de trégua. Ela lhe deu um abraço rápido, que pareceu mais uma mera formalidade do que a intimidade cautelosa com a qual já havia se acostumado.

— Estou feliz por ter vindo — disse Will.

— Não está bravo comigo?

— Por que estaria? Algo muito perturbador aconteceu com você.

— Eu sei, mas não era você lá, era Wyndham, e estou irritada comigo mesma por ele ter me feito suspeitar e olhar para você de forma diferente.

Era ridículo, mas Will sentiu-se magoado por aquela admissão. Ele já chegara a essa conclusão nos últimos dias, porém ouvi-la dizer em voz alta que sua confiança nele fora abalada magoou-o profundamente.

Will apenas falou:

— Ainda vamos enfrentar muitos testes semelhantes até tudo terminar. — Então, após uma breve reflexão, disse: — E se quiser desistir não pensarei menos de você.

Eloise pareceu alarmada.

— Não, claro que não; eu *sou* parte disso, quer você goste ou não.

— Então não falaremos mais deste assunto.

Will virou-se para fechar a porta, mas antes observou a neve que caía, perguntando-se se Eloise fora seguida ao sair da escola. Ele não via ninguém lá fora, duvidava que precisassem segui-la de perto — não havia muitos lugares aos quais ela chegaria a pé.

Eloise seguiu seu olhar, mas não entendeu seus motivos e disse:

— É bonito, não é? Eu amo a neve.

Ele sorriu. Também sempre amara a neve, porque a cidade ficava parecida com aquela que conheceu quando criança depois das nevascas. A neve em excesso tinha esse dom, não só de parar o tempo, mas também de apagá-lo. Às vezes, era fácil acreditar que o degelo revelaria o lugar que um dia conhecera.

Ele fechou a porta e perguntou:

— Para onde vamos?

— Para a biblioteca — respondeu a jovem, como se fosse óbvio.

Aquele havia se tornado o local habitual deles por não ter janelas grandes, o que tornava seguro acender a luz lá dentro. Will pensou que ela iria querer evitar a biblioteca agora, dada a sua proximidade com os túneis, mas Eloise parecia determinada.

Ele a levou até lá, como havia feito tantas outras vezes antes, e ligou duas das lâmpadas. Eloise desligou uma delas e sentou-se em um dos sofás de couro. Will acomodou-se no sofá do outro lado; uma mesa grande, que provavelmente já fora lotada de livros, estava entre eles.

— Então, qual é o plano? — O tom de voz dela foi claro e direto. Will respondeu:

— Não faço a mínima ideia. Tentei descobrir onde Wyndham mora, mas não tive sucesso até agora. Nem sei por que quero descobrir isso; talvez seja porque não sei o que mais poderia estar fazendo.

— E a entrada sumiu?

— Presumo que ainda esteja lá, mas é impossível chegar até ela usando os túneis. Pode existir outra maneira, mas nem imagino como encontrá-la.

Eloise olhou ao redor da sala, para os livros, e disse:

— Se há outra forma, Henrique saberia a respeito. Sua biblioteca pode conter uma pista.

Ele sorriu.

— Mas esta não é a biblioteca de Henrique. Ela fica na cidade e, como você sabe, já li a maioria das obras que estão lá. — Enquanto falava, lembrou que nunca lera a seção sobre Marland no *Domesday Book*. Porém, ele não teve a chance de compartilhar esse pensamento.

Subitamente, a garota disse:

— Ah, meu Deus! Estava pensando em como sua aparência está boa hoje e então entendi. Você se alimentou! — Seu tom de voz era perturbadoramente acusatório. — Foi por isso que ficou na cidade, por isso que na noite passada voltou tarde.

Estranhamente, Will lembrou-se de Arabella Harriman mais velha, descendo de uma carruagem há tantos anos, o olhar casual, o reconhecimento de seu rosto, o horror, a luz se apagando dos olhos enquanto cambaleava. Era assim que todos os seus relacionamentos com os vivos terminavam.

— Eu fiquei na cidade porque... percebi que você estava desconfortável perto de mim e não queria que ficasse assim. Não tinha qualquer intenção de me alimentar, mas voltei cedo para cá ontem à noite e interrompi um assalto.

— Um assalto? Uma pessoa ou...

— Uma.

— Então você a matou.

— Eu me alimentei. E, sim, a matei. — Ela estava se afastando dele novamente, mas era Will quem se sentia surpreso agora, dizendo: — Você sabe o que eu sou desde o começo. Repeti várias vezes a verdade, que sou um monstro, que já fui uma boa pessoa, mas que agora minha existência é maléfica. E você viu o que estava acontecendo comigo nos últimos dias; achava mesmo que eu conseguiria continuar sem sangue indefinidamente?

— Claro que não! — Eloise deu um pulo do sofá e começou a andar de um lado para o outro. — Mas você não pode esperar que eu simplesmente aceite isso! Você assassinou alguém. Já assassinou várias pessoas.

— O falcão assassina o passarinho? Eu mato por necessidade, não por diversão. E aceito que isso seja difícil para você entender, também foi difícil para mim no começo. — Essas palavras a acalmaram um pouco, como se dessem a ele um toque de humanidade. Eloise sentou-se novamente. — Sim, eu matei ontem, e você precisa saber que vou matar novamente, a menos que eu morra antes ou que o meu destino me permita escapar do mal que me aprisiona. — Ele percebeu um lampejo de mal-estar passar pelos olhos dela e acrescentou rapidamente: — E o que você viu não é o meu destino, apenas o que Wyndham quer que acredite.

— Eu sei — disse ela. Depois pensou por um segundo e perguntou: — O que fez com o corpo?

— Coloquei-o nos túneis. Não havia como enterrá-lo, então o enrolei em um pano e montei uma espécie de caixão. — Eloise parecia intrigada, como se tivesse aprendido algo novo sobre ele, contudo

ALQUIMIA

Will adiantou a pergunta dela, dizendo: — Não, não é o que costumo fazer. Enterrei outra pessoa há 700 anos, mas... a situação era diferente. Não sei por que cuidei do corpo do garoto na noite passada, mas o fato de ter visto os espíritos de minhas vítimas me afetou de alguma maneira.

Eloise não respondeu ao que ele disse, mas captou uma palavra:

— Garoto? Ele era jovem?

— Talvez da sua idade ou um pouco mais velho. — Will decidiu não mencionar a vantagem disso, a quantidade de força vital que havia em seu sangue.

— Como ele era?

A pergunta era simples, mas seu tom de voz sugeria que desejava saber por um motivo específico.

— Um pouco mais alto do que eu, cabelos castanho-avermelhados, olhos castanhos. Tinha a pele muito branca, cheia de sardas.

Eloise sacudia a cabeça enquanto ele falava, e disse:

— Isso não pode estar acontecendo. Tem certeza de que ele era um ladrão?

— Ele estava no processo de se apropriar de vários itens da loja, arrombara a caixa registradora. Tenho certeza de que era um ladrão. Por que pergunta?

— Porque um aluno chamado Alex Shawcross desapareceu da escola. As pessoas estão achando estranho, já que as coisas dele ainda estão no lugar; além disso, é um ótimo aluno, acadêmico, esportivo. Você acabou de descrevê-lo.

— Ele é rico?

Ela assentiu com a cabeça.

— Esse é um dos motivos de tanta comoção. Sua família é dona de grande parte da Escócia, e seu pai é o presidente de um grande conglomerado multinacional.

— Mas e ele próprio?

— Ah, ele tem bastante dinheiro, é um desses caras que sempre tem os aparelhos mais tecnológicos, você conhece o tipo. — O vampiro sorriu, porque ela havia esquecido, por um momento, que ele *não* conhecia esse ou qualquer outro tipo. — Por que pergunta?

— Porque duvido que ele seja a mesma pessoa, apesar da semelhança. A pessoa que acabou de descrever não precisa de dinheiro, e não soa como alguém que invadiria uma casa ou uma loja só pela emoção.

No entanto, Will ficou preocupado com o fato de não ter visto uma bicicleta. A vítima tinha chegado a pé, o que sugeria que viera de perto.

Eloise abruptamente disse:

— Há apenas uma maneira de ter certeza. Vamos ver o corpo.

— Que diferença vai fazer? De qualquer forma, um garoto vai continuar desaparecido, e nós saberemos que ele está morto. De todo modo, é improvável que seja encontrado aqui.

— É verdade, mas eu teria paz de espírito.

— Você teria paz de espírito em saber que o garoto que matei é pobre e não um de seus colegas ricos? Eu realmente acho isso estranho, pois posso lhe assegurar que a pobreza das minhas vítimas não me dá tranquilidade.

Eloise mostrou-se envergonhada com aquele comentário e respondeu:

— Não foi isso que eu quis dizer. Só preciso saber a verdade.

Will levantou-se e disse:

— Como você quiser. Mas isso significa voltar para o labirinto.

Como resposta, Eloise também se levantou, e Will pensou ter visto uma ligeira apreensão em seus olhos. Ele foi na frente e, quando alcançaram o topo da escada, olhou para ela.

ALQUIMIA

— Wyndham parece estar sempre mudando seus ataques, então duvido que aja novamente lá embaixo, mas quero que saiba que não vou permitir que nada aconteça a você.

— Mas permitiu da última vez. — Mesmo antes que ele pudesse responder, ela mostrou-se horrorizada e disse: — Desculpe, não quis dizer isso. Eu sei que você me tirou de lá.

Ele sorriu e concluiu:

— Então, no final das contas, não passo de um humano.

Eloise também sorriu, mas ele não pôde deixar de sentir a tensão que a fez falar assim. Na última vez em que pisaram naqueles degraus juntos, ele a beijara, em um breve momento de prazer, e agora aquele momento parecia tão distante quanto as tardes ensolaradas com que sonhara.

Atravessaram a primeira parte em silêncio, mas, quando entraram nos túneis, Eloise começou a falar, tomada pelo nervosismo:

— É uma pena que tudo isto esteja escondido, e imagino que agora tenha sido destruído, já que tudo foi movido. Seria um Patrimônio Mundial da Humanidade ou algo parecido se fosse encontrado. Lotado de turistas... Dá para imaginar?

Eloise não estava esperando uma resposta de Will, e ele a deixou continuar falando, sentindo que ela estava fazendo o máximo possível para não se lembrar do que havia acontecido naquele local. Talvez também estivesse tentando não pensar no que estavam fazendo lá agora.

Quando Will alcançou o longo túnel onde havia deixado o garoto, enxergou seus esforços com outros olhos. Dadas as circunstâncias, havia feito o que melhor podia, mas qualquer dignidade que pensou ter dado a ele na morte desapareceu quando viu o decrépito caixão de madeira. A única coisa que indicava o respeito que Will esperava demonstrar era o crucifixo sobre a superfície.

Eloise parou a uma pequena distância.

— Tem certeza de que quer continuar?

Ela assentiu com a cabeça e se aproximou. Will pegou o crucifixo e colocou-o cuidadosamente no chão. Retirou a tampa da caixa que cobria a cabeça e o peito do garoto, e lentamente começou a puxar o pano sem expor o rosto. Levantou-o apenas o suficiente para distinguir seus traços — estavam um pouco mais encovados, mas ele estava certo sobre o ar lá embaixo: a secura e o frio haviam preservado o corpo após sua morte.

Will olhou para Eloise, e ela afirmou:

— Estou pronta.

Ele puxou o pano de cima do garoto; a jovem aproximou-se mais um pouco e parou abruptamente, confusa por um momento. Então confirmou com a cabeça e deu um passo para trás, batendo na parede atrás dela e usando as mãos para se firmar.

Will cobriu-o novamente e recolocou a tampa e o crucifixo. Após ter feito isso, perguntou:

— É ele?

— Sim. — Eloise olhou para Will e indagou: — O que vamos fazer? Estão procurando por Alex.

— Não vamos fazer nada. O corpo dele vai descansar aqui.

— Mas a família vai querer saber o que aconteceu.

— Isso é verdade. — Will pensou um pouco e disse: — Há um riacho não muito longe daqui. Eu poderia colocar o corpo na água, junto com uma faca, para parecer um suicídio. A água explicaria a falta de sangue. Só não estou certo de que isso seria mais reconfortante para a família do que simplesmente não saber o que aconteceu.

Eloise parecia espantada quando perguntou:

— Você está falando sério? Acha que essa é a melhor solução, jogar o corpo num riacho e fazer com que a família pense que ele se matou?

— Não, não há solução. Não posso trazê-lo de volta à vida. Fiz o melhor que pude por ele na morte. — Ele olhou novamente para o caixão, tão precário, mas muito mais do que já fizera por suas outras vítimas. — Preciso perguntar novamente: você teria ficado tão preocupada com a dor da família se não fosse o corpo de Alex Shawcross naquela caixa?

— Claro que sim! A diferença é que eu o conhecia.

— Você gostava dele?

— Ele era legal. Não o conhecia muito bem, mas ele era legal. Não merecia isso.

— Ninguém merece — disse Will. — O que me intriga é o que ele estava fazendo aqui, invadindo esta casa.

— Não sei, Will, ele fez algo estúpido. As pessoas fazem coisas estúpidas às vezes, como invadir locais sem motivo ou fugir da escola para arranjar problemas na cidade.

Eloise lançou-lhe um olhar exasperado, virou-se e foi embora. Ele a seguiu, certificando-se de que não pegaria o caminho errado, mas ela, em sua raiva e irritação, conseguiu se lembrar do percurso sem qualquer esforço.

Enquanto caminhava, Will pensou na noite anterior, sobre o garoto que agora sabia ser Alex Shawcross, na forma como ria e falava consigo mesmo, na forma como bagunçara o local de propósito. De repente, compreendeu tudo.

Alex Shawcross fora lá por ordens de Wyndham, encenando um roubo para garantir que a casa fosse revistada de cima a baixo, tornando um pouco mais difícil para Will permanecer lá. A única coisa que restava saber era por que Wyndham enviara o garoto no final da tarde, quando já havia anoitecido, sabendo do perigo que correria — a não ser que soubesse que Will só iria retornar no final da noite. E isso era algo que só Chris ou Rachel poderiam ter lhe contado.

Mas talvez houvesse outro motivo, e Will teria que aceitar que Eloise tinha razão, que um garoto exemplar havia decidido invadir uma casa de campo por mero capricho. Ainda sim, Will acreditava estar certo.

Esperou até que chegassem à biblioteca novamente e indagou:

— Eloise, é possível que o garoto tenha vindo a mando de Wyndham?

— Alex — retrucou Eloise. — O menino tinha nome, e era Alex. Por que Wyndham teria mandado que ele invadisse uma casa?

— Porque ele sabe que estou aqui, porque um roubo faria a polícia revistar a casa, seria mais uma coisa para dificultar a minha permanência.

— Mas se Wyndham sabe que você está aqui, por que enviaria Alex? Sei que você vê espiões dele por toda parte, porém duvido que Alex Shawcross tenha sido um deles. E por que ele enviaria Alex depois do anoitecer, sabendo o que poderia acontecer a ele?

— Talvez tenha descoberto que eu só voltaria bem tarde da noite.

— Eu era a única pessoa que sabia disso, e... — Ela revirou os olhos e disse: — Ah, voltamos ao mesmo ponto, Chris e Rachel! Mesmo agora, depois de tudo que fizeram por nós, você ainda não consegue esquecer isso...

— Quem não confiava em Chris até alguns dias atrás era você.

— Está distorcendo o que eu falei. Além do mais, eles foram tão gentis conosco. Por que fariam isso se estivessem trabalhando para ele?

Will percebeu que aquela conversa não estava chegando a lugar algum e que talvez nem precisassem saber agora por que Alex Shawcross estivera lá. Se estivesse trabalhando para Wyndham, seu plano havia falhado. O melhor a fazer era se preparar para o próximo ataque, não ficar analisando o último.

— Bem, isso não importa agora.

Aparentemente, Eloise estava determinada a brigar, e jogou os braços para o alto.

— É claro que importa. Alex está morto. E você acredita que as duas pessoas que mais nos ajudaram trabalham para Wyndham. É claro que isso importa.

Embora não soubesse quais palavras poderiam acalmá-la, Will estava prestes a responder quando subitamente se interrompeu, consciente de que não estavam sozinhos. Respirou fundo, olhou para ela e falou baixinho:

— Tem alguém dentro da casa.

Eloise parecia pronta para responder com outro acesso de fúria, mas se conteve e sussurrou:

— O que devemos fazer?

Antes que Will pudesse responder, ouviram uma risada de criança. Ambos se viraram e olharam para a porta. Ninguém estava ali, mas então o riso soou novamente, acompanhado de passos, e uma menina entrou correndo na biblioteca. Suas roupas eram de outra época, e, ao correr pela biblioteca com seu vestido azul-claro, continuava a rir de si mesma. Ela não notou a presença de Will e Eloise, provavelmente pela própria animação, e não porque fosse um espírito. Ela parecia e soava bastante real.

Eloise olhava boquiaberta a menina correr pela sala e se esconder atrás de uma poltrona de couro grande.

— Foi ela que você...

Will balançou a cabeça, inspirando o ar, ainda sentindo um cheiro humano, mas colocou o dedo nos lábios e olhou para a poltrona. Eles continuavam ouvindo a menina rindo baixinho em seu esconderijo.

— Um fantasma — disse Will.

Eloise olhou para a cadeira que a escondia e sussurrou:

— Mas ela parece real.

Will também manteve a voz baixa ao dizer:

— Há mais alguém nesta casa, mas não é ela. E, se a menina não está viva, o que mais poderia ser?

Outra risada veio do local onde a criança havia se escondido. Will começou a se mover em direção à poltrona, e Eloise juntou-se a ele. Era apenas uma garotinha, nada mais. Mesmo assim, ambos caminharam devagar, um pouco nervosos com o que poderiam encontrar por lá.

23

Ambos caminharam para a lateral da poltrona e olharam para baixo. Lá estava a menina, com o corpo encolhido e o rosto escondido, e ainda ria; seus cachos loiros estavam amarrados em tiras de tecido da mesma cor do seu vestido.

Ao perceber que estava sendo observada, a menina olhou para cima, viu os dois e gritou. Eloise saltou para trás com o barulho, mas Will percebeu imediatamente que aquele não era um grito de terror, mas por ter sido descoberta em seu esconderijo.

Logo em seguida, a menina riu, levantou-se e saiu correndo, dando uma volta ao redor da biblioteca antes de sair pela porta por onde entrara. Mesmo assim, Will continuou sentindo outro cheiro humano, vindo de algum lugar da casa, mas ouvia ruídos indefinidos por toda parte, como uma casa que range e geme em uma noite de tempestade.

— Como foi estranho... — começou Eloise, mas parou de falar ao escutar passos que se aproximavam da parede mais distante.

Um momento depois, a porta para a passagem secreta se abriu, e um homem idoso, corpulento, vestindo um roupão bordado e pesado apareceu. Ele atravessou a biblioteca, passou o dedo por uma das prateleiras, escolheu um livro e desapareceu pela mesma passagem que usara para entrar.

Eles ouviram seus passos se afastando e, em seguida, o som inconfundível de uma bola de bilhar sendo atingida e batendo em outra.

Eloise não hesitou e foi em direção à sala de bilhar. Will a seguiu, pronto para guiá-la pela escuridão, mas não houve necessidade; o restante da casa parecia iluminado, como se o próprio ar estivesse aceso.

Eles atravessaram o corredor, parando apenas quando uma empregada entrou correndo pela porta principal e subiu as escadas. As salas de visita naquela parte da casa eram interligadas. Antes de entrarem na sala de jantar, Will sussurrou para Eloise:

— Fique atrás de mim. Eles podem ser fantasmas, mas também há uma pessoa viva aqui.

— Wyndham?

— Não tenho certeza.

Ele esperava que sim, mas também sabia que Wyndham não se deixaria ser visto a menos que tivesse certeza de que estava mais forte do que Will. Ele acreditava que essa era a única razão para o feiticeiro não ter aparecido ainda.

Eles passaram pela sala de jantar e de estar, mas as portas entre os cômodos estavam abertas, e avistaram dois rapazes jogando sinuca na sala de bilhar. Quando Will e Eloise se aproximaram, os dois rapazes abandonaram seus tacos e saíram pela porta mais próxima.

Will e Eloise entraram na sala, olhando para o jogo inacabado sobre a mesa. O vampiro olhou rapidamente para os dois sabres na parede, lembrando que havia deixado o terceiro em algum lugar. Tinha a memória vívida de guardá-lo, mas, como já fizera isso algumas vezes, poderia estar enganado.

Subitamente, a voz de uma mulher exclamou atrás deles:

— Realmente, sr. Wetherton, creio que está nos provocando!

Ao se virarem, Will e Eloise viram um grupo de pessoas rindo, concordando com a acusação da mulher, e um homem, provavelmente Wetherton, bem-humorado, tentava se defender.

ALQUIMIA

Eles estavam na sala de jantar, fazendo uma refeição completa sob a luz enevoada que iluminava a casa, sendo servidos pelos criados e ao som do barulho suave dos talheres contra a porcelana. Will e Eloise começaram a andar em direção a eles, mas pararam no meio do caminho, quando todos os espíritos se levantaram e caminharam rumo às portas mais distantes, quase como se reagissem à presença deles.

Parecia não haver mais a necessidade de sussurros, porém Eloise perguntou baixinho:

— O que está acontecendo? É como se eles soubessem que estamos aqui.

Will balançou a cabeça em negação, a única resposta que podia dar, e continuou em direção às portas que dividiam a sala de estar e a de jantar. Os convidados do jantar ainda saíam aos poucos, deixando por último a jovem que fizera a bem-humorada acusação.

Ela estava pronta para fechar a porta atrás de si quando parou e encarou Will. Seu olhar era de tristeza e preocupação, tão apreensivo que Will se sentiu desconfortável. Era como se ela estivesse tentando avisá-lo sobre alguma coisa, mas o quê?

A porta se fechou, contudo a casa ainda estava cheia de ruídos. Will ouviu passos de alguém correndo acima, mais risadas, mas não da mesma criança; era um menino, pensou. Duas bolas de bilhar se chocaram, mas, quando Will e Eloise olharam para trás, não havia ninguém. Ele observou por alguns segundos as duas bolas, enquanto rolavam sobre a mesa e lentamente paravam.

Uma porta bateu, depois outra; em seguida, cada uma das portas do andar acima deles se fechou, uma após a outra, soando como uma saraivada de tiros. Até então, tudo parecera inofensivo, mas, sutilmente, a atmosfera se tornara sinistra.

Eloise olhou para ele, esquecendo a discussão anterior, e disse:

— O que vamos fazer?

Will não precisou responder. O ar ao redor deles parecia estalar. Faíscas de estática flutuavam por todos os lados da sala, como se atraídas por uma força magnética, formando rapidamente algo semelhante a formas humanas.

Um sussurro ríspido perto deles exclamou:

— Saiam!

Os dois se viraram e foram para o centro da sala, e as figuras foram se tornando mais nítidas. Eram as sete bruxas, mas pareciam um pouco menos sólidas do que antes, como se estivessem se esforçando para tomar forma.

Will perguntou:

— Isto é obra de vocês?

A porta-voz estava perto da entrada da sala de bilhar, e, embora as bruxas estivessem completamente visíveis agora, Will ainda conseguia enxergar a mesa através dela.

Seu tom de voz estava agitado, quase em pânico, quando ela disse:

— Saiam! Saiam desta casa! Saiam desta casa agora!

O ar estalou em torno deles, e os espíritos, aparentemente assustados, desapareceram com pressa, sumindo pelas paredes. Uma porta bateu em algum lugar próximo. Ouviram-se outros ruídos, coisas se movimentando por toda a casa.

Will virou-se para Eloise, pronto para mandá-la correr, quando percebeu que a respiração dela criava fumaça no ar frio. Um barulho de algo deslizando soou ao redor deles, e todos os quadros da sala foram ao chão. As portas para a sala de jantar se fecharam.

— Will?

ALQUIMIA

Ele segurou a mão dela. Em seguida, ouviram um barulho alto de coisas quebrando na sala de bilhar. Will pôde ver, quase tarde demais, um dos sabres girando pelo ar e vindo em sua direção, apontando para Eloise. Saltou para a frente e pegou a lâmina com a mão direita, segurando imediatamente o punho da espada com a esquerda, pronto para usá-la, apesar de a arma ser inútil contra tais forças.

A casa estava repleta de barulhos e movimentos. As mesas e cadeiras ao seu redor trepidavam no chão. E então surgiu aquele cheiro humano, aumentando cada vez mais, se aproximando.

— Alguém está vindo — disse Will, olhando para a sala de bilhar.

Foi quando ele surgiu junto à porta aberta entre as duas salas, parecendo surpreso, mas perturbadoramente calmo como sempre. Marcus Jenkins.

O garoto riu e perguntou:

— O que está acontecendo?

Eloise apontou para ele e questionou:

— O que você está fazendo aqui?

Marcus ainda sorria, aparentemente despreocupado. Começou a caminhar em direção a eles e disse:

— Não é óbvio? Estou seguindo você.

Marcus ouviu um barulho atrás de si, e seus olhos revelaram centenas de cálculos que se realizaram ao mesmo tempo: o som que tinha escutado, o sabre na mão de Will, sua posição entre os dois e a sala de bilhar.

Ele se moveu incrivelmente rápido, agarrando uma cadeira e girando-a para cima, pegando o outro sabre, que se prendeu no encosto. Então agarrou o punho da arma e puxou-o, jogando a cadeira no chão, pronto para lutar.

Will duvidava que ele já tivesse manuseado qualquer tipo de espada, mesmo tendo assumido a postura de alguém que tinha visto muitos combates. Marcus não foi rápido o suficiente para detectar uma das bolas de bilhar passando perto dele e virou-se apenas quando a bola seguiu em direção à cabeça de Eloise.

Will foi mais ágil, reagindo instintivamente e cortando a bola ao meio com o sabre, causando um som explosivo.

Pela primeira vez, Marcus pareceu chocado ao olhar para Eloise e gritou acima do som, cada vez mais alto:

— Ela estava indo na direção da sua cabeça!

— Agora você acredita em mim — disse Will. — Isto é obra de Wyndham. Ele não pode me matar, então está tentando matar Eloise. Temos que sair daqui.

Havia mais barulho vindo da sala de bilhar. Marcus virou-se e lutou para fechar as portas, gritando:

— Saiam! Vou segurar as portas até vocês irem.

Will foi em direção às portas da sala de jantar, mas tanto elas quanto as que Marcus segurava imediatamente começaram a ser bombardeadas com objetos que batiam com violência contra a madeira e caíam no chão. Mais uma vez, os objetos na sala em que estavam começaram a se mover. Um quadro de repente voou do chão e cruzou a sala; Will o derrubou antes que chegasse a Eloise.

Ele pegou a cadeira que Marcus usara e jogou-a contra a janela com tanta força que o vidro e toda a moldura estilhaçaram e explodiram sobre os jardins cobertos de neve. Eloise não precisou que lhe dissessem o que fazer. Ela correu, saltou sobre o peitoral baixo e continuou correndo até que estivesse longe o suficiente para olhar para trás.

Will olhou para Marcus e disse:

— Vamos.

— Você primeiro!

Will saltou pela janela e, momentos depois, Marcus o seguiu, com o som das portas da sala de bilhar se abrindo violentamente atrás dele e batendo contra as paredes. Alcançou Will e Eloise, e imediatamente se virou, empunhando o sabre e preparando-se para se defender contra qualquer ataque que pudesse segui-los.

No entanto, nada mais saiu da casa. Enquanto os três permaneciam ali, sob a neve que caía, com Will e Marcus cercando Eloise, a casa quase que instantaneamente ficou em silêncio. Então, um barulho menos intenso, mais metódico começou a surgir das várias salas.

Marcus parecia confuso:

— E agora?

Eloise arriscou:

— Parece... parece que alguém está arrumando a casa.

Ela soltou um grito quando a cadeira que Will usara para quebrar a janela voou de volta para a sala de estar, como se puxada por uma corda elástica. Um momento depois, o vidro quebrado e a moldura de madeira da janela fizeram o mesmo, voando do chão e se reconstituindo, ficando como antes.

Sombras indistintas ainda se movimentavam do outro lado das janelas iluminadas, mas, quando os sons lentamente desapareceram, as formas humanas também se foram, deixando a casa como antes. Além dos dois sabres, Will não conseguia imaginar uma única coisa que poderia ter ficado fora do lugar lá dentro. E, mais uma vez, se não fosse por suas intenções, Will teria admirado Wyndham por ser capaz de realizar tais feitiçarias.

As luzes começaram a se apagar. Todas as sombras sumiram. No entanto, quando todos os espíritos se retiraram, uma silhueta surgiu em um dos quartos do andar superior, uma figura feminina que aparentemente olhava para eles. Era uma sombra, nada mais, porém Will estava certo de que era a jovem que tinham visto no jantar, a senhorita que olhara para ele tão preocupada.

— O que está acontecendo, Will?

Ele se virou a fim de olhar para Eloise, sorrindo para ela de forma reconfortante, mas, quando olhou novamente, a janela estava vazia, e a luz que iluminara a casa desapareceu abruptamente.

— Nada. Eu estava pensando em como tudo foi estranho, os espíritos que vimos, a menina e o homem com o livro, os jovens jogando bilhar, o jantar. Eles eram... nada, esqueça. Eu só estava pensando, só isso.

Marcus virou-se a fim de olhar para os dois, intrigado agora que podia observá-los de perto.

Eloise parecia não ter consciência do olhar dele e, em vez disso, virou-se para Will; a ternura estava de volta em sua expressão quando disse:

— Você estava pensando que eles eram sua família. Talvez não seus próprios descendentes, mas mesmo assim a sua família.

— Sim, eu estava pensando isso. — Ele olhou para Marcus, que passava a mão em sua cicatriz. — Quero agradecer a você pelo que fez lá dentro.

Marcus deu de ombros, e Eloise exclamou:

— Desculpe! É claro, Marcus, obrigada! Aquele sabre estava sem dúvida voando em minha direção.

— De nada, mas Will o teria impedido. Talvez, quem sabe, um dia poderei salvá-la do jeito certo. — Ele riu da ideia.

Will indagou:

— O que você vai dizer a Wyndham?

Marcus balançou a cabeça.

— Nada, não mais. Talvez eu escreva no livro para mantê-lo feliz por um tempo, mas não gosto do que ele está fazendo, machucando uma garota e tudo mais. Não me parece certo. — Ele se virou para Eloise. — E sei que eu estava com Taz e com aqueles caras na noite perto do rio, mas eu não sabia o que estava fazendo, não até ver Will. É estranho, eu tive uma espécie de...

Marcus lutava para encontrar uma palavra adequada, e Eloise sugeriu:

— Uma epifania.

— É esse o nome? Gostei... Uma epifania. — Sorriu. — E acho que no fundo eu sabia que isto iria acontecer, cedo ou tarde. Estou do lado de vocês agora. Se quiserem confiar em mim.

Eloise parecia desconfiada, mas Will não hesitou:

— Estávamos precisando de um aliado! Apesar de eu não saber o que podemos fazer nem para onde vamos para que Eloise fique segura.

— A capela da escola — disse Marcus, como que afirmando o óbvio. — Wyndham não tem poderes na capela. Ele me contou isso.

Will retrucou:

— Você deve estar enganado. Ele já me atacou em uma igreja.

Marcus fez que não.

— Não, não falo das igrejas em geral, só da capela da escola.

Eloise pareceu novamente incerta, temendo uma armadilha, e disse:

— Will...

Marcus, porém, pareceu ler seus pensamentos e ponderou:

— É natural que você não confie em mim, mas o que posso fazer? Dou a minha palavra de que a capela é o lugar onde estaremos seguros.

Os outros dois trocaram olhares, o suficiente para que concordassem um com o outro, e, sem mais palavras, eles começaram a voltar para a escola, três figuras perdidas em meio à neve. Podendo ou não confiar em Marcus, Will não conseguiu evitar de ver o simbolismo; ali estava ele de novo, buscando refúgio contra os perigos do mundo em um lugar sagrado.

24

Quando chegaram à escola, estavam cobertos de neve. A escuridão ainda não era completa, então pararam por um momento no ponto habitual de Will e observaram as poucas pessoas restantes na sala comunitária. O parceiro de xadrez de Marcus lia um livro.

Will olhou para a janela escura do último andar, mas, pela segunda noite seguida, sabia que não havia ninguém por lá. Por um breve instante se questionou se o observador era Alex Shawcross, se esse era o motivo de estar ausente nas duas últimas noites.

Talvez Eloise pensasse de forma diferente sobre ele se soubesse que o rapaz poderia ser a pessoa que desenhara o diagrama com giz debaixo de sua cama, que participara da tentativa de matá-la. Mas Will ficou em silêncio, não querendo tocar em qualquer assunto que pudesse lembrá-la das emoções negativas que tão recentemente eles tinham deixado para trás.

Eloise perguntou:

— Qual é a melhor porta, na sua opinião, para chegarmos à capela sem sermos vistos?

A pergunta era dirigida a Marcus. Fora um ato de gentileza, pensou Will, já que ela conhecia melhor a escola do que o novo aluno — indicava um desejo de incluí-lo, o que, por sua vez, sugeria que Eloise agora o aceitava.

Marcus virou-se para Will e indagou:

— Você consegue abrir qualquer porta?

— Sim.

Ele se voltou para Eloise e respondeu:

— A porta que leva às cozinhas. Há um corredor que passa por lá e que nos deixaria perto da escada da capela.

Eloise olhou para Will, sorrindo ao dizer:

— Ele está certo. Fica lá nos fundos.

Eles foram pelo caminho mais longo, em vez de atravessar a frente da escola, e passaram por uma das outras salas comunitárias, que recebeu olhares de desprezo de Eloise e Marcus, embora, para Will, a sala fosse igual à deles.

Também passaram pelo escritório do dr. Higson. Apesar de já ser tarde, ele continuava lá, lendo papéis em sua mesa.

Marcus perguntou:

— Você viu o dr. Higson? Ele torceu o pulso ou algo assim. Está com a mão toda enfaixada.

— Como?

— Caiu em sua corrida matinal.

— Coitado — disse Eloise. Virou-se para Will e explicou: — Ele é o diretor da escola. É tão gentil. Quando voltei depois do Natal, ele foi superlegal comigo, de verdade. Não me deu sermão por eu ter fugido ou por viver na rua. Só perguntou se eu precisava de alguma ajuda para recuperar o tempo perdido. Muito legal.

O vampiro assentiu com a cabeça, observando como um turista em uma excursão. Obviamente Chris e Rachel se esqueceram de contar a Eloise que Will falaria com Higson sobre a ausência mais recente dela. Talvez a garota achasse que eles tinham conversado com o homem. Era igualmente óbvio que nem Eloise nem Marcus suspeitavam de Higson ou pensavam que pudesse haver outra explicação para a sua lesão.

As cozinhas estavam vazias, e eles as atravessaram rapidamente, indo em direção ao corredor, que era decorado com painéis de madeira. Dali, seguiram até uma outra porta, que havia sido projetada para parecer mais uma parede com painéis quando vista do outro lado. Eles viraram à direita e desceram os degraus até um pequeno corredor que levava à capela.

Uma vez lá dentro, com a porta fechada, Eloise acendeu uma das luzes e disse:

— Não se preocupem, ninguém saberá que estamos aqui. Não se consegue ouvir nada do outro lado da porta.

Will assentiu com a cabeça e caminhou pela nave, impressionado com o quanto o local era grande para a capela particular de uma família ·agora usada por uma escola. Teria sido construída como um ato de culpa, como penitência por terem lucrado tanto com a destruição da própria Abadia de Marland?

A construção tinha lá o seu charme, mas atestava a própria idade, repleta de obras de arte de excelente qualidade. Não chegava aos pés da beleza simples e magnífica da igreja de Will, um edifício que ele, às vezes, pensava que poderia ter sido moldado em rocha, uma maravilha natural, em vez de construído pelas mãos do homem. Não obstante, aquela capela era muito bonita.

Ele observou os degraus que levavam a um portão e a uma cripta mais além. Poderia explorá-la em um momento oportuno, e, se realmente não fosse seguro retornar à nova casa por um tempo, ficaria ali. Caso fosse verdade o que Marcus dissera sobre os poderes de Wyndham serem inúteis na capela, o local seria o refúgio perfeito para Will.

Porém, isso levantou uma questão. Se era apenas uma capela particular, construída pelos descendentes de seu irmão, por que a bruxaria de Wyndham não funcionava ali? Ele atacara Will no meio da catedral da cidade, em suas próprias câmaras, profundamente sob a construção. Por que, então, aquele lugar sagrado constituiria um obstáculo?

Marcus sentara na primeira fileira, colocando o sabre ao seu lado. Will caminhou até ele e perguntou:

— Wyndham lhe contou por que seus poderes não funcionam aqui?

— Ele não sabe. Disse a mim para evitar confronto com você aqui. Não que tenha dito que eu o confrontasse. Explicou que seus poderes não chegam aqui e ele seria incapaz de me proteger.

Eloise veio e sentou-se no degrau do altar de frente para Marcus.

— Ele já lhe protegeu em outro lugar?

— Não que eu saiba... Ele não fez muita coisa hoje à noite, fez?

Will questionou, sem responder à pergunta:

— E sobre a capela?

Marcus assentiu com a cabeça.

— Perguntei a ele se é por ser uma igreja, e ele ficou estranho, perguntou por que uma igreja impediria os poderes do bem de destruírem o mal. Então se acalmou e disse que não sabia por que esta capela especificamente é um problema para ele. Apenas é.

Will deu um sorriso, pensando em como tinha enganado Chris ao fingir que a capela era importante, e agora parecia que realmente era. Ele olhou para o teto e para as paredes ao redor, e falou tanto para si mesmo quanto para Marcus e Eloise:

— Suspeito que Henrique saberia sobre isso se ele ainda estivesse por aqui para compartilhar seu segredo.

Marcus seguiu o olhar de Will e indagou:

— Quem é Henrique?

— O homem que construiu esta capela — explicou Eloise. — O que você sabe sobre Wyndham?

— Não muito. Ele é velho. Bom, quero dizer, parece ter uns 50 anos, tem cabelos grisalhos e está sempre de terno. Mas ele é *velho*. Deve ter pelo menos 200 anos, provavelmente mais.

— Como pode ter tanta certeza? — indagou Eloise.

Will respondeu por ele:

— Não tive chance de lhe contar. Marcus disse que Wyndham conheceu este lugar quando era jovem, antes de se tornar uma escola; conheceu a família que vivia aqui. E, como Marcus salientou, a escola foi fundada em meados do século XIX.

Eloise estava com os olhos arregalados ao dizer:

— E a família que vivia aqui...

— Era a minha família. Não posso descartar a possibilidade de que a determinação de Wyndham para me destruir seja mais pessoal do que simplesmente uma luta entre o bem e o mal.

— Ah, eu diria que é pessoal — concluiu Marcus. — Ele me disse que o objetivo da vida dele é destruir você. — Virou-se para Eloise e perguntou: — Isto não é normal, é? Falar assim?

Eloise riu e disse:

— Não, não acho que seja normal. — Então olhou para Will com uma expressão cheia de propósito e questionou: — Devemos contar ao Marcus sobre nosso progresso até agora, sobre o que descobrimos, ou é melhor que ele não saiba?

Will não tinha dúvida de que podiam confiar em Marcus — estava tão certo de sua lealdade quanto desconfiava de Chris e Rachel —, e suspeitava que quanto mais ele soubesse, mais se interessaria por sua causa.

— Sim, conte tudo. Vou aproveitar para dar uma olhada na cripta.

— Você quer que eu...?

— Não. Vou olhar só por curiosidade, nada mais. Conte a Marcus a nossa história.

Will iniciava a descida à cripta quando Eloise começou seu relato:

— Você sabe que Will nasceu em 1240, certo?

O murmúrio suave de sua voz o acompanhou ao portão no final da escada e até a pequena cripta, cujo tamanho era mais adequado à família para qual fora construída do que o da capela acima. Ela levava para uma outra sala, que abrigava túmulos um pouco menos ornamentados, e, mais para a frente, a um ossário, cuja porta estava trancada.

Ele a abriu e entrou. O local era pequeno, mas os ossos estavam empilhados até o alto, crânios preenchiam todas as paredes, desde o chão até o teto, e outros ossos se encaixavam entre eles, como se para completar o efeito decorativo. Ele não conseguia entender de onde aquelas ossadas tinham vindo.

Não havia um cemitério nas proximidades de onde pudessem ter sido removidas — nem o terreno ocupado pela casa fora um. Will relembrou sua juventude em Marland. Estava certo de que esta área era um prado naquela época.

Ele andou pela sala e viu agora que muitos dos crânios estavam danificados, possivelmente foram quebrados durante algum processo de escavação, mas isso também sugeria a possibilidade de morte em combate. Ele se perguntou se aqueles ossos tinham sido encontrados no solo durante a construção, resquícios de algum local de sepultamento muito mais antigo.

Ele saiu e trancou a porta novamente. Em seguida, caminhou lentamente pelas duas salas da cripta, passando as mãos pelas paredes, ouvindo os sons de seus próprios passos contra o piso, tentando detectar se havia alguma outra sala ou câmara escondida ali, mas não encontrou nada.

Quando voltou para a capela, Eloise parou de falar e o fitou; sua expressão indicava que desejava saber se tudo estava bem. Ele sorriu e disse:

— Há uma pequena sala trancada na parte de trás da cripta. Seria um local conveniente para eu me esconder durante o dia em caso de necessidade.

ALQUIMIA

— Então você não vai voltar para a casa nova?

— Sim, mas talvez não hoje. — Ele olhou para Marcus e perguntou: — Quanto da nossa história ainda falta?

— Eloise acaba de contar sobre Asmund. Wyndham nunca mencionou nada sobre isso, não para mim. Acho que também não me falou nada sobre Lorcan...?

— Labraid — completou Eloise.

— Sim, acho que ele não o mencionou.

Will disse:

— Infelizmente não encontramos mais pistas desde que matei Asmund. Viemos para cá, e, a julgar pelos esforços de Wyndham contra nós, parece que estamos no lugar certo. Na verdade, ele nem precisava se dar ao trabalho, porque não temos ideia sobre o que fazer agora nem temos quem nos diga como agir.

— O que você quer dizer com isso? Não têm quem lhes diga como agir?

Will olhou para Eloise, mas ela avisou:

— Não, conte você a ele esta última parte.

— Asmund tinha um mestre, e esse mesmo mestre serve Lorcan Labraid. Embora eu nunca tivesse conhecido outro de minha espécie até encontrar Asmund, parece que outros como eu não mediram esforços para me proteger e garantir o meu bem-estar durante os séculos. No entanto, agora, quando eu mais preciso de orientação, nenhum deles está por aqui.

Marcus riu tão alto que Eloise pareceu preocupada, temendo que a pesada porta da capela não fosse suficiente para conter o barulho. Ele pulou do banco, incapaz de se conter, e parou em pé no degrau do altar em que Eloise estava sentada.

— Sabe por que eles não aparecem? Wyndham!

— Não entendo. O que ele teria feito para...

— Ele os capturou. Pelo menos alguns deles.

— Capturou? — repetiu também Eloise, levantando-se.

— Capturou! Ele os trancou nos porões de casa. Vi dois deles... Não, três, e um fala o tempo todo a seu respeito, dizendo a Wyndham onde você está e coisas assim.

Will e Eloise trocaram olhares. Se ela percebeu o que o último comentário implicava, não deixou transparecer. Mas Will notou que talvez estivesse sendo extremamente injusto com Chris e Rachel ao não confiar neles. Caso um vampiro prisioneiro estivesse dando informações a Wyndham, não precisaria de que Chris fizesse o mesmo.

— Então Wyndham saberá que estou aqui.

— Talvez não. Esse vampiro está meio louco por causa das coisas que Wyndham faz com eles, que não recebem nenhuma gota de sangue. Garanto que agora ele está gritando "Marland" sem parar. É isso o que ele faz.

— Então que esperança podemos ter se o mestre de Asmund é louco?

Marcus negou com a cabeça.

— Duvido que ele seja o mestre de Asmund. Há um outro, mas é mantido em uma sala separada, e Wyndham não me deixou vê-lo. Disse que o ser era perigoso demais.

Will perguntou:

— O ser?

— Wyndham geralmente os chama assim, como se fossem animais, e alguns deles não parecem humanos. Mas não você; sempre se refere a você como uma pessoa. O fato é que ele não me deixou ver o ser e disse que era melhor assim. — Marcus olhou para Will e para Eloise, e então novamente para Will. — Bem, o que acha? Talvez aquele que está escondido seja quem você procura, e foi por isso que ele não veio até você.

Will ficou atordoado. Seu destino não fora escondido dele nem tinha sido dificultado de propósito. Wyndham era o responsável o tempo todo, determinado a detê-lo, destruí-lo ou mantê-lo naquele tormento eterno.

No entanto, aquilo levantava mais uma questão. Desde o começo, Wyndham agira como se temesse um encontro com Will, sempre enviando espíritos e demônios, virando a natureza contra ele, tentando matar Eloise; entretanto, ao que tudo indicava, ele definitivamente não tinha medo de vampiros. Se aprisionara o mestre de Asmund, parecia improvável que temesse Will.

— Eu não entendo — disse Will. — Se Wyndham capturou outros vampiros, por que ele não me enfrenta diretamente? Por que todos esses truques, por que atacar Eloise quando ele tem poder para lutar e aniquilar minha espécie?

— Porque você não é um vampiro qualquer — respondeu Eloise. — Você é William de Mércia, e Lorcan Labraid o chama. Ele não quer ninguém mais, apenas você. Pense nisto. Você não deveria ter conseguido derrotar Asmund. Ele era maior e mais forte, e, no entanto, você o matou. Wyndham não tem medo de vampiros; ele tem medo de você.

— Ela está certa — afirmou Marcus.

Will não estava convencido, mas não havia dúvida. Se Wyndham aprisionara vampiros, era preciso descobrir onde ele morava para finalmente enfrentá-lo e dar a ele algo a temer.

— Precisamos descobrir onde fica a casa dele.

— Isso é fácil — disse Marcus. — Eu sei onde fica.

— Você disse que as janelas do carro estavam escuras demais para ver.

— Mas eu vi a casa e sei a distância que percorremos para chegar lá. Além disso, passei minha vida inteira na área. É uma mansão no campo do outro lado da cidade. Eu a reconheci imediatamente, passei por lá uma vez, no ônibus da escola, durante uma excursão.

Will assentiu com a cabeça, imaginando a casa. Sua mente sobrevoou a cidade, com a torre da catedral despontando, imponente. Na escuridão distante, com a neve caindo em flocos pesados, viu uma casa, talvez tão grande quanto aquela, uma casa que guardava um segredo. O segredo, pensou, não eram vampiros presos, mas o medo de Wyndham. Ele temia William de Mércia, e agora Will estava determinado a dar-lhe algo que justificasse tal temor.

25

Para minha grande frustração, e embora eu me deparasse com suas vítimas com frequência, não consegui encontrar William de Mércia. Sabia, a partir da descrição que minha mãe fizera, que ele era um menino, e eu tinha alguma noção da sua aparência, mas ele me despistava. Também procurei seu covil, mas todos os meus poderes, toda a magia negra ao meu dispor, não me revelaram sua localização.

Quando as vítimas deixavam de aparecer, por um mês, três meses, seis, começava a temer que ele tivesse hibernado, fazendo com que eu perdesse décadas. E, cada vez que uma nova vítima surgia, eu me alegrava por saber que estava novamente ativo, por ter obtido novos conhecimentos enquanto ele dormia.

Algo que eu percebera logo no início foi que não bastava que eu matasse vampiros, porque sempre haveria mais deles. Para destruir o mal que eles representavam, era necessário entendê-los, e, para isso, eu deveria capturá-los e estudá-los.

William de Mércia pode ter me despistado; porém, ao longo dos séculos XIX e XX, capturei muitos de sua espécie. Alguns eram dos arredores da cidade, que parece ser uma área particularmente infestada por eles, e outros eram de diferentes locais nestas ilhas.

Aprendi muitas lições difíceis naqueles tempos. Aprendi, por exemplo, que a melhor forma de transportá-los era em uma caixa lacrada à luz do dia. Afinal, por que eles desejariam escapar para a agonia do brilho do sol?

Também, e quase a grande custo pessoal, aprendi que, assim como a força sobre-humana, eles possuíam a capacidade de abrir fechaduras apenas com o poder da mente. Depois de muitas tentativas e muitos erros, desenvolvi um engenhoso sistema em que as jaulas eram mantidas fechadas por correntes que atravessavam o chão e eram trancadas em outra sala.

As barras e as correntes eram feitas de uma liga metálica particularmente resistente, projetada por mim. Todavia, com o avanço do conhecimento sobre o uso da eletricidade no início do século XIX, logo aprendi que eu poderia fazer uma corrente passar pelo metal, forte o suficiente para convencer os cativos de que era melhor não tocar nas barras.

Não vou negar que algumas das experiências que realizei com esses demônios não foram agradáveis. De que outra forma eu aprenderia sobre como eles viviam e morriam? Logo descobri que o fogo e a luz do sol os faziam implorar pela morte, mas não os matavam. Aprendi, também, que o fogo e a luz os faziam falar.

No entanto, muito do que aprendi no início veio sem que eu precisasse recorrer a tais métodos. O segundo vampiro que capturei, em 1842, foi descoberto no sudoeste da Inglaterra; era uma criatura cavalheiresca, que insistia em ser chamada apenas de Baal. Tendo sido um estudioso em sua juventude, ele considerava divertido ser conhecido agora pelo nome de um dos Príncipes do Inferno, pois era o que ele acreditava ter se tornado.

O demônio ainda tinha o olhar de um jovem estudante que sonhava seguir os passos do falecido Lorde Byron; no entanto, Baal estava vivo desde a época de Chaucer. Nascido em 1360, tivera a sorte de ficar sob a tutela do vampiro que o infectara. Um sinal do senso de honra de Baal, assim como de sua crueldade, foi o fato de ele matar seu mestre logo que percebera que tinha aprendido tudo o que ele poderia lhe transmitir.

ALQUIMIA

Foi Baal quem me disse que eles somente se alimentavam daqueles que não carregavam a linhagem dos vampiros e, ainda assim, apenas daqueles que estavam em boas condições física e de saúde. Era força vital o que eles tomavam de suas vítimas, alimento espiritual em vez de comida, e a vida que restava dentro de um corpo era o que determinava quanto sangue ainda seria novamente necessário.

O alho, contara ele, não lhes era repugnante, mas o evitavam porque confundia seus sentidos — que, fora isso, eram extraordinários —, tornando impossível analisar o sangue de vítimas em potencial. O crucifixo não lhes significava nada, e Baal, com sua crença inabalável, concluíra que isso se devia à sua condição de já existir no mundo desde antes da chegada do Cristianismo.

A luz do dia e o fogo eram como as agonias do inferno, e uma estaca no coração os enfraqueceria a ponto de ficarem indefesos. Baal, contudo, também confirmou que eu, sem querer, havia encontrado a única forma de realmente matar um vampiro: a retirada de sua cabeça.

Obviamente, eu não iria apenas confiar na palavra de Baal e, assim, realizei meus experimentos durante as décadas seguintes para testar o que me fora contado. Ele próprio nunca foi o sujeito de quaisquer experiências; devo admitir que, apesar do mal que carregava dentro de si, eu o respeitava e até gostava dele.

Em 1861, desesperado por sangue, me implorou para acabar com sua vida. Antes desse episódio, ele lia quase que sem parar. Na maior parte das vezes, era a Bíblia, embora eu tentasse desencorajá-lo, pois nunca achei que aquele fosse um livro digno.

Concordei, embora com tristeza no coração, e antes do fim perguntei se ele finalmente revelaria seu verdadeiro nome.

— Eu não posso usá-lo — respondeu. — Isso traria vergonha para as pessoas decentes que me nomearam. — Assenti com a cabeça, e ele, fechando os olhos, disse: — Estou pronto.

Outro demônio, em uma jaula adjacente, nunca tinha visto a morte de sua própria espécie, e, ao assistir Baal desaparecer completamente, ficou tão horrorizado que começou a tagarelar de forma incoerente. Quanta ironia o meu ato de misericórdia ter sido o que causou o maior salto no meu conhecimento.

Ainda precisei fazer uso de luzes fortes para obter dados razoavelmente compreensíveis, mas foi essa criatura que me contou sobre Lorcan Labraid, um demônio que descreveu, ridiculamente, como sendo o senhor de todos os vampiros, um rei vampiro. Mesmo sob tortura extrema, alegou desconhecer o paradeiro desse grande demônio, mas admitiu saber onde eu poderia encontrar o servo de Labraid, o demônio que cumpria suas ordens. Perguntei se tal servo seria William de Mércia, porque eu já ouvira o seu nome então e concluíra que era ele quem eu procurava.

— William de Mércia? — A criatura riu, apesar de sua dor. — Gente da minha laia não sabe sobre William de Mércia. Mas o vampiro do qual falo é mais poderoso do que qualquer outro que você já tenha encontrado.

Aquilo era intrigante, porém, mais uma vez, não consegui convencê-lo a continuar falando sobre o assunto, mesmo quando ameacei retirar sua cabeça, uma ameaça que, no final das contas, levei a cabo. Em face de tal obstinação ou ignorância, a única suposição que fiz foi a de que até mesmo o rei dos vampiros, Lorcan Labraid, servia William de Mércia.

Eu não sabia coisa alguma sobre nenhum dos dois, mas tinha informações precisas sobre o paradeiro do leal servo de Labraid. Sua localização era próxima, nas profundezas de um mausoléu em um dos mais antigos cemitérios da cidade. Se não fosse pela informação que recebera, não teria acreditado que o mausoléu abrigava passagens escondidas e certamente não conseguiria achar a entrada.

ALQUIMIA

No entanto, da mesma maneira como havíamos capturado, muitos anos antes, aquele primeiro vampiro, cerquei o mausoléu ao anoitecer, levando comigo alguns empregados. Suas lanternas estavam cobertas de modo a não entregar nossa posição.

A pequena construção de pedra tinha uma janela circular no alto, de frente para a entrada, e tal janela tinha se quebrado em algum momento no passado. O plano, quando eu desse o comando, era um dos empregados levantar o menino que trabalhava na cozinha até a janela quebrada, por onde ele jogaria uma tocha acesa com o objetivo de expulsar o demônio. Eu sabia que o ser conseguiria sentir que estávamos lá fora e não queria que ele recuasse para níveis ainda mais subterrâneos.

Um pouco após o cair da noite, ouvi lajotas sendo movidas dentro do mausoléu. Um silêncio se seguiu, e isso, eu sabia por experiência, era o demônio sentindo o ar. Dei o sinal, e o menino foi levantado até a janela. Por um momento, ele pareceu horrorizado, e cheguei a temer que perdesse a coragem. Porém, com precisão admirável, ele jogou a tocha acesa para dentro da construção.

O grito que resultou foi tão alarmante que vi os meus empregados ficando nervosos; todavia, eles não tiveram tempo para pensar sobre o que estava por vir. Um instante depois, o demônio apareceu, selvagem, cheio de ódio e aterrorizador. Mesmo com a luz dolorosa de nossas lanternas, ele foi nos atacar, e acho que, se estivéssemos contando apenas com a iluminação, não teríamos conseguido.

O demônio, entretanto, não percebeu que saíra do mausoléu e parava sobre uma pequena plataforma de madeira; ao meu comando, quatro lados de uma jaula fecharam-se ao redor da criatura, e uma quinta grade formara o teto. O processo foi tão rápido que não havia mais qualquer dúvida de que o demônio acabaria nos porões de minha casa.

Mal sabia eu que aquele era o ponto em que o meu progresso com aquele inimigo específico ia acabar. Normalmente, quando capturadas, as criaturas passavam os primeiros dias testando as barras e explorando seus arredores, como uma aranha tentando escapar de um copo virado.

Parecendo sentir imediatamente que não havia escapatória, o demônio sentou-se e caiu em um tipo de transe profundo, do qual não podia ser acordado. Era como se estivesse se comunicando consigo mesmo ou com alguém a distância.

Queimei sua carne, mas ele não se abalou. Cheguei a usar espelhos para expô-lo à luz solar, e, apesar da sua pele ser ferida, o demônio não reagiu. Quando seu corpo cicatrizava, eu tentava de novo, mas sempre sem qualquer reação dele. Com o passar das muitas décadas que se seguiram, o ser também não deu qualquer indicação de fome espiritual devido à falta de sangue.

Eu sabia muito bem que era um demônio de outro nível. Mesmo sem revelar qualquer informação adicional, fiquei convencido de que se aquele demônio, tão forte e poderoso, obedecia a Lorcan Labraid, então, talvez, ele realmente fosse um rei vampiro.

Por quase 150 anos mantenho esse demônio preso, mais do que qualquer um dos outros, e, durante todo esse tempo, nunca escutei nem vi quaisquer outros sinais que sugerissem que estava de alguma forma consciente. Então, em novembro, enquanto eu trabalhava nas proximidades, ele, de repente, soltou seis palavras com bastante clareza.

Fiquei tão surpreso que cheguei a duvidar de que tinha ouvido corretamente. Mas notei que os olhos do demônio estavam abertos, e ele pareceu sorrir ao repetir as seguintes palavras: "William de Mércia despertou novamente."

Aproximei-me e perguntei o que queria dizer com aquilo, mas ele voltou a se calar, retornando ao transe; eu já sabia que não adiantaria perder tempo com mais torturas.

ALQUIMIA

Aquela criatura era má, servia o mal na forma de Lorcan Labraid, e Lorcan Labraid servia o mal na forma de William de Mércia. Eu sabia que não seria apenas o fim de mais um período de hibernação do algoz de minha mãe, que algo muito importante estava acontecendo; se o bem fosse triunfar, eu precisaria estar preparado para o combate. Percebi que aquele era o momento que esperava e para o qual eu desejava que a minha longa educação houvesse me preparado.

26

Eloise estava alguns passos à frente dele, mas então parou e virou-se, sorrindo. O sol estava atrás dela, iluminando seus cabelos, delineando as curvas do seu corpo através da blusa de verão que vestia.

— Eu sei de coisas sobre este lugar que você nem imagina.

— Então me conte — disse Will.

Ela estendeu as mãos e segurou as dele, seu calor irradiando por todo o corpo de Will. Depois se abaixou e sentou na grama, puxando-o ao seu encontro. Uma lembrança surgiu na mente dele, a de puxar Alex Shawcross até o chão da mesma forma, mas lutou para impedir que essa lembrança assumisse o controle.

— Veja a grama em que estamos sentados. — Ele olhou para baixo e viu um verde vibrante, e iluminado pelo sol, que o encheu de tristeza. — Há milhares de corpos enterrados embaixo dela, bem aqui.

— Como assim?

Ela respondeu:

— Foram encontrados centenas deles quando construíram a casa velha, e ainda mais quando construíram a nova; estão por toda parte. Parece que uma grande batalha aconteceu aqui em tempos antigos, mas que também foi um cemitério para guerreiros e reis pagãos.

— Eu deveria saber disso — disse ele, mas agora estava distraído pelos lábios dela, suaves, ligeiramente entreabertos, convidativos.

ALQUIMIA

Will inclinou o corpo e a beijou. Em seguida, tentou tocá-la, porém sua mão não conseguiu encontrar o calor do seu corpo, e o sonho se desfez.

Ele abriu os olhos, desapontado, e olhou para a parede cheia de crânios que o encaravam. Estava sentado de pernas cruzadas, com as costas apoiadas na porta do ossário. Perguntou a si mesmo se o local havia inspirado o sonho ou se o sonho era uma resposta a todos aqueles restos mortais.

Marland fora um lugar importante, muito antes de a abadia ser construída, isso ficara óbvio para ele. Também era comum que igrejas fossem construídas em locais de grande importância para seus antecessores pagãos.

Portanto, ser um local sagrado para o enterro de guerreiros e reis parecia provável. Mas seria também o local de um grande confronto? Durante sua infância, ele nunca ouvira falar que o lugar fora um campo de batalha ou, pelo menos, nada disseram na frente dele. Se tivesse acontecido uma guerra, só poderia ter sido em tempos muito antigos.

Will levantou-se e observou um dos crânios, passando a mão sobre os ossos faciais escurecidos pelo tempo, levando-a em direção à fratura irregular que havia em um dos lados da testa. E imaginou o que aquele guerreiro poderia haver lhe contado sobre o local e o que teria acontecido lá.

Will distraiu-se por um momento, sentindo o sol se pôr no mundo cima, mas virou-se para o crânio novamente, encarando-o por mais alguns momentos. Tentou imaginar o homem que fora e, finalmente, disse:

— Você não imagina o quanto o invejo.

Deu meia-volta e saiu do ossário, mas permaneceu na cripta por pouco mais de uma hora. Ouviu o coral da escola ensaiando e, no final, escutou a professora mencionar alguma coisa sobre a nomeação de um novo capelão. Um pouco depois, os alunos foram embora, conversando felizes, as luzes foram desligadas, e a porta pesada se fechou.

Logo em seguida, Will subiu os degraus. A combinação da lua por trás das nuvens enevoadas com a própria neve no chão do lado de fora produzia uma luz suave que lhe fez sentir saudades de sua própria igreja, uma saudade que representava tudo o que ele havia perdido e que desejava ter de volta, mesmo sabendo que isso seria impossível.

Sentou-se em um dos bancos e perdeu a noção do tempo. Quando ouviu alguém se aproximando, moveu-se rapidamente e desceu metade dos degraus até a cripta. A porta abriu e fechou, mas, em vez de as luzes se acenderem, a iluminação de uma lanterna atravessou o interior escuro da capela.

Um momento depois, ouviu Eloise chamar:

— Will?

Ele colocou os óculos escuros, mesmo não acreditando que conseguiriam manter os fachos de luz sob controle, e subiu novamente os degraus.

— Eu estou aqui.

Os dois seguravam lanternas e vieram em sua direção, tentando manter as luzes no chão diante deles. Marcus carregava uma mochila, e Eloise tinha alguns papéis enrolados debaixo do braço. Ela disse:

— Trouxemos velas. Ainda há muitas pessoas acordadas, então achamos que seria melhor ficarmos na cripta.

— Bem pensado — respondeu Will, e desceu os degraus na frente deles.

Ele esperou enquanto Eloise e Marcus acendiam algumas velas sobre um dos túmulos na segunda câmara. Quando o local estava iluminado o suficiente, eles desligaram as lanternas, e Will tirou os óculos.

Marcus olhou ao redor e perguntou:

— Você passou o dia inteiro aqui embaixo? Não dorme?

— Nunca. E passei a maior parte do dia lá dentro. — Ele apontou para a velha porta de madeira do ossário. — É a natureza da minha condição; você se acostuma com a solidão.

Marcus assentiu com a cabeça, concordando inteiramente com o comentário.

— Acho que estamos todos sozinhos, de uma forma ou de outra.

— Que animador — observou Eloise. E depois perguntou: — O que há lá dentro?

— Muitos ossos. Houve uma batalha aqui há muito tempo, e o terreno está cheio de restos humanos.

Eloise pareceu surpresa e disse:

— Incrível! Nunca ouvi falar sobre isso.

Will não entendeu por que sentiu uma satisfação doentia ao provar que seu sonho estava errado e apenas afirmou:

— Não é um fato muito conhecido.

— Bem, talvez devesse ser. — Ela sorriu. — De qualquer forma, tivemos um dia produtivo. O local que estamos procurando é conhecido como Residência Southerton e fica a alguns quilômetros da cidade. Marcus reconheceu a foto imediatamente. É propriedade de uma empresa com sede nas Ilhas Cayman, que é, obviamente, uma fachada de Wyndham.

Eloise abriu um mapa da área sobre o túmulo, apontou para o lugar onde estava a casa e depois colocou uma foto ao lado, impressa da internet. Will olhou para ela, mas não se lembrava de ter visto aquela casa antes, mesmo em suas caminhadas noturnas mais longas. Ver o mapa e notar quão pouco terreno havia percorrido fez com que percebesse o quanto seu mundo era limitado. Na maior parte do tempo, desde que sua doença começara, ele pouco saíra da cidade, especialmente quando seus limites foram se expandindo para o campo.

Will voltou-se para Marcus e indagou:

— Que tipo de defesa ela tem?

— Você quer dizer segurança? — Eloise assentiu com a cabeça, e Marcus continuou: — Provavelmente câmeras nos portões e muros, mas eu não as vi. Ele me disse que havia cães de guarda, e aposto que a casa tem alarme.

— Nada especial — comentou Will, e se perguntou se Wyndham estava confiante demais de que sua casa não seria encontrada e que sua magia seria suficiente para protegê-lo caso a descobrissem. Não que Will estivesse subestimando os poderes mágicos de Wyndham. Ele voltou-se para Marcus e disse: — Eu sei que não preciso perguntar a Eloise, mas pergunto a você: quer mesmo fazer parte disso? Haverá perigos desconhecidos, e sua relação com Wyndham chegará ao fim.

— Eu vou com vocês. Não quero mais saber de Wyndham; além disso, você precisa de mim.

— A escolha é sua — respondeu Will. — Vocês têm lanternas que, como Eloise sabe muito bem, são tão úteis quanto qualquer outra arma. E temos os sabres. — Então olhou para Marcus novamente e disse: — Ele já deve ter lhe contado isso, mas vou repetir mesmo assim: evite qualquer contato visual. Quando apunhalados no coração, eles ficam enfraquecidos, mas não morrem. A única maneira de matá-los é cortando suas cabeças.

Enquanto falava, percebeu que estava falando "eles" em vez de "nós". Marcus pareceu perceber e disse:

— Espere um momento, pensei que os vampiros estivessem do seu lado. Achei que fosse por isso que estamos indo até lá: para que eles contem coisas a você.

ALQUIMIA

— É o que desejo, mas essas pobres criaturas estão presas há décadas, certamente famintas por sangue e loucas. Espero, sinceramente, que o mestre de Asmund seja mais útil do que ele foi. Entretanto, os outros podem ser realmente muito perigosos.

— Sim. Eles estão presos em gaiolas impressionantes, mas entendo sua preocupação.

Will olhou para Eloise e comentou:

— Vou tentar conseguir uma arma para você, ou quer...

Antes que ele pudesse terminar, ela afirmou:

— Vou levar apenas uma lanterna. Não vou sair por aí cortando cabeças, seria até melhor não levar nada; vou acabar deixando a arma cair ou serei apunhalada por ela.

— Tudo bem. Agora só precisamos planejar o momento. Que tal amanhã à noite?

Eles olharam um para o outro, e Eloise respondeu:

— Perfeito. Às onze? Como vamos chegar lá? Você quer que eu chame Rachel e Chris?

— Não, vamos pegar um táxi. Não vejo como eles poderiam ajudar, então não há por que colocá-los em perigo.

Ela mostrou-se satisfeita com a resposta, certamente sem achar que era uma questão de confiança. E, pela primeira vez, não era mesmo; fora uma decisão prática.

— Ótimo. Vamos nos encontrar aqui amanhã.

Marcus parecia entusiasmado, porém disse:

— Combinado, mas agora preciso ir. Tenho um jogo de xadrez esperando por mim.

— Vou daqui a pouco — afirmou Eloise.

Marcus lançou um sorriso bem-humorado e sabichão para a garota e acenou para Will, embora estivesse próximo o suficiente para um aperto de mão. Ele deixou a cripta, subindo os degraus.

Eloise esperou até ouvir a porta da capela se fechar e olhou para Will inquisitiva. Will sinalizou com a cabeça, assegurando-lhe de que Marcus havia saído, e ela perguntou:

— Você confia nele?

— Você confia?

Parecia difícil ter que admitir, mas Eloise respondeu:

— Sim. Quer dizer, hoje foi a primeira vez que realmente conversei com Marcus e, tendo passado apenas algumas horas juntos, senti que de fato gosto dele. Ele é inteligente e divertido. — Mesmo ao dizer isso, seu rosto denotava certa dúvida. — Mas até ontem ele estava trabalhando para Wyndham. Tudo parece ser conveniente demais: ele sabe onde a casa fica, nos contou histórias sobre os prisioneiros. E estamos prestes a segui-lo; pode ser uma armadilha.

Will pensou um pouco e comentou:

— Pode ser que Wyndham esteja preparando uma armadilha neste momento. Poderia estar planejando uma desde o início na certeza de que eu iria encontrá-lo eventualmente. Mas tenho certeza absoluta de que Marcus Jenkins é confiável. Eu sempre soube disso, de alguma forma, mesmo quando ele estava trabalhando para Wyndham; apenas não sei explicar o motivo.

— Espero que você esteja certo. Porque realmente gosto dele, Will. — Eloise olhou para o relógio e continuou: — Também preciso ir. — Mas não se moveu, e um pouco depois disse: — A forma como brigamos ontem à noite, antes de... seja lá o que tenha acontecido na casa nova. Nunca mais quero que briguemos daquele jeito. E eu sei que você precisa se alimentar, mas tem que entender que é difícil para mim; vai levar um tempo até que eu consiga me acostumar.

— Eu entendo.

— Ótimo. — Ela pensou por um momento e disse: — Acho que Wyndham me afetou muito mais do eu pensei, não pelos ataques, mas com o que me fez ver nos túneis.

— Eu sei, e gostaria que você não precisasse lidar com essas coisas. Gostaria, para o seu bem, que eu pudesse ser como qualquer outro garoto. — Eloise balançou a cabeça, e ele completou: — Sonhei com você hoje.

— O que sonhou?

— Que estávamos sentados no gramado lá fora, ao sol. Você me contava sobre a batalha que foi travada aqui há muito tempo e sobre os ossos que estavam sob a grama. — Ela sorriu, entendendo o comentário anterior sobre o ossário. — E nós nos beijamos, um beijo normal, do tipo que agora só lembro nos meus sonhos. Éramos jovens e apaixonados, e o sol brilhava. Será que isso é pedir muito ou esperar demais?

Eloise acenou negativamente, mas não disse nada, apenas se aproximou e o abraçou, deitando a cabeça em seu ombro. Ele acariciou seus cabelos, liberando um perfume que o lembrava de verões passados.

— Você sonha comigo?

Ela apertou o abraço, em um reflexo natural, e sua voz estava abafada ao dizer:

— O tempo todo.

— Ele conseguia sentir o calor de sua boca contra sua camisa, o coração dela batendo contra seu peito.

— Sonhos bons ou ruins?

Desta vez, ela riu e respondeu:

— Sonhos bons.

Ela então se afastou, mas ergueu as mãos e segurou o rosto dele enquanto dizia:

— Talvez você tenha esses sonhos por alguma razão. Talvez o seu destino seja ser curado e... — Ela parou, talvez tentando acreditar no que dizia.

Ele sorriu. Ela precisava ir agora, sabia disso. Mas, para Will, o que realmente importava era que Eloise sonhava com ele; há muito aprendera a se conformar com o que tinha, então se conformaria com aquilo também.

27

Ao encostar o carro, o taxista disse:
— Espero que vocês não precisem voltar esta noite. Do jeito que está nevando, não imagino carros se aventurando nesta estrada mais tarde.
— Vamos ficar bem, obrigado.
O motorista olhou para além dos portões de ferro. Quase não se conseguia enxergar a casa na escuridão e, mesmo assim, só era visível porque estava emoldurada pela neve.
— Têm certeza de que não querem verificar se há gente na casa? Não vejo luzes acesas.
Will estava no banco do carona, e, enquanto os dois outros saíam, ele sorriu para o motorista e perguntou:
— Quanto é que lhe devo?
Quando se juntou a eles, Marcus tinha retirado os sabres do xale preto que os envolvia. Eloise pegou o xale, tratando de amarrá-lo em volta do pescoço.
Eles ficaram parados ali por um momento, sendo cobertos pela neve, enquanto o táxi andava em círculos e seguia em direção à cidade, dando mostras de que o motorista estava confuso. Quando as luzes das lanternas traseiras desapareceram, os três se aproximaram dos portões, que estavam trancados por uma corrente pesada.
Eloise apontou e disse:
— Isso é o que alguém faria se fosse ficar fora por um bom tempo, não acham? A pessoa não trancaria o portão dessa forma se estivesse em casa.

Will respondeu:

— Talvez não. Mas, se Wyndham não estiver aqui, o nosso trabalho será bem mais fácil.

Will segurou a corrente e a partiu ao meio; as partes quebradas voaram e caíram na neve. Ele pegou um dos sabres de Marcus e os orientou:

— Fiquem perto de mim sempre que possível. — Olhou para Eloise e acrescentou: — Não quero cometer o mesmo erro que da última vez.

Ela assentiu com a cabeça, e ele empurrou o portão, fechando-o tão logo os três entraram. A suspeita de Marcus realmente se confirmou: havia câmeras nos pilares dos portões, e, embora parecessem desligadas, pouco importava a Will se Wyndham descobrisse que eles estavam lá. Se já não soubesse, logo saberia.

O caminho até a casa estava perdido sob a vastidão da neve que se acumulara no terreno, sugerindo que nenhum carro passara ali nos últimos dois dias, pelo menos. Eles tomaram a rota mais direta até a casa. Quando estavam na metade do caminho, Will tentou escutar algo. Os outros dois também pararam; o vampiro andou até mais à frente, gesticulando para que ficassem onde estavam.

Will ouviu dois cães, e depois um terceiro, correndo na direção deles, apesar de ainda não estarem visíveis. Eles não latiram, mas quando finalmente surgiram três formas negras e musculosas atravessando a neve na direção deles, demonstravam uma clara intenção.

Marcus disse:

— Cuido do da esquerda se você conseguir lidar com os outros dois.

Will sorriu, certo de que tinha encontrado um bom aliado em Marcus Jenkins, mas afirmou:

— Não será necessário, confie em mim.

ALQUIMIA

Os cães já estavam próximos, os dentes à mostra, os olhos focados. Os três imediatamente escolheram Will como alvo, mas na mesma hora foram presos pelo seu olhar. Eles pararam de repente. Um deles tropeçou na neve e, nervoso, tratou de endireitar-se

Pareciam confusos, dando sinais de medo. Um tentou um rosnado, mas imediatamente abaixou até o chão e arrastou-se para trás. Will continuou a encará-los. De repente; todos os três começaram a se afastar até que, finalmente, se viraram e correram de volta para a lateral da casa; não por medo, mas por não conseguirem mais se lembrar por que tinham corrido até lá.

— Eles não vão nos incomodar novamente — garantiu o vampiro, seguindo em direção à casa.

Marcus riu.

— Na minha vizinhança, poderia ganhar muito dinheiro fazendo um truque como esse.

Eloise também riu, mas depois ponderou:

— Não perguntamos como você chegou aos porões. Há uma porta lateral ou algo assim?

— Não, fui por uma entrada que parte do salão principal dentro da casa. Entramos pela porta da frente.

— Então é isso que vamos fazer hoje — concluiu Will.

Eles chegaram à imponente fachada da era georgiana e subiram os degraus entre as colunas de pedra. Ficaram ali, sob o pórtico, sacudindo a neve de seus casacos e cabelos.

Will ficou de costas para a porta enquanto fazia isso, contemplando a neve fresca que se amontoava sobre o manto macio e branco que já cobria tudo, enquanto novos flocos apagavam suas pegadas. Por um breve momento, permitiu-se a mesma fantasia: aquela de que o degelo aconteceria e revelaria o mundo que ele conhecera havia muito tempo.

— Will, você está pronto?

Ele se virou e sorriu ao ver o rosto de Eloise: seus belos olhos, as bochechas pálidas levemente rosadas devido ao frio. Para ele, o degelo de nada valeria em um mundo no qual ela não existisse.

— Estou pronto.

Ele se aproximou das duas portas de madeira; havia uma grande maçaneta metálica em cada uma. Estava prestes a tocá-las para sentir o mecanismo, mas hesitou. Sua audição captou algo indistinto, vindo das próprias portas. Chegou mais perto para ouvir sem precisar tocá-las.

— Ele conhece o poder que tenho sobre as fechaduras. Há uma corrente elétrica passando pelas portas. Se eu tocar as maçanetas, vou ser eletrocutado.

— Ele usa a eletricidade para manter os vampiros sob controle — informou Marcus.

Will assentiu com a cabeça.

— Então é por isso. Eletricidade deve nos machucar da mesma forma que um raio.

— Você ainda não sabia disso? — indagou Eloise.

— Tenho sorte de nunca ter sido atingido por um raio nem eletrocutado por acidente. E nunca me ocorreu fazer um teste.

Marcus perguntou:

— Mas, se você não pode abrir as fechaduras, como vamos entrar?

Will deu um passo para trás e, com a sola do pé entre as duas maçanetas, forçou-as. As portas se abriram e se escancararam; uma delas parecia estar quase se soltando das dobradiças. Elas bateram nas paredes internas, quase se fecharam e abriram novamente, desta vez se mantendo abertas.

À frente, Will avançou pelo salão, caminhando pelo piso de mármore. Eloise e Marcus seguiram atrás dele. Acenderam as lanternas, mas apontaram-nas para os lados da sala, tornando a iluminação bem fraca para não incomodar Will.

Marcus apontou para a grande escadaria que se elevava diante deles e disse:

— A porta para os porões fica atrás da escadaria principal, à direita.

Eles caminharam nessa direção, e Eloise dirigiu-se a Marcus:

— Sabe, há algo que queria dizer a você. Aconteça o que acontecer hoje à noite, assim que voltarmos para a escola... — Ela fez uma pausa proposital. — Vamos alargar o seu suéter. Não se sente incomodado por ele cair tão bem em você?

Marcus riu um pouco, mas respondeu:

— Depois de hoje à noite, acho que minha bolsa de estudos não vai durar muito tempo.

— Então vamos encontrar uma outra maneira, não é mesmo, Will? Você precisa ficar em Marland agora.

Will virou-se e lançou-lhe um sorriso encorajador, o que pareceu animar Marcus, embora Will não conseguisse imaginar como poderia assegurar os estudos do rapaz. O vampiro contemplou os dois por mais alguns instantes, impressionado com a ideia de que aquela união sempre estivera destinada a acontecer, como se Marcus também fizesse parte de seu destino.

— O que foi? — perguntou Eloise.

— Nada — respondeu Will. — Só estava pensando que me parece certo o fato de nós três estarmos aqui, juntos.

— Concordo — disse Marcus. — Vocês podem rir de mim, mas, na noite à beira do rio, senti como se estivesse esperando por aquele momento por toda a minha vida.

Eloise sorriu para ele e, emocionada, disse:

— Outras pessoas poderiam rir disso, mas elas não sabem as coisas que sabemos.

— Certamente — concordou Will, abrindo a porta que levava aos porões.

Seu humor tornou-se instantaneamente mais sério. Ele ouviu alguém gritando, além do alcance da audição de Eloise e de Marcus... Eram claramente gritos assustados, quase histéricos.

— Ele está aqui! Ele está aqui! Ele está aqui! — repetia interminavelmente.

28

Eles desceram rapidamente os degraus e depois seguiram ao longo de um pequeno corredor, que terminava em frente a uma pesada porta de metal. Não havia eletricidade passando por ela nem fechadura, apenas três grandes trincos.

Até mesmo Marcus e Eloise conseguiam ouvir, agora, os gritos que vinham lá de dentro, e Marcus sussurrou:

— Esse é o que fala. Ele é assim o tempo todo.
— Ele está aqui! Ele está aqui!

Para os ouvidos de Will, os gritos haviam se tornado ensurdecedores.

Eles abriram os trincos e entraram na sala. Marcus fechou a porta enquanto Will se acostumava com a luz fraca do ambiente, observando tudo o que conseguia enxergar.

Havia entradas para outras salas, mas, por si só, já era um porão enorme, com todo tipo de instrumentos, dispositivos elétricos, aparelhos de química e espécimes em frascos ao longo de uma parede. Parecia mais um laboratório de cientista maluco vindo de livros de histórias. O outro lado da sala era ocupado por uma estrutura de jaula, dividida em quatro partes por paredes de metal sólido.

A jaula do canto direito estava vazia. A da esquerda abrigava o vampiro que gritava. Ele estava sentado no centro da gaiola, sua mente, ao que parecia, desequilibrada, mas com uma aparência bastante saudável. Suas roupas aparentemente eram do século XIX e estavam desgastadas, porém os cabelos loiros tinham sido aparados, e seu rosto era o de um homem na casa dos 20 anos, não mais do que isso. Apenas a loucura em seus olhos indicava sua sede por sangue.

As criaturas nas outras duas jaulas eram muito diferentes; o termo *criaturas* era o único que Will achava apropriado usar. Ao verem Marcus e Eloise, elas se jogaram contra as barras e foram imediatamente repelidas por um choque elétrico. Em seguida, foram bombardeadas com luzes fortes por alguns segundos, e ambos os vampiros gritaram e tentaram proteger seus olhos.

Suas roupas estavam tão rasgadas e queimadas que era impossível precisar sua origem. Seus cabelos estavam bagunçados e emaranhados. Pior de tudo, seus rostos e suas mãos apresentavam queimaduras terríveis. Ficou claro que Wyndham fizera testes neles, torturando-os, tentando descobrir o que poderia machucá-los. O resultado era que agora aquelas criaturas aparentavam nunca terem sido humanas.

Assim que as luzes foram desligadas, e apesar da dor recente, eles imediatamente começaram a andar em círculos dentro das jaulas, como se estivessem se preparando para uma nova tentativa contra as barras.

— Ele está aqui! Ele está aqui! Ele está aqui!

Todos os três tinham presas longas e uma aparência feroz, que apenas servia para fazer com que os vampiros parecessem ainda mais patéticos em suas jaulas. Eles eram como animais exóticos sendo exibidos para o divertimento do público em um zoológico abandonado.

Eloise mostrou-se enojada e perturbada pela visão. Marcus, que já vira aquilo antes, apontou para uma porta à esquerda das jaulas e disse:

— A outra sala é por ali, mas Wyndham nunca deixou que eu fosse até lá.

ALQUIMIA

Will assentiu com a cabeça e olhou para uma das jaulas vazias. Uma criatura ficara presa ali também, imaginou. Ele não sentia qualquer empatia por elas, e estivera tão sozinho por tanto tempo que era difícil pensar naqueles seres como colegas sofredores da mesma doença, mas ficou triste ao imaginar quantas criaturas tinham sido torturadas até a morte durante a busca de Wyndham por conhecimento.

Will apontou com o sabre para as jaulas e disse:

— Imagino que não vamos aprender muito com eles. Se o mestre de Asmund está além daquela porta, é para lá que devemos ir.

Eles começaram a andar em direção à porta, mas subitamente pararam ao ouvir um zumbido alto, parcialmente abafado pelos gritos repetidos do vampiro à esquerda.

O zumbido cessou novamente; então, surpreendentemente, o vampiro também ficou em silêncio. Ele parecia intrigado. Os outros dois continuaram a andar em círculos, farejando o ar.

Will, Eloise e Marcus olharam para as jaulas, ouvindo o silêncio, e finalmente Eloise perguntou:

— Marcus, você sabe de onde veio aquele barulho?

Ele balançou a cabeça, perplexo, aproximando-se das jaulas com cautela enquanto dizia:

— Acho que ele desligou a corrente elétrica.

Foi então que as duas criaturas agarraram as barras e começaram, com algum esforço, a dobrá-las. Eles pularam para trás novamente quando outro zumbido soou brevemente, mas depois, sem qualquer aviso adicional, as portas de todas as jaulas se abriram.

O vampiro da esquerda permaneceu sentado como antes, olhando confuso e em silêncio. Os outros dois não precisaram de mais encorajamento. Saltaram das jaulas. Um deles foi em direção a Marcus, mostrando presas afiadas e a necessidade violenta de tomar uma vida; agora, fora da jaula, se podia ver o quanto era alto; Marcus era insignificante perto dele.

Tudo se resolveu com uma velocidade espantosa. Subitamente, uma luz brilhou, vindo de uma das mãos de Marcus, e atingiu os olhos da criatura. Ela hesitou e, naquele momento, a outra mão de Marcus moveu-se em um gracioso arco e cortou seu pescoço.

Uma luz azul explodiu da ferida, como se ela fosse responsável por separar a cabeça do resto do corpo, e então a criatura desapareceu em um breve e deslumbrante pulso de energia. Marcus cambaleou, surpreso.

O outro vampiro tinha disparado contra Eloise, mas parou, apertando os olhos de dor. Em seguida, viu uma bandeja de instrumentos cirúrgicos em uma bancada à sua frente. A lembrança deles pareceu enchê-lo de ódio, fazendo com que investisse contra a bancada e enviasse as ferramentas voando pela sala, em direção a Marcus.

O rapaz caiu para trás, soltando o sabre e tentou proteger o rosto à medida que era atingido por bisturis e brocas. Arrastou-se para recuperar o sabre, mas o vampiro foi mais rápido. A criatura deu um pulo e pegou a espada, fazendo movimentos no ar como que tentando atingi-los. Marcus recuou cautelosamente em direção a Will e Eloise.

Will moveu-se um pouco para o lado para que Eloise ficasse atrás dele e depois disse:

— Chega! Não há necessidade disso, e você não precisa ter medo. Eu sou William de Mércia e dou a minha palavra de que não queremos lhe fazer mal.

— Ele está aqui — disse uma voz baixa vindo das jaulas, mas apenas uma vez.

— Ha! — A criatura chutou a mesa mais próxima, fazendo com que voasse em direção à parede oposta, onde colidiu com as prateleiras de frascos com espécimes. Sua fúria estava ainda maior agora.

— Se eu soubesse disso antes, talvez tivesse sido poupado! — Apontou para as feridas no rosto.

— Ele torturou você para conseguir informações a meu respeito?

— Torturou? Você não faz ideia do que ele fazia pensando que eu estava mentindo para protegê-lo. — Ele riu, um riso dolorido e amargo. — Não sei quem você é, e não me importo. Mas eu mesmo teria enfiado uma estaca em você e o entregado se isso fizesse ele me deixar ir.

— É ele — disse a voz baixa vindo de trás. — Dentre quatro virá um. Ele está aqui.

A criatura não se arriscou a virar, mas gritou:

— Cale-se!

Marcus completou sua fuga cautelosa e agora estava ao lado de Eloise.

— Desculpe ter perdido o sabre.

Will escutou Eloise dizer:

— Você foi incrível, simplesmente incrível.

— Concordo — acrescentou Will.

A criatura olhou para ele e disse:

— Também concordo, com qualquer que seja a bobagem que vocês estão dizendo. Agora, William de Mércia, já que está aqui... que tal sair do meu caminho?

Sua intenção era clara.

A voz de Eloise soou próxima, sua respiração quente bateu no pescoço de Will quando ela propôs:

— Vamos usar nossas lanternas ao mesmo tempo contra ele.

— Não desta vez — alertou Will. — Quando a luta começar, vão até a porta. Se eu perder, saiam e tranquem a porta. Isso vai dar a vocês um pouco mais de tempo. Agora fiquem atrás de mim.

A criatura olhou para ele, tentando decifrar o que estava acontecendo, mostrando inteligência suficiente para manter seu desejo de sangue sob controle, embora Will pudesse facilmente imaginar sua agonia.

— Você tem um nome? — perguntou.

— Como você bem sabe, eu não sou um animal. Por que pergunta?

— É uma cortesia comum, em tais circunstâncias, saber o nome da pessoa que você vai matar.

— Um ponto válido. Mas eu já sei o seu.

Ele pulou para a frente, empunhando seu sabre, pronto para atacar a cabeça de Will. E, distraída por sua profunda fome de sangue, a criatura não percebeu que seu adversário era canhoto. Will virou-se agilmente para a direita e atingiu seu pescoço com tamanha força que a luz azul explodiu por toda a sala, atravessando os frascos quebrados antes de desaparecer.

— Ele está aqui — disse a voz baixa.

Will abaixou-se e pegou o sabre, ainda iluminado de azul, e o entregou para Marcus. Eloise e Marcus não tinham nem se aproximado da porta. Até mesmo Will ficara surpreso com a velocidade com que despachou a criatura.

Ele sorriu e disse:

— Foi mais fácil do que pensei. — Então olhou para Marcus. — E eu concordo com Eloise, a sua habilidade com o sabre é notável. Você nunca treinou?

Marcus deu de ombros.

— Eu não penso muito sobre o que estou fazendo. Apenas me guio por instinto, eu acho.

— Ele está aqui.

Eles se viraram para o terceiro vampiro, que permanecia sentado no chão, ignorando a porta aberta de sua jaula.

Will estava prestes a falar quando um barulho estranho atravessou o porão, vindo da outra sala, um som que parecia ser de metal sendo retorcido. Houve um enorme estrondo, e o chão sob seus pés pareceu tremer com o impacto. As garrafas e os frascos que ainda estavam intactos caíram no chão e se quebraram. Após um segundo estrondo, a poeira caiu do teto sobre eles.

Todos olharam para a porta da sala vizinha, onde Marcus dissera que o mestre de Asmund poderia estar. Apenas o vampiro na jaula parecia indiferente. Um momento depois, a porta foi arrancada de suas dobradiças e arremessada pela sala, como se uma bomba tivesse explodido atrás dela.

Enquanto o barulho diminuía, o som de algo se arrastando no corredor foi ouvido, e Will conseguiu escutar passos suaves. Todos os três olharam, esperando, sabendo que essa criatura não tinha sido libertada, mas que havia ela mesma escolhido o momento certo para se soltar.

Nenhum deles imaginou o que estava por vir. O mestre de Asmund, ou pelo menos quem parecia ser, surgiu lenta e cuidadosamente, como se ainda estivesse se acostumando a andar depois de um longo confinamento. Mas o mestre de Asmund era uma mulher. Só restava a Will presumir que Asmund usara o termo *mestre* porque não queria admitir que servia e fora mordido por uma mulher.

Ela era alta e usava um vestido longo, preto e empoeirado. Seus cabelos eram vermelhos e caíam em ondas pelas costas. Ela era fantasmagórica, esbelta e extremamente bonita. Quando surgiu, olhou para o vampiro na jaula.

— Ele está aqui — disse o vampiro.

— Tudo bem, agora fique calado. — Seu tom de voz era gentil, mas superior, como o de uma dama falando com seu servo leal.

Ela virou-se lentamente e, quando avistou Will, soltou uma única risada, expondo suas presas brancas e brilhantes. Parecia ter ficado extremamente feliz e sem palavras ao vê-lo.

Porém, quase que instantaneamente, ela mostrou-se preocupada e disse:

— Meu Senhor, não devia ter vindo aqui. Este é o covil do feiticeiro.

— O feiticeiro não está aqui. Além disso, não tenho medo dele.

Ela riu novamente, radiante aparentemente de orgulho.

— Mas, Meu Senhor, no momento certo, eu teria ido ao seu encontro. — Ela fechou os olhos por um momento antes de continuar: — Há muito a dizer e muito a ser feito, mas, primeiro, como é de costume, vou aceitar suas oferendas com gratidão.

Will olhou surpreso para ela, e só percebeu tarde demais a que a mulher se referia como oferendas. Ela estendeu a mão, e Eloise gritou, voando pela sala em sua direção, até cair atordoada em suas garras.

Marcus soltou um grito e avançou imediatamente. Will não se moveu, mas gritou:

— Pare!

Ele tivera razão ao pensar que a mulher o olhara com certo grau de admiração. Ela ainda segurava Eloise, porém observava Will como se tentasse entender sua raiva.

— Essas pessoas não são oferendas, e eu a proíbo de tratá-las como tal.

A dama sorriu docemente e falou com um tom de voz agradável que fez Will desconfiar dela.

— Meu Senhor, eu sou Elfleda. Não fui rainha dele? Na verdade, ainda sou, e serei até que chegue a sua hora. Você não acha, Meu Senhor, que seja apropriado me trazer oferendas?

Ele lembrou-se do tormento que aquela rainha — Elfleda, cujo nome ele nunca tinha ouvido até agora — havia infligido sobre Asmund à distância. Percebeu que seria melhor acalmá-la em vez de discutir com ela.

— Claro que sim, e me perdoe Elfleda, mas essa é Eloise, a garota citada nas profecias.

ALQUIMIA

Ela sorriu de novo, como se tivesse havido um mal-entendido, e depois falou tão docemente quanto antes:

— Você acha que eu não sei disso?

Houve apenas uma fração de segundo para agir enquanto ela puxava Eloise e abria a boca, expondo suas presas.

Will saltou para a frente, porém Marcus estava mais perto e desferiu seu sabre em direção ao pescoço de Elfleda. Mas a reação dela foi ainda mais rápida, jogando Eloise para o lado; o corpo da jovem voou pelo ar e caiu sobre as prateleiras quebradas. Ao mesmo tempo, Elfleda levantou o outro braço, e Marcus girou e saiu voando, exatamente como tinha acontecido com Eloise.

Mas isso não o deteve, e ele ainda tentou levantar sua espada; no entanto, ela respondeu como um cachorro raivoso, mordendo sua mão e forçando-o a largar o sabre. Ela então usou o corpo de Marcus como um escudo, forçando Will a conter seu ataque.

— Quantos mal-entendidos — disse Elfleda com doçura, como se estivesse realmente surpresa com o rumo dos acontecimentos.

Ela estava bem calma e parecia estar pensando no que deveria fazer em seguida. Já Marcus não teve dúvida. Mesmo estando imóvel e suspenso, seus olhos encontraram os de Will e depois se moveram para baixo, em direção à outra mão, onde ainda segurava sua lanterna. Will entendeu o significado daquilo e assentiu com a cabeça, preparando-se.

Marcus ligou a lanterna e direcionou a luz por cima do ombro, no rosto de Elfleda. O feixe acertou seus olhos em cheio, e ela fez uma leve careta, como se estivesse irritada, mas nada além disso — ela nem deu mostras de sentir dor. Em resposta, segurou Marcus com mais força e ele começou a gritar, até ser silenciado por um assustador estalo.

Tudo aconteceu tão rápido que Will demorou um pouco para entender, mas logo a situação ficou clara. Elfleda jogou o corpo de

Marcus aos seus pés, onde caiu, machucado e contorcido. Will não precisava de sentidos superiores para perceber que Marcus estava morto.

Agora, a rainha estava furiosa, dizendo:

— Ao que parece, ficou sozinho por tempo demais! O seu destino é grande, Meu Senhor, mas não tão grande a ponto de poder ignorar o peso da história sobre seus ombros. — Ela olhou para o outro lado da sala, onde Eloise estava, e disse: — Agora, estávamos discutindo oferendas, certo? — Ela levantou a mão lentamente, pronta para repetir o mesmo ato de magnetismo.

Will não precisava olhar para Eloise para saber que, mesmo inconsciente, ainda estava viva. Tampouco precisava olhar para Marcus, mas voltou-se para baixo e viu seus olhos leais abertos e vazios, subitamente sentindo ódio brotar dentro de si. Ele não deveria ter acabado assim. Marcus tinha nascido para grandes atos, era tão parte daquilo quanto Eloise, e agora estava morto.

— Elfleda! Você precisa me ouvir primeiro!

Will passou pelo corpo de Marcus e caminhou lentamente em direção à rainha. Ela baixou a mão mais uma vez, deixando Eloise onde estava, e olhou para Will. Por um momento, mesmo com todos os seus poderes, parecia hipnotizada por ele, intrigada, magoada e confusa.

— Minha Rainha, *esta* é a minha oferenda.

Ela sorriu, e o mesmo sorriso doce e sinistro permaneceu em seus lábios enquanto o sabre de Will penetrou seu coração com toda a força. Então, ela olhou para baixo, não com surpresa, mas como alguém que finalmente entendia um mistério que a perturbava. Ela dobrou lentamente os joelhos e depois caiu sentada.

— Meu Senhor — disse ela, mas as palavras morreram em sua boca, como se a força para falar tivesse desaparecido.

ALQUIMIA

Will olhou em seus olhos e disse baixinho:

— Por que vocês não me ajudam? Por que vocês continuam me forçando a fazer isso? Por que continuam tentando tirar de mim a única coisa da qual não vou abrir mão?

Ela o encarou, em silêncio.

— Ele está aqui — disse uma voz atrás dela.

Will atravessou a sala até Eloise, segurou-a e ajudou-a a se sentar. Ela havia sido nocauteada, mas agora estava recobrando os sentidos; murmurou algo, desorientada, e colocou a mão no peito.

— Eloise.

— Eu estou bem — disse confusa. — Machuquei minha cabeça e minhas costelas, eu acho. Como está...?

— Marcus morreu.

Seus olhos ficaram alertas e foram de encontro ao corpo caído no chão; ela tentou involuntariamente afastar-se dele, suas pernas a empurrando contra as prateleiras quebradas, horrorizada que aquilo pudesse ter acontecido em tão pouco tempo.

— Não, ele... mas ele...

Will colocou os dedos sobre seus lábios, acalmando-a. Em seguida, disse:

— Fique aqui por enquanto. Preciso fazer uma coisa.

Ele voltou e pegou o sabre que Marcus havia usado tão brevemente, mas com habilidade promissora. Os olhos de Elfleda seguiram o vampiro, observando enfraquecida, enquanto ele se posicionava à sua frente. Ela viu a espada na mão dele e balançou a cabeça em compreensão.

Elfleda perguntou, suas palavras sendo quase sussurradas:

— Se você continuar matando seus guias, como pretende alcançar seu destino?

Will ignorou-a, posicionando-se, focando todo seu ódio no sabre em sua mão. Então olhou para ela e sorriu, e, pela última vez, ela sorriu também, dizendo:

— E é assim, Meu Senhor, que você se tornará um rei.

Ele desferiu o golpe, e o vampiro na jaula gritou. A luz azul explodiu ao redor da sala, e o sabre que estava no peito de Elfleda caiu no chão. Quando Will conseguiu abrir os olhos, não havia mais nada lá. Parecia incrível não ter sobrado nada de uma mulher que tivera tamanhos poderes.

Ele olhou para o outro lado da sala, onde Eloise tinha conseguido se levantar. Ela caminhou para a frente, com cuidado. Will foi ao seu encontro e a abraçou, precisando receber e dar conforto, porque havia fracassado desta vez, tinha certeza disso, e Marcus perdera a vida desnecessariamente no processo.

Quando Eloise finalmente se afastou dele, lágrimas escorriam pelo seu rosto. Will enxugou-as, e ambos se viraram para olhar o corpo de Marcus. Uma das pernas estava dobrada em um ângulo estranho embaixo do corpo. Mesmo isso sendo algo aparentemente sem importância, Will não conseguiu se conter e foi até o rapaz endireitar a perna dele, dando ao corpo de Marcus a aparência de paz.

Will olhou para seu rosto novamente e disse:

— Eu queria perguntar como conseguiu essa cicatriz, mas nunca o fiz.

— Ele... — Eloise começou a falar, mas acabou engasgando com as palavras e respirou fundo antes de dizer: — Ele me contou que nasceu com ela. Outro dia. Melhor dizendo, ontem. Ele me disse ontem que nasceu com ela.

Will concordou com a cabeça, ajoelhou-se e fechou os olhos de Marcus.

Eloise aproximou-se.

— O que faremos agora, Will?

Will levantou-se e apontou para o vampiro que estava calmamente sentado na jaula, balançando para a frente e para trás.

— Conversaremos com ele.

Uma voz surgiu subitamente da quarta jaula, dizendo:

— Ele não será capaz de lhe dizer coisa alguma.

Ambos se viraram, e Will apertou o sabre com firmeza, enquanto um homem bem-vestido e de cabelos grisalhos saía da jaula previamente vazia.

29

O homem estava desarmado, mas pareceu bastante despreocupado ao falar:

— Você sabe quem eu sou, mas, em nome da educação, permita que me apresente. Meu nome é Phillip Wyndham. — Will ficou tenso, mas o feiticeiro sorriu. — Poupe sua energia, William de Mércia. Não sou tão tolo a ponto de estar aqui pessoalmente. Esta é apenas a projeção de uma imagem. Eu estou longe, em segurança.

— Por que quer me destruir?

— Porque você é mau, porque tudo que vem de você é mau.

— Mentira! — gritou Eloise.

— E o que você saberia sobre isso? O que aprendeu em seus 16 anos que eu não tenha aprendido em vários séculos? Mostrei-lhe a verdade e você se recusou a acreditar. — Sua imagem parecia real, mas aparentemente se dirigiu para o lado errado ao dizer: — Assim como o pobre Marcus! Vejam o que fizeram ao trazê-lo aqui.

Will ignorou o comentário, caminhou até a porta da jaula onde o vampiro estava sentado e perguntou:

— Onde está Lorcan Labraid?

— Ele não vai responder — disse Wyndham. — Ele foi condicionado a me dizer onde *você* está.

— Então por que ele está calado agora? — Era verdade: o vampiro não tinha dito uma única palavra desde a morte da rainha, e não expressou nenhum tipo de reação quando Wyndham apareceu. Will entendeu o que Wyndham definitivamente ainda não compreendia.

— Você é um tolo, Wyndham. Ele não estava dizendo nada a você. Ele estava informando sua rainha, Elfleda. Que vaidade a sua! Presumir que seus poderes são maiores do que os nossos!

Wyndham riu e gritou:

— Edgar, onde ele está agora?

O vampiro balançou-se em silêncio.

— Edgar, você sabe do que sou capaz. Então, onde é que ele está agora?

Will permitiu que mais alguns momentos de silêncio se passassem antes de provocar:

— Que essa seja um pequena prova da sua arrogância descabida.

— Bobagem. Ele está atordoado com os acontecimentos da noite, mas...

Edgar olhou para Will e disse:

— William de Mércia, tenho sonhado com este dia. Eu também era um nobre, embora você dificilmente acredite nisso ao me ver agora.

Se não estivesse tão chocado, Will o contradiria, pois Edgar estava lúcido, com um olhar alerta e parecendo forte.

— Ele está certo ao dizer que posso contar pouca coisa. O meu papel era simplesmente... Não importa. Só peço que faça por mim o que fez por eles.

Will negou com a cabeça.

— Já houve mortes demais neste lugar.

— Você não tomaria nada de mim que ele já não tenha roubado. — Ele olhou para Will com insistência. — Queime esta casa, dos porões ao telhado. Queime tudo, e ele ficará enfraquecido.

— Edgar, silêncio! — gritou Wyndham.

Algo aconteceu, pois uma expressão de dor surgiu no rosto do vampiro, que segurou a cabeça e deixou escapar um curto gemido antes de dizer:

— O poder dele está tanto no seu conhecimento como nos objetos que mantém aqui. Tenho certeza disso. Queime tudo.

— Edgar!

Edgar gritou e segurou a cabeça. Qualquer que fosse a punição que Wyndham lhe infligia, fazia isso a partir de outro local. Will pensou que a maneira pela qual Elfleda punira Asmund por desobedecê-la fora similar àquela. Era como se Wyndham tivesse se tornado parecido demais com as criaturas que ele tão violentamente detestava.

— Lorcan Labraid, Edgar, onde posso encontrar Lorcan Labraid? Como posso chegar a ele?

Edgar cerrou os dentes, gritando e segurando a cabeça.

— Você esteve lá, sabe onde fica. Você conhece o lugar. Já esteve lá.

Ele parecia estar em terrível agonia, lutando para pensar em mais de uma palavra por vez.

— A entrada foi bloqueada, Edgar. Preciso de uma nova passagem — disse Will.

Edgar ainda estava segurando a cabeça, mas balançou-a, dizendo:

— Não, você já esteve lá, sabe onde fica... — Ele soltou um grito agudo.

Will escutou Eloise implorar:

— Ah, meu Deus! Will, você tem que ajudá-lo!

— Vamos levá-lo para longe daqui, para fora do alcance de Wyndham. — Ao dizer isso, pensou nas consequências desse ato, pois sabia que Edgar também precisaria de sangue.

Wyndham riu novamente e declarou:

— Nada está além do meu alcance.

— É verdade — disse Edgar entre seus gritos reprimidos. — Está dentro de mim. Por favor... — Ele gritou novamente, segurando a cabeça como se quisesse arrancá-la do pescoço.

De repente, Edgar ficou de pé, ergueu-se, saiu da jaula e caiu de joelhos na frente de Will. Rasgou a camisa, expondo seu pescoço, e então olhou para o vampiro.

— Incendeie esta casa!

Ele gritou novamente, continuando a rasgar a camisa e apertando bem os olhos. Entre dentes, pediu:

— Por favor, eu imploro a você, permita-me acompanhar minha rainha. — Continuou cerrando os dentes enquanto tentava conter o grito que sua fala causou.

Will não perdeu mais tempo; retirou a cabeça de Edgar e fechou os olhos, protegendo-os da luz que irradiou dele. Mesmo com os olhos fechados, a luz azul penetrava dentro deles. Ouviu o som de algo pequeno caindo no chão.

Quando abriu os olhos novamente, buscou o que causara o barulho, mas Eloise, que tinha visto o minúsculo objeto cair, foi mais rápida ao estender a mão e pegá-lo. Mostrou-o para Will. Ele não tinha ideia do que era aquilo até ela explicar:

— É uma espécie de chip eletrônico. Wyndham deve tê-lo implantado na cabeça de Edgar; era assim que conseguia infligir-lhe tanta dor.

O som de alguém batendo palmas lentamente veio da projeção. Wyndham disse:

— Muito bem, mocinha, você aprendeu um dos meus segredos, mas não deixe que Edgar a engane, fazendo-a pensar que confio tão somente na tecnologia.

— Não duvido — comentou Will. — Você ressuscita os mortos. Você, que me chama de mau.

— Eu ressuscito os mortos em nome do bem! E eles não vêm de bom grado? Sim, porque sabem o que você é.

— E por que o que sou é de seu interesse, sr. Wyndham? Qual é a natureza da sua vingança pessoal contra mim?

Wyndham sorriu e, cheio de malícia, respondeu:

— Eu até poderia falar a respeito, mas não vou, porque vejo que isso o incomoda, o que me deixa satisfeito.

Will assentiu com a cabeça. Olhou ao redor da sala, na direção da imagem projetada. Também olhou para as paredes e o teto, até finalmente indagar:

— Então você consegue nos ver agora, sr. Wyndham?

— Mas é claro!

— Então me observe bem, porque a próxima vez que verá o meu rosto será quando eu matá-lo. E agora olhe para sua casa pela última vez.

Refletores se acenderam em toda a sala, mas Will simplesmente pegou seus óculos escuros e passou a usá-los. Eloise provavelmente se incomodou com a claridade repentina mais do que o próprio Will.

A projeção de Wyndham soou confiante ao dizer:

— Seria um erro seguir o conselho de Edgar. Em primeiro lugar...

Will virou-se e jogou seu sabre em uma caixa pequena instalada acima da porta por onde tinham entrado. Faíscas e fumaça saíram dela, e a projeção desapareceu.

Ele se virou para Eloise e afirmou:

— Vamos fazer o que Edgar pediu.

Ela fez que sim com a cabeça.

— Mas não podemos deixar Marcus aqui. Não suporto a ideia de que ele também seja queimado.

— Vou levá-lo para fora.

— E eu vou encontrar alguma coisa para acender o fogo.

— Você tem certeza de que se sente bem o suficiente?

Ela acenou, afirmando que sim. Ele, porém, observando como ela se movimentava, percebeu que ainda devia estar sentindo dor. Também compreendeu que ela tinha necessidade de fazer algo, pois as feridas mentais daquela noite levariam muito mais tempo para cicatrizar do que as feridas físicas.

Will pegou o corpo de Marcus e tirou-o dali, subindo as escadas e passando pelo salão principal. Levou-o para fora, a uma boa distância da casa, e o colocou sobre a neve — a qual ainda caía em grande quantidade, o que fez Will temer que o corpo fosse totalmente coberto antes de ser localizado.

Ele ficou parado ali por um instante, mas logo foi distraído por um som familiar. Olhou para a esquerda e viu os três cães de guarda correndo em direção a eles pela neve. No entanto, não vinham para atacar. Quando chegaram perto, circundaram Will com cuidado, ainda com medo. Em seguida, deitaram na neve, um perto da cabeça de Marcus e os outros dois ao lado de cada braço do rapaz, olhando para a frente, como se guardassem o corpo.

Will deu um passo para trás, mas os cães não se mexeram. Ele observou a estranha forma de cruz que formavam, tendo o corpo de Marcus no centro. E acabou se lembrando do crânio no ossuário em Marland, já que aqui, na frente dele, embora sua vida tivesse lhe negado tal destino até o fim, estava um verdadeiro guerreiro.

Quando Will voltou para a casa, chamou um táxi, e, apesar das dúvidas do primeiro motorista quanto às condições climáticas, foi atendido prontamente.

Estava prestes a ir até a escada que levava aos porões quando Eloise gritou:

— Will, estou aqui.

Ele entrou em uma sala de estar onde ela criara uma modesta pilha com diferentes objetos, várias peças pequenas de mobília amontoadas em volta de uma cortina que puxara das janelas. Eloise estava derramando o líquido de um frasco sobre a pira.

— Formaldeído. Há um outro frasco, sobre aquela mesa, e mais dois no topo da escada que leva aos porões. Acho que o tem o suficiente espalhado lá embaixo. Um local a menos para nos preocuparmos.

Will assentiu com a cabeça e levou um dos frascos para a próxima sala, uma biblioteca e escritório. Por mais que lhe doesse destruir livros, ele jogou o líquido nas prateleiras. Depois, levou o segundo frasco para a sala de jantar do outro lado do salão, enquanto Eloise tratava de encontrar a cozinha.

Ele embebia a mobília e as cortinas, enquanto ouvia a jovem em plena atividade, abrindo gavetas e quebrando vidros. Ainda conseguia ouvi-la pegar os dois frascos restantes e quebrá-los no andar superior.

Quando voltou para baixo, ela estava no salão com três garrafas de vinho, cada uma com um pedaço de pano rasgado no gargalo. Eloise segurava uma caixa de fósforos.

— Uma para o porão, uma para a biblioteca, uma para a fogueira na sala. — Ela pareceu momentaneamente perdida, mas, por fim, disse: — O resto deve ocorrer por conta própria.

— Eu levo a garrafa do porão.

Ela balançou a cabeça, negando.

— Sei que você não é bom com fogo. Deixe tudo por minha conta.

Will não argumentou, mas a seguiu até o porão.

Ela ateou fogo ao pano colocado na garrafa e disse:

— Prepare-se para bater a porta assim que eu jogar isto.

Ele assentiu e ela jogou a garrafa. Will bateu a porta enquanto o porão era tomado por chamas inclementes. Eles subiram as escadas correndo e acenderam as outras duas garrafas. Desta vez, no entanto, Will insistiu em levar uma, por mais que as chamas o incomodassem.

Ele jogou a garrafa na biblioteca e se afastou, e, quando novamente chegaram ao salão principal, Eloise lançou a última na fogueira improvisada, na sala de estar. A pilha de móveis foi imediatamente tragada pelas chamas, que subiram ao teto, o fogo lambendo as paredes. Eles observaram por um momento, partindo então.

Eloise parou um pouco depois da casa para olhar para Marcus, cujas feições já haviam sido quase cobertas por uma fina crosta branca de neve. Foi fácil localizá-lo, pois os cães permaneciam marcando sua localização, recusando-se a deixá-lo. Eles acompanharam Will com os olhos, mas estavam bem mansos agora.

Enquanto Will e Eloise seguiam em direção ao portão, ele pensou na fogueira que a garota fizera na sala de estar e em como, ao queimar, ela o lembrara da pira na qual aquelas mulheres foram queimadas há tanto tempo. Ele se perguntava onde estariam as bruxas agora. Por que elas não vieram para aconselhar e dar conforto, como haviam feito depois da morte de Asmund?

Nenhum espírito apareceu desta vez, e os dois caminharam sozinhos sob a neve intermitente. Quando chegaram à estrada, Will fechou os portões de novo e amarrou apertado a corrente quebrada em torno das grades para retardar o progresso de qualquer caminhão de bombeiros que viesse. A casa já estava em chamas, com fogo saindo por várias janelas.

Eles esperaram em silêncio por um tempo; Eloise estendeu sua mão, entrelaçando-a à dele.

Somente quando o táxi chegou, Will disse:

— Você deveria ir a um hospital.

— Estou bem, de verdade!

— Alguém deveria examinar você.

Ela olhou para ele e ponderou:

— Certo, mas não no hospital.

Will entendeu o que ela queria dizer.

O taxista abaixou a janela e perguntou:

— Caramba, aquele lugar está pegando fogo?

Will inclinou-se para dar suas instruções ao homem.

30

Por ser muito tarde, eles foram para a porta dos fundos e bateram. Esperaram apenas alguns segundos antes de Rachel aparecer, seu rosto imediatamente adquirindo uma feição de medo e preocupação quando abriu a porta.

— Ah, meu Deus! O que aconteceu?

— Tomei uma pancadinha, só isso. Will queria que eu fosse para o hospital, mas estou bem, de verdade.

— Depressa, entrem!

Ela os conduziu para o interior e sacudiu a neve do casaco de Eloise. Em seguida, virou-se automaticamente e fez o mesmo no de Will.

— Onde você se machucou?

— Só na cabeça, talvez nas costelas.

— Tudo bem, vamos subir. Mas já aviso que, se isso estiver além dos meus conhecimentos de primeiros socorros, vou chamar um médico! — Ao entrarem na cozinha, Rachel disse: — Fique à vontade, Will.

Ele foi para a sala com os sofás e as estantes, e escolheu um lugar para se acomodar. Estava lá havia apenas alguns minutos quando Chris saiu do escritório, como se tivesse acabado de perceber que recebiam visitas.

— Olá, Will! O que o traz...

— Eloise está machucada. Rachel está cuidando dela.

— É algo sério?

Will deu de ombros e explicou:

— Fomos à casa de Wyndham. — Chris parecia estar lutando para encontrar as palavras certas, então Will prosseguiu: — Ele mantinha vampiros presos no porão, alguns dos quais deveriam me ajudar, mas eles já estavam tão enlouquecidos devido às torturas que, no final das contas, tudo foi em vão.

— Mas o que aconteceu com eles?

Chris sentou-se no sofá em frente ao de Will.

— Foram todos mortos, assim como um novo amigo nosso, e quase ocorreu o mesmo com Eloise. — Ele olhou dentro dos olhos de Chris e indagou: — Ainda é tão difícil acreditar que esse é o Wyndham que você conheceu?

— Na verdade, sim, ainda é, mas... Suponho que Wyndham não estava lá. — Will balançou a cabeça, negando. — Então você perdeu seu tempo.

— Ah, não foi uma vitória minha, mas certamente foi uma derrota para Wyndham. Nós destruímos os vampiros que ele havia capturado e, a esta hora, sua casa já deve ter virado cinzas.

Ao pronunciar essas palavras, Will notou a ironia que denotavam. Eles haviam dizimado um ninho de vampiros e provocado um incêndio para destruir o local. Será que Wyndham não conseguia entender que sua caça perversa tinha virado as coisas de cabeça para baixo e que agora seus papéis estavam invertidos?

Ele ouviu Rachel e Eloise descendo enquanto Chris dizia:

— Então, pelo menos você o prejudicou, apesar de o custo ter sido grande. — Ele parecia estar pensando rápido, e seus olhos iam de um lado para o outro. Por fim, acrescentou: — Mas que desperdício você não ter descoberto nada pelos vampiros antes de matá-los! Bem, mas se eles estavam enlouquecidos como você diz...

Will respondeu:

— A frustração não é menor agora do que quando isso ocorreu com Asmund; nenhuma dessas criaturas parece ser capaz de me dizer o que preciso saber. Mas agora já compreendo que sempre aprendemos algo, mesmo quando pensamos que não.— Chris deu um pequeno sorriso, confuso. — Aprendi muito na noite de hoje.

Rachel e Eloise entraram na sala, e Rachel afirmou:

— Ela é feita de material resistente. Acho que não há qualquer ferimento grave. — Entretanto, lançou um olhar sério a Eloise e recomendou: — Mas lembre-se, mocinha, de que, se você tiver algum dos sintomas que mencionei, deve ir direto para o hospital.

Eloise concordou com a cabeça e disse:

— Obrigada por tudo.

E abraçou Rachel.

Quando ela se afastou, Rachel perguntou:

— Devo fazer um chá, ou vocês querem voltar para a escola?

Eloise olhou para Will, que imediatamente compreendeu suas intenções e comentou:

— Acho que um chá fará bem a Eloise, mas não vamos voltar para a escola. Ficaremos na cidade por alguns dias.

Eles permaneceram ali por apenas mais meia hora, continuando a conversa que Will e Chris haviam iniciado. As perguntas e preocupações de Rachel impediram Chris de fazer seus próprios questionamentos.

Quando foram embora, as ruas da cidade estavam cobertas de neve, embora ela, finalmente, tivesse parado de cair. Caminharam até a igreja, passando por aquela vaga atmosfera, alheios a sua beleza, perdidos no silêncio e nos pensamentos que ambos compartilhavam.

Ao entrarem pela porta lateral, Eloise indagou:

— Você se importa se eu ficar um momento sozinha?

Ela olhou para o altar.

— Nem um pouco.

Will caminhou pelo corredor central ao lado dela, mas Eloise entrou na Capela de Nossa Senhora, onde se ajoelhou e, com a cabeça baixa, fez suas orações particulares. Ele manteve alguma distância. Em dado momento, pensou tê-la ouvido chorar baixinho, mas, quando se levantou, seus olhos estavam secos e ela parecia mais forte.

Eles desceram para a cripta e de lá para suas câmaras. Quando Will acendeu as velas, deitaram-se juntos na cama. Ela se abraçou a ele e apoiou a cabeça contra seu peito. Will colocou o braço em torno do ombro dela e acariciou seus cabelos devagarinho. Depois de tudo o que acontecera naquela noite, bem como nos últimos dias, estar com ela e tê-la em seus braços era o suficiente para sentir um pouco de paz.

Ficaram assim por um longo tempo, até que finalmente Eloise falou, com a voz abafada:

— O que foi que você aprendeu?

— O quê?

— Ouvi quando você disse ao Chris que tinha aprendido muito na noite de hoje.

— Aprendi menos do que eu gostaria e, embora tenhamos prejudicado Wyndham, creio que há muito que ele possa fazer. Eu disse isso em parte porque duvido muito que Chris não vá contar a Wyndham.

Eloise não questionou sua lógica desta vez, mas questionou:

— Mas você aprendeu alguma coisa?

— Descobri por Edgar que estamos perto de Lorcan Labraid, embora talvez ele não soubesse que o labirinto está obstruído agora. — Ele pensou no nobre Edgar, o único entre aquelas criaturas que ele desejava ter poupado. Lembrou-se também das palavras que trocaram. — É claro que eu contei isso a ele, mas ainda assim insistiu. Talvez se referisse a algum outro lugar ou a outra forma de acessar a entrada.

— Se ao menos a rainha tivesse contado isso.

— Eu aprendi algo mais importante com a rainha, algo que oferece mais esperança e também mais perigo para você.

Eloise levantou a cabeça, mas logo voltou a apoiá-la no peito de Will enquanto perguntava:

— O quê?

— Eu preciso de você, você precisa de mim; foi o que Jex disse, o que o medalhão disse e no que as bruxas acreditam. Porém, Asmund e Elfleda tentaram matá-la!

— Mas só porque estavam desesperados por sangue.

— É possível. No entanto, aparentemente toda a existência deles fora dedicada a fazer com que eu cumprisse o meu destino. Além disso, quando eu contei a Elfleda que você era a garota mencionada nas profecias, ela disse: "Você acha que eu não sei disso?", antes de tentar mordê-la. Por que alguém que tivesse sofrido tanto para realizar o meu destino, para ver as profecias cumpridas... *por que* ela reagiria dessa forma ao descobrir a sua identidade?

Will já tivera tempo para pensar a respeito, mas ficou impressionado com Eloise, que, em questão de uns poucos segundos, virou-se, apoiando as mãos no peito dele, e olhando bem em seus olhos, disse:

— Porque há um conflito entre as profecias! Porque você tem dois destinos possíveis! Ela tentou me matar porque você precisa de mim para chegar a esse outro destino, o que o liberta de Lorcan Labraid.

Ela pareceu feliz por um momento, depois esperançosa, e então um pouco menos ao perceber que havia mais esperança do que realidade naquilo tudo. Voltou à posição anterior, apoiando a cabeça no peito de Will.

— Todo mundo quer me matar — disse ela.

— Eu, não — retrucou Will, novamente acariciando seus cabelos, agora que ela estava acomodada.

— Não; você, não — declarou, ficando por um momento em silêncio e então afirmando: — Eu gostaria de poder ficar aqui para sempre.

— Eu também.

Will pensou na cidade lá em cima, coberta de neve, e imaginou que a neve não derreteria, que o mundo cairia em uma espécie de encantamento que não poderia ser quebrado. Por tantos séculos vivera desesperado, temendo ficar preso naquele corpo para sempre, naquelas câmaras, porém, naquele exato momento, ele não conseguia pensar em destino melhor.

31

Este não é o fim, longe disso. Este é o início. Nunca imaginei que seria fácil, que não haveria perdas. E não posso negar que meus pensamentos e minhas emoções estão em conflito com o rumo dos acontecimentos.

Estou enfrentando o mal, não tenho dúvida disso, mas será que a batalha vale o custo? Não sei. Sigo apenas com o conhecimento de que o bem deve sempre triunfar sobre o mal, não importa o preço que paguemos por essa vitória. Se eu renunciar agora, como poderei saber quais terrores serão infligidos ao mundo?

Ah, mas as perdas! Parece que Marcus Jenkins me traiu, ou melhor, que eu interpretei mal o seu caráter ou que subestimei os poderes de persuasão do meu inimigo. No entanto, ele foi corajoso, reconhecerei isso, bem como o fato de ter sido um rapaz honrado; teria se tornado um verdadeiro cavalheiro se tivesse tido oportunidade. Que futuro ele teria onde cresceu? Não sei. No entanto, isso não torna mais fácil aceitar sua morte, uma morte para a qual eu o atraí com promessas vazias de um futuro melhor.

Se há conflitos maiores dentro de mim do que esse que ronda a morte do jovem Marcus, bem, seriam meus sentimentos em relação ao próprio William de Mércia. Talvez eu esteja apenas confuso por essa ter sido a primeira vez que o vi em carne e osso, por assim dizer. A pessoa a quem dediquei minha vida a destruir, antes mesmo que eu soubesse disso.

Quando o vi, ele estava no fogo da batalha e, mesmo assim, parecia, de certo modo, mais decente, mais digno, mais... humano do que eu imaginara. Seu amor pela menina é evidente para quem quiser ver. E, por mais que eu tenha ficado chocado com a agressividade com que matou a rainha vampira, estou certo de que ele foi induzido pela fúria de vê-la assassinar Marcus.

Já testemunhei certa humanidade nessas criaturas, principalmente em Baal, mas William de Mércia se comportou de uma maneira que quase me fez admirá-lo. Quase, mas não completamente.

Para mim, foi impossível não observar que ele é um menino bonito, alto e carismático, e não posso deixar de me perguntar sobre a fixação de minha mãe por ele. Será que a jovem Arabella Harriman se apaixonara por esse demônio? E fora o choque de encontrá-lo tantos anos depois tão responsável por causar aqueles sentimentos adolescentes e passionais quanto o impacto de vê-lo inalterado?

Será que o curso de minha vida inteira fora determinado pelo fato de o primeiro amor de minha mãe não envelhecer? Se esse for o caso, como é apropriado que ela tenha, de forma não intencional, causado o mesmo destino infeliz a seu próprio filho.

Você pode questionar por que falo como se tivesse sido amaldiçoado. Porém, neste momento, eu me pergunto se realmente não fui; se, ao aparecer ao lado da carruagem de minha mãe naquela noite, William de Mércia transmitira a mim a maldição de ser o seu arqui-inimigo.

Não é uma maldição perder o mundo ao qual se pertence? Sim, eu me adaptei, na linguagem, nas roupas, nos costumes. Finjo ser um homem moderno com mais facilidade do que esses demônios jamais conseguiram, tanto que eu agora seria um estranho se retornasse ao meu próprio tempo. Mas o mundo que eu conheci e ao qual pertenci desapareceu, e, não importa quanto tempo você viva, seu coração sempre estará preso ao tempo de sua juventude.

ALQUIMIA

Tornei-me um alquimista, mas a verdadeira alquimia é aquela que já está dentro de nós, que nos faz viver, amar e envelhecer; uma magia que passamos adiante aos nossos filhos, e eles, aos deles. Cheguei a pensar que minha alquimia tinha parado o tempo, mas ele é incansável e simplesmente me deixou para trás. Sim, uma parte de mim está para sempre atada ao verão de 1753, aos esportes e aos passatempos, à convivência com minha família e seus conhecidos, ao lindo sorriso de Lady Maria Dangrave.

É por isso que não posso parar, porque nada pode me devolver ao verão de 1753 e àquele sorriso. A experiência de minha mãe me trouxe até aqui, a este futuro distante, e fui enviado para cá com a missão de destruir o mal que abriga William de Mércia.

Vou admitir a possibilidade de que ele desconheça a maldade que carrega consigo, que ele seja tão somente um instrumento. Entretanto, ele é o portador, e, mesmo que este seja o meu último ato, é preciso entender que não tenho escolha senão destruí-lo. Se você tivesse visto as mesmas coisas que eu vi e as compreendido como eu as compreendi, garanto que sentiria o mesmo.

32

O sol passara o dia inteiro brilhando, e a neve, acumulada como estava, foi derretendo rapidamente. Depois de semanas de um frio de fazer bater os dentes, o clima prometia ser mais ameno, juntamente com a esperança de que o pior do inverno já havia passado.

Da parte de trás do carro, Chris olhou para os campos que ainda irradiavam sua brancura no crepúsculo, e a parte dele que ainda se mantinha jovem sentiu grande tristeza por saber que tudo derreteria em um ou dois dias. Nas próximas semanas, o mundo provavelmente assumiria uma aparência úmida e triste.

— Ficarei feliz quando tudo isso passar — disse Field. — Nevou o suficiente para um ano inteiro, você não acha?

Chris olhou para ele, com sua cabeça raspada, tatuagens aparecendo por debaixo do colarinho, como se estivessem crescendo lentamente em seu pescoço. Field era grande, mas carregava mais um corpo inteiro em camadas de roupa. Além dos usos possíveis de seu físico largo, Chris não conseguia entender o que Field estava fazendo com eles.

Passaram pelos portões da escola, e Chris começou a bater o pé, sem perceber que estava fazendo isso; um ato espontâneo para liberar energia nervosa.

Wyndham percebeu imediatamente e aconselhou:

— Relaxe, Christopher, eles estão na cidade, você sabe disso! Portanto, não há ninguém para nos ver, ninguém para atrapalhar nosso progresso.

ALQUIMIA

Field riu e olhou intrigado para Chris por um momento, antes de dizer:

— Eu sei de onde conheço você! Não trabalha naquele lugar hippie de hambúrguer vegetariano?

Wyndham riu, afirmando:

— Sr. Field, você é uma piada.

Field sorriu, satisfeito consigo mesmo, completamente alheio ao fato de ter sido repreendido. Em seguida, o carro parou e eles desceram, apenas esperando que o motorista entregasse uma grande caixa de papelão a Wyndham. Chris sabia, é claro, que ela continha uma espada.

O dr. Higson encontrou-os no corredor e conduziu-os de imediato à capela. Chris percebeu que a mão do diretor estava enfaixada, o que o deixou desconfiado, mas Field, subitamente útil, acalmou-se, indagando a Higson, sem rodeios:

— O que aconteceu com a sua mão, cara?

Higson fez uma careta devido à forma como foi chamado, mas ergueu a mão para mostrar o curativo e explicou:

— Eu corro pelo perímetro da escola todas as manhãs, mas obviamente o chão está congelado, e não deu certo. Levei um tombo, machuquei o pulso e quebrei alguns dedos.

Field deu uma risada estranha, como se a lesão comprovasse alguma teoria antiga e comentou:

— É por isso que eu nunca corro.

Ninguém retrucou.

Entraram na capela, e Higson esperou até que a porta estivesse fechada para dizer:

— Sigam-me, por favor.

Havia alguns degraus que levavam a uma cripta, ao lado esquerdo do altar, mas Higson os guiou para a direita, onde, atrás do altar, havia uma pequena sala trancada que parecia já ter sido usada como depósito. Agora estava vazia, exceto por algumas lanternas elétricas para acampamento que estavam em um canto.

Uma vez lá dentro, Higson trancou a porta e abriu um painel em uma das paredes. Havia uma outra porta trancada atrás dele; porém, antes de abri-la, Higson pegou uma das lanternas e informou:

— Todos nós vamos precisar de uma destas.

Eles as pegaram e as acenderam; depois, o diretor destrancou a porta e começou a descer os degraus do outro lado. Antes de segui-lo, Wyndham virou-se para Chris e Field, e comentou:

— Pouquíssimas pessoas sabem a respeito da existência deste túnel. Mas confiem em mim: não foi isso que viemos ver.

Desceram e seguiram por uma passagem estreita. Caminharam por uma certa distância até o túnel se alargar e virar uma pequena câmara circular. Chris observou as paredes, mas não encontrou nada que sugerisse quaisquer outras passagens adicionais.

Field olhou para o teto e perguntou:

— O que é este lugar, um esconderijo para padres ou coisa assim?

Wyndham sorriu e explicou:

— É uma entrada para outro mundo, sr. Field, algo extraordinário.

— O que você acha, Tofu? — questionou Field. — Você analisou as paredes. Viu alguma entrada escondida?

Chris levou um momento para perceber que Field estava falando com ele. Quando se deu conta, riu e disse:

— Não, não encontrei nada assim, mas conheço Phillip há tempo suficiente para não duvidar dele.

— Certamente que sim — disse Wyndham. — Como pode ver, sr. Field, essa entrada foi concebida para ser aberta por uma pessoa e somente por ela. Assim, embora eu soubesse que estava aqui, eu não tinha como acessá-la. Então Christopher sugeriu algo, e devo admitir que a princípio fiquei cético. Mas ele me convenceu e estou feliz por isso... — Ele abriu a caixa e pegou a arma. — Um sabre, usado pelo próprio William de Mércia, ou tocado por ele, se assim preferirem. Agora, recuem um pouco e observem.

Higson imediatamente se aproximou da parede oposta. Chris e Field fizeram o mesmo, e, em seguida, Wyndham enfiou a ponta do sabre no piso da câmara. Ele era de pedra, e, no entanto, a lâmina entrou com facilidade, com o sabre ficando em pé quando Wyndham o soltou e se juntou aos outros próximos à parede.

O chão começou a tremer. Chris apoiou-se na parede e percebeu que, apesar do frio, as palmas de suas mãos estavam úmidas. Seu coração acelerou enquanto o chão a sua frente vibrava e cintilava, até se dividir em torno do sabre empalado, revelando uma escada de pedra em espiral que descia rumo à escuridão.

Todos ficaram calados no início, combinando com a atmosfera que agora os rodeava. Como já era de esperar, foi Field quem falou primeiro, rindo muito ao dizer:

— *Isso* foi incrível.

Wyndham pareceu ter gostado do comentário, mas ainda informou:

— Pelo contrário, sr. Field, isso foi apenas o começo. Venham, sigam-me.

Desceram a escada e, ao chegar lá embaixo, seguiram um outro túnel. No entanto, não havia mais apenas uma passagem. Eles viraram várias vezes, ignorando muitos outros túneis que os levariam para fora da rota que estavam seguindo.

No início, Chris tentou memorizar as curvas que faziam — para o caso de perder-se do grupo —, porém acabou se confundindo, não somente por estar mais assustado com a atmosfera local do que desejava demonstrar. Havia algo de sinistro no ar. Talvez fosse apenas por causa dos outros túneis e da corrente de ar que corria por eles, mas parecia haver um ruído de fundo constante, às vezes como se fosse o vento uivando ao passar por câmaras distantes, outras vezes como se fosse o sussurro de muitas vozes.

Chris se perguntou se seria aquele o além-mundo, ou, pelo menos, a entrada para ele. Sem dúvida, havia algo de maligno na atmosfera, e ele imaginou que ficar sozinho naquele lugar rapidamente perturbaria a mente de qualquer pessoa.

Eles andaram por um tempo considerável, até Chris perceber, por fim, que estavam subindo uma rampa longa e levemente inclinada. A ideia de estarem voltando para a superfície, ainda que com lentidão, deu-lhe alguma tranquilidade.

E então, de forma totalmente inesperada, o grupo adentrou uma grande câmara redonda com um teto abobadado e entradas para outras duas passagens no lado oposto.

Falando baixo, Wyndham instruiu:

— Coloquem suas lanternas ao redor da câmara, evitando passar pelo centro.

Foi a partir desta instrução final que Chris percebeu que havia algo no centro da sala, uma visão que o deixou atônito a ponto de quase deixar cair a lanterna. Foi com grande esforço que desviou seus olhos quando a colocou no chão.

O corpo de um homem estava dependurado no teto pelos pés. Chris não conseguiu ver como estava preso, mas suas pernas estavam juntas, e os braços, grudados ao lado do corpo. Era como se as raízes que cresciam para baixo da terra acima deles tivessem sido utilizadas para fixá-lo no lugar. E, como se isso não fosse o bastante, uma estaca de madeira fora cravada em seu coração.

Suas roupas pareciam ser de couro, mas tinham praticamente a mesma cor de sua pele mumificada, que estava grudada a sua estrutura óssea, fazendo com que mal parecesse humano. No entanto, ele havia sido humano em algum momento. Havia restos de cabelos pretos pendurados em sua cabeça, e, no rosto murcho, sinais do que antes teria sido uma barba.

Sob sua cabeça, em uma pilha no chão, havia espadas descartadas, como se fossem um tipo de oferenda, ou talvez até mesmo como um escárnio para o homem — ou criatura —, cuja morte lenta deve ter sido uma longa tortura. Liberte-se, pareciam dizer as espadas, pegue a uma de nós e liberte-se.

— Senhores — disse Wyndham, com a teatralidade de um apresentador de circo. — Observem Lorcan Labraid, o lendário Rei Suspenso, o último dos quatro, o único que ainda vive!

— Exceto por um pequeno problema — disse Field. — Esse cara está morto e, pelo visto, está morto há muito tempo.

Enquanto Field falava, Chris percebeu, aterrorizado, que a criatura tinha aberto os olhos, primeiro ao som da voz de Wyndham, e então olhando para Field. O homem deve ter percebido, porque, antes que Wyndham pudesse responder, ele disse:

— Meu Deus, não acredito, ele está olhando para mim, o maldito...

— Certamente — disse Wyndham.

Higson permaneceu próximo à entrada do túnel, como se não quisesse mais participar dos acontecimentos. Mas então Chris percebeu que ele devia ter visto a criatura antes. Por sua vez, ele mesmo chegou um pouco mais perto.

Ficou surpreso que uma criatura que ele ouvira ser mencionada em tons de reverência — o mal do mundo, que chamava William de Mércia, o Rei Suspenso — pudesse parecer tão pequena, tão patética. E, ainda assim, havia algo perturbador sobre ela, e Chris esforçou-se para evitar seu olhar, mesmo sabendo que era observado com muita atenção.

— Bem, Christopher, me diga o que está pensando.

Ele virou-se para Wyndham e respondeu:

— Estou pensando em muitas coisas, mas suponho que a mais óbvia é que isso resolveria tudo. Mate Lorcan Labraid, e será o fim de Will. Você ainda terá que matá-lo, mas ele não poderá mais cumprir o seu destino.

Ele sentiu-se um pouco culpado ao falar isso, mas, como sempre, em momentos como aquele, lembrou-se de que não devia qualquer lealdade a Will. Quando ele e Rachel ficaram paralisados na igreja em Puckhurst, ele ouvira Will oferecer seus sangues em troca do de Eloise, e, se Asmund tivesse aceitado, ele teria, sem dúvida, aberto mão deles. Não, ele não devia qualquer lealdade a William de Mércia.

— Isso é verdade — disse Wyndham. — E eu, naturalmente, considerei isso. Mas, por pior que seja a sua condição, Labraid tem algum tipo de força protetora em torno dele, uma força na qual nenhuma espada conseguiu penetrar. — Ele apontou para o chão abaixo da cabeça de Lorcan Labraid. — Observe as espadas dos que tentaram.

Field estava circulando lentamente o corpo suspenso e afirmou:

— Ninguém usou a força necessária, só isso. Não interessa do que seja feito, se você acerta algo com força suficiente, quebrará.

Wyndham deu de ombros e disse:

— Eu sou a favor de outra tentativa, se você for capaz de reunir todas as suas forças, sr. Field.

— Bem, não vejo Tofu nem o doutor dispostos a isso.

Ele olhou para a pilha de espadas no chão, aproximou-se dela e a chutou. Algumas se espalharam, e ele as examinou antes de escolher uma de lâmina larga. Field agarrou-a com as mãos, e deu alguns golpes no ar, pouco convincentes, antes de se aproximar da figura suspensa.

— Preciso cortar a cabeça, certo?

— Certo.

Sem mais demora, Field desferiu um forte golpe, e a espada desceu e acertou a lateral do pescoço de Lorcan Labraid. Chris preparou-se para o que esperava acontecer — um breve corte de carne, seguido por uma explosão de luz azul. Mas, como Wyndham havia falado, a lâmina da espada bateu e voltou, como se Field tivesse acertado uma pedra ou um metal.

— Uau! — Ele lutou para ficar de pé após o choque. A espada voou de suas mãos e acertou a parede do outro lado da sala. Labraid não se moveu, apenas seus olhos continuavam seguindo seus observadores.

— Certo, agora entendo, mas ainda acho possível fazermos isso. Onde foi parar a espada?

Chris olhou para ele e disse:

— Você está sangrando.

Havia uma mancha de sangue no rosto de Field, e Chris apontou para a própria bochecha para mostrar onde estava.

Field estendeu a mão e limpou o sangue, olhando para os dedos ao dizer:

— Não sei como me cortei. Acho que foi ele, só pode.

Chris olhou novamente para o homem, mas ficou sem palavras ao ver que Field estava agora sangrando em vários lugares ao mesmo tempo — o sangue não escorria de feridas, mas da própria pele e, em seguida, dos olhos.

— Não estou me sentindo muito bem — disse Field, ainda sem saber o que estava acontecendo com ele.

Agora, seu rosto estava coberto de sangue, e suas roupas se encharcaram do líquido saindo de seu corpo. Assustado, Field soltou um grito, fazendo seu sangue espirrar para longe dele, e, como ferro indo na direção de um ímã, a névoa vermelha grudou instantaneamente em Lorcan Labraid.

Field ficou parado por um momento, pálido, atordoado, e subitamente se desintegrou em poeira pelo chão da sala, não deixando nada para trás, nem uma peça de roupa, um relógio ou joias.

A espada que tinha sido arremessada para o outro lado da sala e as outras espadas que Field havia chutado deslizaram pelo chão e assumiram a mesma posição. Chris ouviu Wyndham rir da situação, sugerindo que ele já aguardava pela morte de Field; sua intenção provavelmente fora essa ao trazê-lo, sua única surpresa sendo as espadas que se reorganizaram sozinhas.

Em seguida, até mesmo Wyndham ficou em silêncio. Segundos após a névoa de sangue ser absorvida, uma transformação visível começou a acontecer em Lorcan Labraid.

Sua carne, que aparentava ser endurecida e mumificada, recuperou sua textura e cor. O corpo também criou forma. Até mesmo as roupas pareciam restauradas. Seus cabelos, que antes eram meros restos, agora estavam longos e escuros, e sua barba tinha voltado a crescer.

Em questão de segundos e apesar da estaca em seu peito e as ligas que o suspendiam, Lorcan Labraid parecia bem vivo. Chris viu-se recuando, duvidando que a estaca seria suficiente para conter um homem que parecia tão feroz, tão forte.

Ele ouviu Higson dizer em voz baixa:

— Não esperava por isso.

Wyndham foi exuberante ao dizer:

— Christopher, agora você vê o verdadeiro mal que enfrentamos.

A boca de Labraid abriu-se, revelando suas presas, e depois sua voz surgiu, naturalmente poderosa.

— Quem são vocês para estarem aqui?

— Sou Phillip Wyndham, e agora, Lorcan Labraid, gostando ou não, você está à minha disposição.

Labraid riu e disse:

— Sua disposição? Você não é nada. Fala do mal? Com que conhecimento? — Wyndham pareceu abalado, e era a primeira vez que Chris o via assim. Então Labraid riu novamente e indagou, em tom brincalhão: — Conseguem correr?

Não havia tempo para respostas. As quatro lanternas explodiram, mergulhando a sala em pura escuridão. E, imediatamente, de uma das passagens ouviu-se um grito furioso, não de dor, mas de alguma criatura — ou criaturas, porque pareciam muitas — em busca de sangue.

— Rápido! — gritou Wyndham. — Sigam-me!

Chris obedeceu imediatamente, atravessando a escuridão até alcançar a entrada do túnel com as mãos estendidas, trombando com Higson, que também lutava para escapar. Wyndham gritou novamente, e eles continuaram correndo.

Higson entrou no túnel primeiro, fazendo com que Chris ficasse por último, sendo o primeiro que seria pego. Isso apenas aumentou seu pavor, quase roubando das suas pernas a capacidade de movimento, como naqueles pesadelos que tinha quando criança, ao ser perseguido por monstros ou bruxas, em que as pernas pesavam como chumbo.

Mesmo assim, Chris continuou correndo na escuridão, cego, julgando a direção certa a partir de suas mãos estendidas, do som dos passos à frente e dos gritos aterrorizantes atrás dele, além dos gritos ocasionais de Wyndham.

O feiticeiro parecia confiante, até mesmo triunfante, mas Chris estava assustado demais para compartilhar do sentimento. Os gritos ainda soavam distantes, mas estavam se aproximando rapidamente, e ele não tinha a mínima ideia da distância que faltava para que alcançassem um lugar seguro.

Ele continuou correndo e pensou no que acontecera a Field e sobre a transformação de Lorcan Labraid. Pensou na forma como as lanternas haviam explodido e nos gritos que agora os perseguiam, sem mesmo querer imaginar o tipo de criatura que produziria um barulho desses. Pela primeira vez, compreendeu o verdadeiro significado do mal. E, pela primeira vez, imaginou se o próprio Wyndham realmente fazia ideia da natureza do terror que havia acabado de libertar.

AGRADECIMENTOS

Agradeço às seguintes pessoas: Sarah Molloy e todos da AM Heath; Stella Paskins e Elizabeth Law, e todos da Egmont, no Reino Unido e nos Estados Unidos, respectivamente; Jane Tait, por sua exímia atenção aos detalhes; Sharon Chai, por sua visão; Una, como antes; e, finalmente, obrigado às muitas pessoas que me procuraram no ano passado para dizer o quanto gostaram de *Sangue*, tanto novos leitores quanto velhos amigos, com uma menção especial a Helen P, que talvez soubesse antes de qualquer outra pessoa que eu iria escrever estes livros...

"Era sublime estar vivo naquela aurora,
Mas ser jovem era o próprio Paraíso!"

Impresso no Brasil pelo
Sistema Cameron da Divisão Gráfica da
DISTRIBUIDORA RECORD DE SERVIÇOS DE IMPRENSA S.A.
Rua Argentina 171 – Rio de Janeiro, RJ – 20921-380 – Tel.: 2585-2000